LA LOUVE DE LORIENT

Du même auteur

Charles. Le dernier roi, J.-C. Lattès, 1980
Barras. Le vicomte rouge, J.-C. Lattès, 1982
Le Régent libéral et libertin, J.-C. Lattès, 1984
Louis XVI. Le pouvoir et la fatalité, J.-C. Lattès, 1988
Les Meilleures Aventurières de l'histoire, Critérion, 1991
La Reynie. Le policier de Louis XIV, Perrin, 1991
Les Deux Restaurations, Tallandier, 1992
La Veuve rouge, Fleuve Noir, 1992
Alexandra David Neel, récit, J.-C. Lattès, 1992
Itinéraires cathares, Dervy, 1994
Un Indien dans la ville, TF1 éditions, 1994
Le Nagual, Ramsay, 1998
Le Chasseur d'âmes, Presses de la Renaissance, 1998
Porteuse d'ombre. Madame de Maintenon, Tallandier, 2000
Letizia Bonaparte, Pygmalion/Watelet, 2003
La Prophétie d'Ascalon, Presses de la Renaissance, 2003
Les Rois maudits. L'enquête historique, Perrin, 2005
Orages sur Calcutta, Presses de la Cité, 2005
Les Démons de Shanghai, Presses de la Cité, 2006
Kaamelott. Au cœur du Moyen Âge, vol. 1., Perrin, 2007
Kaamelott. Au cœur du Moyen Âge, vol. 2., Perrin, 2007
Les Jardins d'Istanbul, Presses de la Cité, 2007
2000 ans d'histoire du Christianisme, Éditions Trajectoire, 2008
Les Ombres de Kervadec, Presses de la Cité, 2009
Retour à Tinténiac, Calmann-Lévy, 2010
Les Anges de Jaipur, Presses de la Cité, 2011

Éric Le Nabour

LA LOUVE DE LORIENT

Roman

Collection
« France de toujours et d'aujourd'hui »
dirigée par
Jeannine Balland

calmann-lévy

Couverture
Maquette : Atelier Didier Thimonier
Peinture de Marcel Rieder, *Intérieur avec service à thé*, collection privée,
© P. F. Rieder, © Gavin Graham Gallery, Londres / Bridgeman Giraudon

ISBN 978-2-7021-4256-1
ISSN 2107-2639

Pour Céline Ragot

Prologue

Pologne, hiver 1863

– T'es vraiment qu'une putain, Danuta !

La gifle la cueillit à la volée et l'envoya rouler sur le sol où elle atterrit sur le dos, jambes repliées, poupée de chiffon désarticulée.

– Et une putain qui me coûte de l'argent au lieu de m'en rapporter !

La jeune femme se redressa en gémissant, une main posée sur son ventre. Pas assez vite cependant pour éviter le coup de pied qui la projeta contre la table où elle se brisa les reins.

Elle poussa un hurlement de douleur. Le souffle coupé, elle hoqueta entre deux sifflements :

– Tu es devenu fou, Janka…

Mais l'homme n'était pas fou. Simplement ivre, simplement violent, et prêt à commettre l'irréparable.

Un jour ordinaire au village de Solowitz, dans la ferme des Zajaczek.

Janka avala une longue rasade de vodka. Il la fabriquait lui-même avec des pommes de terre, des betteraves et de l'orge dans le fond de sa grange. Les veines de son cou se mirent à saillir, formant de grosses nervures violacées et, pendant quelques instants, il ressembla à un loup affamé en train de hurler par une nuit de pleine lune.

Il y avait déjà quatre ans qu'il ne travaillait presque plus. Pour le seconder ou le remplacer il y avait le commis, Chaïm, un garçon solide d'une vingtaine d'années abattant le travail de trois hommes et sa propre fille, Danuta qui, à dix-sept ans, devait pourvoir à tout en subissant les humiliations et les coups sans broncher. Mais depuis que son père avait appris son « péché », sa folie avait redoublé. Elle était devenue son souffre-douleur, une masse de chair qu'il se plaisait à pétrir comme un sculpteur possédé par une mauvaise fièvre s'acharne sur une glaise récalcitrante.

Ils se dévisagèrent un long moment.

Le regard de Janka, tout entier livré aux feux de l'alcool, semblait la traverser sans s'arrêter sur les contours de son visage et à la souffrance qui en émanait. Pourtant, elle l'avait connu différent. Le fermier, autrefois, était un homme aimant, travailleur et même tendre avec sa mère. C'est après la mort de Maria qu'il avait changé. Au début, elle lui avait trouvé des excuses. Mais à présent, elle ne voyait plus en son père une victime. Il était devenu son bourreau. Un autre Janka que des puissances infernales avaient peu à peu investi et qui s'était substitué à l'homme qui l'avait élevée avec amour durant ses dix premières années.

– Qu'est-ce que tu regardes ?

Il avançait en titubant tandis qu'elle contournait la table. Mettre de la distance ! Surtout ne jamais se tenir à portée de ses mains ou de ses jambes.

– Réponds ! hurla-t-il.

Nouvelle rasade. L'alcool blanc coula sur son menton pour se faufiler en un petit ru translucide jusqu'à sa chemise ouverte et se perdre dans une forêt dense de poils gris et blancs.

Tout à coup, sa main se mit à battre l'air. Il fit un faux pas et sa tête heurta le mur. Sa main glissa sur le torchis.

– Allez, fous le camp ! Va retrouver tes amants, putain !

Il s'était effondré le long du mur de la cuisine et hoquetait, la bouteille toujours fichée dans sa main tremblante comme un drapeau battu par le vent. Danuta l'observa un court instant. Sa face était aussi rouge qu'un tison. Les ailes de son nez palpitaient comme celles d'une phalène. Ses lèvres laissaient échapper un filet de bave claire. Il allait se mettre à vomir et, une fois de plus, elle devrait s'agenouiller dans ses ordures, tout nettoyer derrière lui, le porter seule jusqu'à son lit, s'attendre à de nouvelles injures à son réveil. Le pire était qu'il ne lui fallait qu'une heure ou deux pour récupérer et qu'il se remettait aussitôt à boire jusqu'à la nuit tombée. Ses moments de lucidité se faisaient de plus en plus rares. Il lui venait même parfois des hallucinations. La semaine passée, il avait donné au hasard de furieux coups de bâton à travers la salle, croyant voir des rats filer sous les meubles et se rassembler au bas de l'escalier en vue de prendre d'assaut le premier étage. Il devenait fou, il n'y avait pas d'autre explication. L'an passé un fermier d'un village voisin, rongé lui aussi par l'alcool, avait assassiné sa femme dans une crise de démence. Il avait fallu l'abattre ; il campait auprès du corps avec son fusil et tirait sur tous ceux qui tentaient d'approcher.

Qui pouvait savoir si Janka ne finirait pas ainsi ?

Parfois, Chaïm buvait avec lui et, devant leurs plaisanteries salaces, Danuta avait peur qu'ils ne se jettent sur elle. Chaïm avait bien essayé une fois dans la grange, mais elle l'avait blessé à l'épaule avec un marteau et il s'était enfui en hurlant toutes sortes d'insanités. Depuis, il évitait de la regarder en face et ne s'approchait plus d'elle qu'avec des ricanements de bête échaudée.

Elle sortit en claquant la porte. La neige tombait toujours, balayée par un vent glacial. Elle n'avait pas même pris la peine d'endosser sa grosse veste fourrée. Elle fila directement vers la grange. La neige boueuse et constellée de petits cailloux crissait sous ses bottes et ses pas laissaient des empreintes profondes sur la couche de ouate grise qui recouvrait la cour.

Au loin, on entendait des voix qui venaient de la lisière de la forêt. La veille, il y avait eu une battue. Plusieurs bêtes avaient été trouvées mortes dans les poulaillers. On soupçonnait des renards ou, pire, un loup affamé.

Elle s'allongea dans la paille, juste derrière l'alambic qui émit un sifflement, et se tordit de douleur. Janka frappait de plus en plus fort. Son inconscience était telle qu'il en oubliait la vie de l'enfant alors que, pendant des années, il avait répété à Maria qu'il ne serait vraiment heureux que le jour où il aurait un petit-fils.

À présent, l'alcool était sa seule obsession. Quand il ne buvait pas chez lui, il dépensait son argent à la taverne où il lui arrivait de se battre avec les fermiers des alentours. Personne ne lui adressait plus la parole ni n'acceptait de lui venir en aide au moment des moissons. On se méfiait de lui. Mois après mois, il avait ainsi créé une sorte de zone d'isolement autour de la ferme. Un *no man's land* à l'intérieur duquel personne n'osait plus s'aventurer.

Danuta se retourna sur le flanc.

Tout à coup, quelque chose de chaud coula entre ses jambes. Prise de panique, elle souleva sa jupe et jeta un regard affolé entre ses cuisses.

Les eaux ! Elle était en train de perdre les eaux ! Elle eut envie de crier, d'appeler à l'aide, mais aucun son ne sortit de sa bouche.

Une douleur atroce la traversa. Elle crispa les mâchoires autant qu'elle le put, déchira avec rage un morceau de sa robe pour l'enfoncer dans sa bouche, puis essaya de s'installer le plus confortablement possible à l'abri des ballots de paille.

L'enfant mit longtemps à venir et l'expulsion de cette chose si intime, et pourtant si étrangère, lui causa des souffrances inouïes. Quand le corps sanguinolent fut enfin hors d'elle, elle retira l'étoffe de sa bouche et éclata en sanglots. Alors, elle saisit le premier outil tranchant à portée de sa main et coupa le cordon. Puis elle enveloppa l'enfant dans son gilet, la recouvrit de paille et la serra contre elle.

Une fille… C'était une fille. Janka serait fou furieux. Lui qui avait tant espéré un petit-fils… Elle allait ajouter une faute supplémentaire à la liste déjà longue de ses péchés.

Un nom se mit à chanter aussitôt dans sa tête : Danuta.

C'était le prénom qu'elle avait choisi depuis des mois. Le même que le sien. Elle n'en avait jamais imaginé d'autre. Si elle donnait naissance à une fille, elle s'appellerait Danuta. La petite Danuta serait son double, sa fille siamoise. Elle porterait ses espoirs, la vengerait de toutes les humiliations. Et elle, Danuta, protégerait cette petite chose gluante et insignifiante jusqu'à ce qu'elle devienne une femme. Elle l'élèverait dans la perspective d'un avenir meilleur. Non, mieux encore, elle n'en ferait pas seulement une femme, elle en ferait aussi une arme.

Elle observa l'enfant et posa un doigt sur ses lèvres bleuies par le froid en chantonnant à voix basse. Ne pas crier surtout, ne pas attirer l'attention de l'homme qui, là-bas, dormait, enseveli dans son vin. Attendre le moment propice.

Son ventre frémissait. Telle une vague sans cesse recommencée, il se soulevait puis retombait avant de tressaillir encore. Avec des gestes fébriles, elle ôta sa petite chaîne à laquelle était suspendue une étoile d'argent et la passa au cou du nourrisson. Puis elle ferma les yeux et se prit à rêver malgré la douleur qui la tenaillait.

Danuta était l'enfant de l'espoir. Elles formaient désormais un couple que rien ne pourrait séparer. Elles allaient quitter Solowitz. Elles s'en iraient très loin. Peut-être même fuiraient-elles la Pologne. Ailleurs, existait sûrement un pays où elles pourraient vivre heureuses, un pays ensoleillé où la violence n'avait pas droit de cité, où elles mangeraient à leur faim, où elles ne trimeraient plus jour après jour sans espoir de repos, de calme, de sécurité. Elle se rappelait que, lorsqu'elle était petite fille, une lointaine cousine de sa mère avait débarqué un beau jour à la ferme. Celle-ci n'y avait passé que quelques heures, mais Danuta se souvenait d'une voix chaude, un peu distante et qui évoquait la France qu'elle venait de visiter. Un nom revenait sans cesse sur ses lèvres : Paris. Et dans sa mémoire, ce n'était qu'un long récit de lumières, de beautés et de bonheurs. Une sorte de féerie.

Bercée par ces perspectives heureuses, elle sentit sa tête s'alourdir dans la paille. Ses yeux se fermèrent et ses muscles commencèrent de se relâcher. Elle saignait toujours, mais le sang qui coulait entre ses cuisses était comme une purge qui la vidait de tout ce qu'il y avait de sale en elle.

Elles étaient deux à présent, deux qui ne faisaient qu'un.

Pourtant, quand elle y repenserait plus tard, beaucoup plus tard, elle ne pourrait totalement oublier le jeune meunier avec qui elle avait partagé quelques instants de bonheur derrière le moulin dont elle fixait les ailes tournoyantes tandis qu'il lui faisait l'amour.

Les ailes de l'espoir...

L'avalanche d'eau glacée la tira brutalement du sommeil. Suffoquée, elle se redressa et, machinalement, remit de l'ordre dans sa tenue, puis se tourna sur le côté. Le brouillard liquide, devant ses yeux, maintenait la grange dans une sorte de flou inquiétant. Elle s'essuya, mais les formes autour d'elle demeurèrent imprécises quelques secondes encore.

Soudain, son cœur s'affola. La petite Danuta n'était plus couchée contre son flanc. Elle leva les yeux. Janka se tenait debout devant elle, solidement planté sur ses jambes, l'enfant dans les bras. Poussant un cri, elle se leva d'un bond, mais son père avait été plus rapide et, du plat de la main, il l'avait déjà repoussée dans la paille où elle bascula dans un craquement sec.

– Alors ? Même pas capable de faire un garçon… Tu ne vaux décidément pas grand-chose, ma pauvre Danuta.

Il la toisait avec mépris, une cigarette aux lèvres.

Derrière lui, Chaïm ricanait. Lui au contraire tenait à peine debout, mais il avait l'air au comble du bonheur de la voir ainsi humiliée. Il savourait sa vengeance. Elle avait toujours repoussé ses avances. Aujourd'hui, elle allait devoir s'amender… Une putain ! Voilà ce qu'elle était ! Il n'hésiterait pas désormais à se servir d'elle comme il l'entendrait. Janka ne s'y opposerait pas. De toute façon, il était soûl la plupart du temps, et ce n'est pas Danuta qui se plaindrait à lui.

L'enfant s'était mise à pleurer. Étendue, Danuta n'apercevait que son menton. Au-dessus de sa tête, emmitouflée dans le gilet noir dont elle l'avait recouverte, l'extrémité incandescente de la cigarette semblait une menace.

– Rends-la-moi ! s'écria-t-elle.

Janka éclata d'un rire métallique aussi désagréable que le crissement d'une scie.

– Te la rendre ? Et pour en faire quoi ? Une putain, comme sa mère ?

Chaïm aussi s'était mis à rire. Il s'était appuyé contre l'un des murs de la grange et s'efforçait, avec des gestes maladroits, de bourrer une pipe. Les yeux rapetissés par l'alcool, il se contentait de jouir à distance du spectacle.

Danuta s'était redressée avec précaution. Janka, cette fois, recula d'un pas.

– Elle m'appartient désormais, comme toi, dit-il, comme tout ce qui est ici. On en fera une bonne fermière, elle t'aidera. D'ailleurs… que veux-tu qu'elle devienne ? Sinon une bouche de plus à nourrir !

– Rends-la-moi, supplia Danuta. Je ferai ce que tu voudras, mais ne lui fais pas de mal.

Les yeux lourds et vitreux du fermier s'étaient mis à briller, aussi froids que la glace qui recouvrait par endroits la terre battue émergeant d'entre les ballots de paille.

– Tu ne pouvais pas te faire engrosser par Chaïm ? lui répondit Janka. Lui au moins, je suis sûr qu'il t'aurait fait un fils ! Pas vrai Chaïm ?

Le jeune fermier fit un pas de côté pour mieux contempler Danuta. Un instant, son regard se porta sur la flaque de sang que la terre, plus noire à cet endroit, avait absorbée. Un sourire étrange flottait sur ses grosses lèvres molles.

– C'est vrai… Ça peut encore se faire, maintenant que le lardon n'est plus là.

Il s'avançait vers elle, mais Danuta leva une main vers le ciel ajouré de la grange.

– N'approche pas, Chaïm ! Sinon…

– Sinon, quoi ?

Il avait posé sa pipe sur un madrier et faisait déjà le geste de déboucler sa ceinture, gras et pathétique dans son ivresse.

– Tu vois, dit Janka, Chaïm est un bon commis. Lui au moins est toujours prêt à me rendre service. Espérons cette fois que ce sera un garçon !

Danuta s'affola. Janka tenait toujours l'enfant dans ses bras. Les pleurs de la fillette redoublèrent. Chaïm fit encore un pas, puis un autre. Elle recula instinctivement, mais trébucha et faillit s'étaler de tout son long. Heureusement, elle parvint à se retenir à l'un des poteaux qui soutenaient la charpente de la remise.

Une fourche avait été posée là.

Sans réfléchir, elle s'en empara et la pointa en direction du commis.

– Recule !

Janka riait maintenant à gorge déployée et les veines de son cou se gonflaient à nouveau comme de petits ruisseaux trop irrigués. D'une main, il tira une bouteille d'alcool de la poche de sa veste et en avala une gorgée avant de la tendre à Chaïm.

– Tiens, fils ! Prends des forces !

Chaïm se saisit de la bouteille et but à son tour. Puis il essuya sa bouche d'un revers de main et laissa échapper un rot tonitruant. Une folie guerrière flambait dans ses yeux, qui donnait à toute sa figure un air de reître inassouvi.

Danuta chercha une issue qui lui permettrait de fuir. Mais Chaïm se tenait désormais entre elle et l'enfant que Janka serrait toujours contre lui. Trop d'obstacles aussi la séparaient de l'espace libre de la cour. Chaïm aurait tôt fait de la rattraper. C'était peine perdue.

Combien de temps lui restait-il ? Sa respiration était devenue sifflante et la fourche, entre ses mains, pesait de plus en plus lourd. Une force étrangère la maintenait clouée au sol. Ses jambes étaient de plomb. Il lui sembla tout à coup que les lois de la gravité avaient changé.

Chaïm s'approcha encore. Deux mètres, un mètre… Cette fois, Danuta, poussée par une peur incontrôlable, n'hésita pas. Elle lança la fourche en avant comme elle l'eût fait d'un bélier pour ouvrir une porte. Mais ce furent les chairs blanches et fermes du jeune homme que rencontrèrent les dents de la fourche.

En un éclair, elle vit la stupeur se dessiner sur la figure de Chaïm, puis les traits de Janka se figer dans une soupe blanche et pleine de grumeaux.

– Espèce de putain…, murmura le jeune commis. Tu as vu ce que… Tu veux me tuer ?

Puis il répéta dans une sorte d'hébétude :

– Tu veux me tuer ?

Son visage hésitait entre la douleur et une sorte de rictus grotesque qui durcissait ses traits. Sa bouche indignée béait doucement et on eût dit que ses lèvres allaient se détacher du visage pour laisser place à une fente rougeâtre et sans relief.

– Pas vrai, Janka ? dit-il d'une voix hésitante.

– Ça m'en a tout l'air, dit le fermier d'un air lointain.

– Pas vrai, Janka ? répéta encore Chaïm.

Du sang s'échappait doucement de ses doigts posés en travers de son estomac. Il se répandait entre ses cuisses et coulait vers ses gros genoux déformés par les travaux de la ferme avant de goutter sur le sol.

Terrorisée par son geste, Danuta ne parvenait pas à détacher les yeux de la plaie sanguinolente. Elle tenait toujours le manche de la fourche. Dans un suprême effort, ses mains finirent par glisser le long du bois rugueux puis retombèrent le long de ses hanches dans un geste de capitulation.

Les yeux écarquillés, le jeune fermier n'avait émis qu'un vague hoquet de douleur. Il souriait presque, regardant alternativement le visage blême de la jeune femme et la longue zébrure rouge que dessinaient les dents de fer plantées dans son ventre. Les deux mains accrochées au manche, il se libéra enfin dans un gémissement.

Danuta n'eut pas la même chance.

Titubant, Chaïm avança d'un pas dans sa direction. Il souriait toujours en dépit des petites bulles de sang qui venaient crever sur ses lèvres.

Quelques instants plus tard, la fourche la clouait au sol tandis que son double innocent hurlait dans la nuit qui envahissait la ferme.

Première partie

1

Lorient, juillet 1926

C'était un samedi. Il s'en souviendrait parce que, d'ordinaire, il détestait les samedis. Mais choisissait-on la date de la mort de son père ou même celle de son enterrement ?

Un ciel sans nuages ni vent, limpide. Pourtant, Damien Leguenec ne pouvait s'empêcher de songer qu'il eût préféré un jour pluvieux d'automne, un amas de grisailles tournoyant au-dessus du cimetière, des dégorgements d'eau s'échappant de la terre bretonne comme si les morts eussent craché leur dernier venin à l'occasion de cette disparition.

Lorsqu'il avait vu glisser le cercueil au fond du caveau, il n'avait rien ressenti de spécial. À ce moment de son existence, il eût été incapable de dire s'il aimait son père ou s'il le détestait, s'il l'avait vraiment admiré ou simplement s'il le respectait. Son âme lui demeurait étrangère. L'écrasante personnalité d'André Leguenec l'avait longtemps empêché d'exister autrement que comme un fils loyal et dévoué. Elle décourageait les sentiments. Elle n'invitait ni à la chaleur ni à la tendresse. Elle ne projetait autour d'elle qu'un sentiment de puissance et d'ironie qui tenait à distance. Aussi Damien n'éprouvait-il aucune peine à dissimuler son indifférence.

D'ailleurs, il n'y avait guère eu que Mélanie, sa mère, et sa sœur Cécile pour verser quelques larmes. Pierre, du haut de ses vingt-quatre ans, avait paru ailleurs comme à l'accoutumée, à peine concerné par l'événement.

Damien jeta un dernier regard au cercueil sous lequel les cordes glissaient déjà, remontant vers la surface, telles des amarres délestées d'une ancre qu'elles abandonnaient avec soulagement au fond d'un bassin glaiseux.

Une ultime bénédiction et la terre recouvrirait à jamais le chêne massif sur laquelle une dérisoire plaque de bronze rappelait un nom qui, demain peut-être, deviendrait celui d'une rue ou d'une place de la ville.

Ensuite, ce serait le retour à La Charmitière, le lent cortège, la procession « chenillarde » des voitures qui, au fil des kilomètres, disparaîtraient dans le rétroviseur, les rares mots échangés sur la cérémonie, les allusions plus rares encore sur l'avenir de l'entreprise familiale avant l'entrée en scène du notaire… Puis le silence, ce silence qui avait toujours couvé comme un feu, retomberait sur tous les secrets qu'André Leguenec avait emportés dans la tombe.

Pierre lança à son tour une poignée de terre avant que Damien ne l'entraîne par l'épaule, laissant les fossoyeurs faire leur travail. Un essaim de mouches énervées les escortait. Ils marchaient derrière les femmes, le reste de la famille suivant par petits groupes disséminés à travers les allées du cimetière.

Les voitures étaient garées devant l'entrée principale.

Damien se retourna une dernière fois pour apercevoir le dôme du petit oratoire familial. Le soleil l'enrobait d'une lourde chape de lumière qui, pourtant, ne demeurait pas immobile, et dansait autour comme un navire au mouillage tangue sur son corps-mort. Elle se reflétait sur le marbre des tombes et jouait en toute liberté avec les crucifix, les ex-voto, les fleurs desséchées dont la brise finirait par disperser les pétales.

Il porta machinalement la main, en visière, à son front.

Et c'est alors qu'il la vit pour la première fois.

Celle que plus tard il désignerait simplement sous le vocable : *Elle*.

Debout, vêtue d'une robe jaune qui voilait ses formes généreuses… Le soleil de l'été mettait de la nacre dans ses cheveux bouclés légèrement frisés. Elle se tenait penchée sur une tombe voisine de l'oratoire. Elle venait d'y déposer un bouquet de fleurs blanches et semblait lire l'inscription figurant sur la stèle. Priait-elle ? Impossible à dire. Damien ne voyait qu'un faisceau de lumière blonde réverbérée par la pierre tombale, la nimbant à la manière des auréoles dont on pare les images pieuses. Une madone au profil si tendre qu'il sentit le sang battre violemment à ses tempes, son ventre s'alourdir, devenir aussi compact qu'un épi de maïs.

L'air était devenu soudain plus léger, au point qu'il oublia le poids de son costume de deuil sur ses épaules. Même ses chaussures neuves lui laissaient toute liberté de mouvement. Un bref instant, il fut tenté de la rejoindre, de s'approcher pour découvrir, derrière le voile de lumière, son visage et le grain de sa peau. Mais une ultime bienséance le retint. On ne manquerait pas de le lui rappeler : il était là pour enterrer son père, pour accomplir envers lui ses derniers devoirs. Et seules ces obligations comptaient en un jour d'été fait pour les rires et l'insouciance.

– Damien, tu viens ?

La voix de son frère lui parvenait à travers une sorte d'écran, ralentie par la moiteur de l'air. À peine un souffle.

Enfin, le faisceau blond se releva et daigna lui jeter un regard. Puis, d'une démarche rapide, la jeune femme s'éloigna, remorquant derrière elle un soleil plus pâle comme on tire un chaland.

– Bon Dieu, Damien, qu'est-ce que tu fais ?

Cette fois, la voix était plus nette. Son frère s'impatientait, raide et compassé dans son habit noir trop étroit. Les femmes attendaient déjà près des voitures.

Lorsqu'ils arrivèrent à leur niveau, Pierre demanda encore :

– C'est cette fille que tu regardais ? Tu la connais ?

– Non ! Pourquoi est-ce que je la connaîtrais ?

– Je ne sais pas, tu la regardais avec tellement d'insistance.

– Viens !

Pierre haussa les épaules. Damien ouvrit la portière à sa mère et à Cécile tandis que Pierre se glissait à l'avant, côté passager. Il ne prenait jamais le volant lorsque son frère était là. Mais Damien soupçonnait que ce fût moins par respect que par crainte des remarques qu'il pourrait faire au sujet de ses imprudences.

Ensuite, ce fut le silence, rythmé par le seul vrombissement du moteur. Un silence accablé, lourd, presque gras de solennité.

Pas un mot ne fut prononcé entre le cimetière et la demeure familiale située à la sortie de Lorient, vers Kernevel. Une grande bâtisse de briques blanches et brunes, aux toits pointus et que les Lorientais appelaient volontiers « la villa Leguenec ». Percée de larges fenêtres aux volets couleur bleu de Prusse – une lubie du défunt –, elle était protégée des regards indiscrets par de hauts cyprès. Une maison sans grâce, aussi massive et imprenable que la fortune familiale, une maison tout en façades, faite pour impressionner et clamer à tous : « Regardez comme nous avons réussi ! »

Damien y fit entrer la voiture au pas.

Les trois enfants d'André et Mélanie Leguenec y avaient vu le jour. « C'est un nid où l'on pond et où l'on couve ! » avait raillé un jour André Leguenec. Et de fait, si La Charmitière avait vaguement une âme, ce n'était pas grâce à lui. Il n'y avait jamais laissé son empreinte. D'un caractère irascible, bourreau de travail et de plaisir, voyageur impénitent, toujours entre son bureau de Lorient et celui de Nantes, entre deux trains, entre deux vies, au moins, il ne l'avait jamais considéré que comme un pied-à-terre. Il s'y sentait étranger. Il avait acheté la maison parce qu'elle était cossue et d'assez belle apparence pour incarner son rang social. Rien d'autre. Elle ne représentait qu'une petite part de sa vie d'homme, une part qu'il tenait à distance mais qu'il souhaitait voir en ordre, disponible. Une sorte de point d'ancrage.

Ce soir-là, Damien dîna à peine. Les femmes pleurèrent un peu. Pierre se fit porter un en-cas dans sa chambre. La famille, comme à l'accoutumée, se dispersa aux quatre coins de la vieille bâtisse. Puis le silence fut relayé par un vent de nord-ouest assez violent pour faire craquer la charpente comme la mer ébranle la coque d'un navire.

Cette nuit-là, contrairement à ses habitudes, Damien Leguenec ne fit pas de cauchemar. Il ne rêva pas non plus de mer en furie ou de bateaux en partance pour des îles lointaines. Il rêva de la jeune femme du cimetière.

Le songe lui laissa une impression mitigée. Ni plaisante ni désagréable. Pour une fois, ses intuitions nocturnes étaient restées muettes et il se perdait en conjectures.

Il se réveilla le lendemain matin baignant dans sa propre sueur. Il se leva et ouvrit les volets. Le soleil était aussi ardent que la veille et la chaleur matinale promettait une journée torride. Il n'était pas triste, il n'avait pas envie de pleurer. Son père était mort et il se dit que, pour la première fois depuis longtemps, il serait en retard au bureau. Mais ça n'avait aucune espèce d'importance. Il n'en éprouvait aucune culpabilité. Tout allait même très bien.

Il s'habilla, le cœur léger, déjeuna l'estomac paisible. L'atmosphère elle-même était devenue plus fluide. En quittant la maison, il décida de marcher jusqu'à ses bureaux. Il ne luttait pas contre la pression de l'air en dépit de la chaleur, c'était l'air qui le portait. Il avait trente-cinq ans et, malgré sa légère claudication, il se sentait quinze ans de moins, comme au temps où il ignorait encore le sens des mots « peur », « guerre », « tranchées », « boue », « cadavres ».

Le temps de l'innocence.

Quelques jours plus tard, alors qu'il s'apprêtait à monter dans sa voiture, le jardinier vint à sa rencontre, tout essoufflé, la bouche suintante, le visage bourrelé de rides qui écumaient.

C'était déjà un vieil homme, aussi maigre et rugueux qu'un fagot de bois sec, mais avec un je-ne-sais-quoi de juvénile qui persistait dans ses yeux délavés. Or, ce jour-là, Damien lui trouva un air d'inquiétude qui lui était inhabituel.

Rohou l'avait interpellé de loin.

– Monsieur Leguenec ! Monsieur Damien !

Damien était resté debout contre la portière ouverte, un pied sur le marchepied.

– Que se passe-t-il ?

Guillaume Rohou tenait son chapeau à la main, la taille ceinte d'un tablier bleu pétrole constellé de larges auréoles d'argile sèche.

– C'est vous qui avez renversé des fleurs sur le perron ?

Damien jeta un regard dans la direction que lui indiquait le jardinier.

– Je me suis permis de tout nettoyer.

À contretemps, Damien répondit :

– Non. Pourquoi ?

– Ce matin, il y en avait partout. Des pétales de fleurs blanches éparpillées.

– Le vent a soufflé fort cette nuit, peut-être…

Le jardinier secoua la tête.

– Ça m'étonnerait. Il y avait une sorte de dessin…

– De dessin ?

– On aurait dit un visage… ou une fleur.

Damien haussa les épaules. Il ne voyait pas pourquoi Rohou tenait tant à lui faire part d'un fait aussi insignifiant. Un visage, une fleur… L'imagination du vieux commençait à battre la campagne.

Il grimpa dans sa voiture et roula tranquillement jusqu'à Lorient sans plus y penser.

Ce ne fut qu'en arrivant à ses bureaux de la rue Carnot qu'il songea soudain à la jeune femme du cimetière et aux fleurs qu'elle avait déposées sur la tombe.

Elles étaient blanches elles aussi.

2

La mort d'André Leguenec n'aurait aucune incidence sur la bonne marche de la Compagnie Leguenec. Il y avait longtemps que, dans son ombre, Damien avait pris la relève. S'il n'était pas « le fils chéri » de l'armateur, du moins était-il celui sur lequel on comptait pour gérer les affaires aux côtés du Patriarche. Celui sur lequel on allait continuer de s'appuyer pour préserver les biens et la prospérité de la famille.

Depuis toujours, Damien avait senti peser cette responsabilité écrasante sur ses épaules. En toute logique, la fin des études de Pierre aurait dû lui procurer un soulagement. Le cadet aurait dû rejoindre l'aîné et lui apporter son soutien. Au lieu de cela, Pierre s'était contenté de rejoindre Lorient et de vivre en dilettante, prétextant qu'il devait prendre le temps de réfléchir à son avenir.

Damien, lui, avait repris sa place à la Compagnie au lendemain de sa démobilisation. S'il avait eu à peindre les sentiments éprouvés alors, il aurait probablement évoqué ceux d'un prisonnier qu'on transfère sans explication d'une cellule à une autre. Ainsi était-il passé sans transition du front à son bureau, du fracas des combats aux murmures de la mer.

Cette fois, il était seul aux commandes.

Qui regretterait d'ailleurs « le père Leguenec », comme l'appelaient les vieux marins lorientais ? Qui regretterait son attitude lointaine, pour ne pas dire hautaine, son parisianisme ou ses coups de gueule aux réunions de la chambre de commerce ?

Au cimetière, le prêtre lui avait présenté ses condoléances avec toute la dignité voulue. Mais il lui avait tendu une main glaciale et même son sourire apitoyé avait la chaleur d'un ex-voto.

Non. Personne ne le regretterait. Damien lui-même devait se résoudre à l'idée que, dans cette cohorte d'indifférents, il figurait en tête de liste.

La fortune des Leguenec avait débuté à Lorient au début du XVIIIe siècle. Officier dans la compagnie des Indes, Sébastien Leguenec avait, comme la plupart de ses collègues, trafiqué des « pacotilles », en particulier des étoffes peintes du Bengale dont la revente – illégale – lui avait assuré des bénéfices confortables. Devenu armateur-négociant, il avait alors diversifié ses activités en important pêle-mêle des épices, du thé, du café ou des porcelaines de Chine.

La fin du privilège de la Compagnie, en août 1769, n'avait pas sonné le glas de la manne familiale. À la veille de la Révolution, son fils, Aurélien, se trouvait à la tête d'un capital de plusieurs millions de livres. Émigré en Angleterre, il s'était alors lié avec la banque Rothschild pour faire de juteuses affaires.

Son retour à Lorient avait permis à ses héritiers de fonder une société dont les bateaux allaient rapidement sillonner toutes les mers du globe. Lorient devenu avant tout un arsenal militaire et une ville de garnison, les Leguenec avaient peu à peu essaimé à travers toute la Bretagne, prenant pied à Nantes, à Paimpol, à Saint-Nazaire et à Douarnenez. Rien n'avait échappé à leur avidité ni à leurs ambitions. Armant ou affrétant des navires de pêche en partance pour l'Islande ou Terre-Neuve comme des trois-mâts hauturiers qui ramenaient du salpêtre du Chili, des bois exotiques du Brésil ou du froment d'Australie, ils s'étaient également lancés dans les forges nantaises, les verreries et la construction de machines à vapeur.

Pas plus que la Révolution, la Première Guerre mondiale n'avait porté atteinte à la prospérité de la Compagnie. Sentant le vent de l'histoire tout près de balayer la vieille Europe, André Leguenec avait investi dans l'armement militaire et l'automobile, amassant des profits considérables.

Dès lors, les bureaux de Lorient n'avaient plus constitué que la base arrière d'une entreprise aux ramifications multiples.

André Leguenec s'était pourtant toujours refusé à quitter Lorient, berceau de la prospérité des Leguenec. Par nostalgie comme par égoïsme. À Paris, il avait acheté un hôtel particulier avenue Kléber et y menait le plus souvent possible une vie libre de toutes contraintes, loin des regards de sa famille comme des cancans de la bourgeoisie lorientaise.

À Lorient, Damien veillait à tout. À son retour du front, il avait été pris lui aussi d'une fièvre d'investissements. Ne pouvant se consacrer à ses seules ambitions personnelles, il avait voyagé pour le compte de la Compagnie, profitant de ses séjours à l'étranger pour nouer des relations dans les milieux financiers les plus divers. Aux États-Unis, il avait ainsi pris des contacts avec les Ford et John Rockefeller. Les perspectives qu'on lui avait ouvertes ne s'étaient pas seulement révélées pleines de promesses, elles avaient débouché sur des gains substantiels. André lui avait fait confiance. Prudent, Damien n'avait cependant risqué que les fonds dont il disposait en propre.

Enthousiasmé par une existence trépidante et délivrée de toutes contraintes filiales, Damien était resté huit mois à New York. Il avait investi dans l'automobile, l'industrie, le pétrole. Il avait joué en Bourse sur les conseils des meilleurs financiers de Wall Street.

Les résultats avaient dépassé ses espérances. Trois ans plus tard, il aurait été en mesure de racheter la Compagnie à lui seul. André lui avait dès lors délégué sa signature pour traiter en son nom sur toutes les grandes places financières. Il ne l'avait pas regretté.

L'internationalisation de la société, à travers ses filiales, avait permis aux Leguenec de supporter sans mal le marasme, puis la crise des années vingt. Parallèlement à l'entreprise familiale, Damien gérait maintenant ses propres affaires quand Pierre refusait d'entrer dans le monde du travail et préférait se laisser vivre, immature, en remorque d'un père idéalisé et dont l'héritage lui autorisait toutes les fantaisies.

Bien qu'il disposât d'une fortune désormais indépendante de la Compagnie, Damien avait tenu à demeurer à Lorient. Armateur dans l'âme, il n'avait pu se résoudre lui non plus à quitter le creuset de la prospérité des Leguenec. Lorient avait été le terreau sur lequel avaient grandi ses ambitions. Il se sentait redevable envers une ville qui l'avait vu naître et qui, peut-être, le verrait mourir.

Tout au plus se désespérait-il de son cadet, dépourvu d'esprit d'entreprise et materné par les femmes de la maison.

Mais qu'y pouvait-il ? Ni Mélanie ni Cécile, trop proches de Pierre, trop attentives à ses caprices, ne l'aidaient à grandir. En l'absence de Damien, mobilisé, elles avaient reporté sur lui toute leur affection. Elles l'avaient couvé. Elles avaient construit autour de lui un monde protégé, un monde de faux-semblants. Bien que la guerre fût l'unique sujet de conversation ou presque dans tout le pays, elles allaient jusqu'à lui épargner la lecture des lettres les plus terribles que Damien expédiait du front. La guerre ne parvenait à La Charmitière qu'épurée, dégrossie en quelque sorte de ses aspects les plus sordides.

Pierre leur en avait-il voulu ? Quoi qu'il n'en laissât jamais rien paraître, Damien le soupçonnait de nourrir de secrètes rancœurs. Il ne pouvait avoir été totalement tenu à l'écart de la réalité, ne serait-ce qu'au collège. Il n'avait pas été sans apprendre de la bouche d'autres camarades les horreurs que vivaient quotidiennement les soldats dans leur guerre contre les « Boches ». Peut-être même ces « révélations » avaient-elles suscité en lui un sentiment de culpabilité dont il portait toujours le fardeau. Damien était le héros de la famille. Il avait connu l'épreuve du feu. Tandis que lui avait bénéficié d'une existence confortable en demeurant à l'arrière. Même André, presque toujours absent, l'avait abandonné aux mains des femmes, refusant de l'aider à entrer dans l'âge adulte. Ainsi s'était-il creusé un fossé toujours plus profond entre l'esprit de clan des Leguenec et sa propre perception des réalités ordinaires. Dilettante par nature, Pierre s'en était accommodé, du moins en apparence. Mais la mort d'André libérait cette charge explosive qu'il portait en lui depuis des années. Et Dieu seul savait comment il allait réagir à cette déflagration intérieure.

– Je n'ai pas comme toi la fibre d'un entrepreneur, avait-il déclaré un jour. J'ai l'âme trop rêveuse pour cela.

– Rêver c'est bien, agir c'est mieux, lui avait répondu sèchement Damien.

Avant de se reprendre et de se lancer dans un discours maladroit sur la nécessité d'être soi-même, de trouver sa propre voie, de refuser la conformité à un modèle.

Lui-même ne l'avait-il pas toujours surprotégé ? Pierre l'agaçait. Pierre était un poids mort. Pierre était encore un enfant. Mais Pierre était aussi celui dont il avait accepté de prendre soin en l'absence d'un père pour qui l'esprit de famille était moins une fibre naturelle qu'une nécessité pratique. Bien qu'il s'en défendît, Damien l'aimait. Il l'aimait en dépit de ses faiblesses et de sa mauvaise volonté. Il l'aimait peut-être même à cause de cela. Pierre s'apprêtait à faire ce dont il n'avait jamais été capable : désobéir. André Leguenec disparu, il allait prendre son envol sans se soucier de ce que lui, Mélanie ou Cécile pouvaient penser. Et qu'importe si, pour cela, il mettait à contribution sa part d'héritage. Le Patriarche avait pris tant de libertés, et avec tout le monde ! Il s'était montré égoïste et lâche. Par-delà la mort, son fils préféré allait lui rendre la pareille.

Damien croyait entendre la voix d'André Leguenec tonitruer de sa tombe : « Voilà bien mon fils ! Le plus remuant, le plus inutile, le plus incapable, mais aussi le plus original, le plus fantaisiste, le plus semblable à moi au bout du compte ! Entre une femme irréprochable, une fille insignifiante et un fils qui se contente de marcher dans les sillons que j'ai tracés, lui au moins veut sortir de cette couveuse où on étouffe ! Bon sang, quelle aubaine ! Vas-y fils, montre-leur de quoi tu es capable ! »

Damien l'imaginait au ciel ou en enfer se réjouissant du bon tour que Pierre s'apprêtait à jouer à la « sainte famille », jetant un dernier regard de mépris sur ce clan dont l'équilibre lui avait cependant toujours importé parce qu'il était indispensable à sa tranquillité d'esprit.

Pierre, en agissant de cette manière, le confortait sans doute dans sa bonne conscience. Un dernier pied de nez au monde des vivants à travers son fils préféré !

Pourtant, pas un instant, l'idée n'était venue à Damien que son frère allait dilapider son héritage. Cet argent lui appartenait. Pierre n'avait pas à en remercier son père éternellement. André Leguenec n'avait jamais envisagé le monde des affaires autrement que comme un terrain de jeu sur lequel ses ambitions, son avidité et son orgueil démesuré pouvaient se donner libre cours. Il s'était toujours fait plaisir en amassant de l'argent. Il avait aimé triompher par la ruse ou la manipulation. Laisser une telle fortune à ses héritiers était encore une manière de prouver à tous son écrasante supériorité. Non seulement, il avait réussi socialement mais il s'était montré un parfait géniteur. On pouvait donc lui pardonner les ombres de sa vie dissolue.

De ces ombres, Pierre semblait d'ailleurs se soucier comme d'une guigne. Contrairement à Damien, il n'avait guère été confronté au caractère fantasque du Patriarche, à ses revirements soudains, à ses brusques et incompréhensibles départs en voyage, à ses retours impromptus, aux allusions goguenardes à sa double vie, à ses négligences imprévisibles.

En ces semaines de « deuil forcé », Damien Leguenec ne pouvait cependant s'empêcher de songer à ces ombres et d'y voir, comme pour la mort qui venait de frapper, une métaphore des ténèbres où l'on s'avance avec effroi.

3

– Toujours pas décidé à m'accompagner ? demanda Damien en s'arrêtant sur le seuil du grand salon.

Ses yeux bleus dans le vague, Pierre Leguenec fit « non » de la tête et se replongea dans le dernier exemplaire de *La Revue des Deux Mondes*, laissant son corps longiligne glisser entre les coussins du canapé, vouivre insaisissable et voluptueuse.

Damien l'observa un bref instant. Maigre et nonchalant, un visage enfantin avec de grands yeux étonnés que traversaient furtivement de brefs éclairs d'ironie, un front haut et pâle, une bouche un peu lasse semblable à celle de leur sœur Cécile mais qui savait se métamorphoser en un trait dur et cruel. Pierre semblait n'habiter son corps que par inadvertance, un corps sans arêtes ni angles, presque déstructuré.

Parfois, Damien doutait qu'ils fussent de la même « portée ». Avec son visage énergique, ses lèvres sensuelles ornées d'une fine moustache, ses yeux gris-bleu et sa carrure solide aguerrie par les combats, il était son double inversé. N'eût été cette légère claudication due à une blessure reçue sur le front de la Somme, quelques rides trop précoces éparpillées aux coins des yeux, on eût pu le prendre pour son cadet.

– Vraiment, tu ne veux pas ?

Même signe de dénégation.

Damien n'insista pas. Depuis trois semaines, Pierre ne quittait pratiquement pas La Charmitière et Damien se dit qu'il ressemblait à un animal en période d'hibernation. Il attendait l'arrivée d'un événement fortuit ou qu'un quelconque signal émis par son cerveau le tire brusquement de cette léthargie pour sortir de sa tanière.

Damien traversa le vestibule et, avant que la domestique n'eût le temps de lui ouvrir la porte, Cécile se précipita pour l'embrasser.

– Bon courage, lui glissa-t-elle avec un sourire triste. Tu sais que tout le monde compte sur toi.

Ses yeux étaient d'un vert très pâle dans l'ovale du visage aux traits si réguliers qu'ils paraissaient voués à n'exprimer que la tiédeur ou l'ennui. Du fait d'un mimétisme exaspérant, elle arborait le même air de chien battu que celui affiché par Mélanie depuis l'enterrement. Elle avait la poitrine creuse et le souffle court. Elle ne respirait qu'à petits coups, happant juste assez d'air pour survivre. Elle redoutait d'importuner la vie en affirmant sa présence.

« Pauvre Cécile, songea Damien, quand commenceras-tu à vivre enfin… »

Un sentiment de compassion monta en lui, vite rabroué. Tout à coup, il ne la vit plus comme sa sœur mais comme une étrangère. « Elle est molle, aussi malléable qu'une cire chaude, sauf que tout est froid en elle, comme chez sa mère… Non… Pas froid, tiède ! »

Cécile avait l'âme droite et la santé délicate. Elle vivait dans un monde dont seule Mélanie détenait les clés parce qu'elle avait elle-même forgé la prison de sa fille. Aussi rêveuse que Pierre mais incapable de vitalité dans ses désirs. Trop chétive pour n'être pas qu'un obscur second rôle sur le grand théâtre de l'existence.

« Tout le monde compte sur toi… »

Il faillit exprimer un sourire de pitié mais l'embrassa rapidement sur le front en s'efforçant de cacher son agacement et sortit dans le jardin qui embaumait un parfum de rose et de terre mouillée.

Le vieux Guillaume avait sorti la voiture du garage. Une Ford décapotable dernier modèle aux sièges de cuir fauve.

En quittant la propriété, il aperçut Cécile dans le rétroviseur. Elle était restée sur le pas de la porte et le regardait s'éloigner sans lui adresser le moindre signe. Elle se contentait de suivre la voiture des yeux, plantée sur le perron dans sa robe de deuil, long et fragile glaïeul sorti tout droit d'un salon aux élégances surannées de Marcel Proust.

Le temps avait fini par éloigner Damien de cette sœur si belle et si transparente. Elle aussi avait toujours compté sur lui. Tout le clan reposait sur ses épaules mais elles n'étaient jamais assez larges pour supporter les espérances, les craintes, les exigences des Leguenec. Même André, en dépit de la confiance aveugle qu'il accordait à son sens des affaires, n'avait jamais eu pour lui le moindre mot d'encouragement, encore moins de remerciement. De tout temps, Damien, le fils aîné, avait été voué à prendre en charge les destinées de la Compagnie. Et cette évidence ne souffrait aucune objection, n'appelait pas le moindre commentaire. Sa vie avait été tracée d'en haut, par quelque instance supérieure dont les décrets étaient irrévocables.

Souvent, il avait songé à ce que serait devenue la société s'il n'avait pas secondé son père, voire même s'il ne s'était substitué à lui en bien des occasions. L'entreprise familiale aurait-elle périclité ? André Leguenec avait beau veiller au grain, il passait de plus en plus de temps à l'extérieur. Il voyageait pendant des semaines, expédiant d'ici ou là un télégramme, une lettre, une carte postale pour maintenir le lien avec la Compagnie à travers Damien. Les « ordres », eux, arrivaient par téléphone. Certes, il prenait des contacts utiles, amorçait des négociations. Mais Damien avait vite compris que là n'était pas le plus important. Son père lui abandonnait l'essentiel : la marche quotidienne des affaires, l'épuisante routine. Lui se chargeait du superflu. Et ce superflu, il l'avait deviné, prenait de plus en plus souvent le visage d'une vie mondaine et festive. Bien qu'André payât la plupart du temps en espèces, Damien avait vu passer quelques chèques signés par son père pour régler les notes de grands restaurants parisiens et d'hôtels de luxe.

Qui côtoyait-il vraiment ? Parfois, son esprit se mettait à vagabonder et il voyait défiler des silhouettes à peine esquissées de femmes légères, de demi-mondaines, d'hommes d'affaires en costumes sombres, un cigare à la bouche et riant haut et fort. Il composait aussi des tableaux plus complexes où se croisaient des filles de joie, des policiers corrompus, des maquereaux ou des truands en goguette.

Il n'y voyait rien de spécialement malsain. Il savait par exemple que Pierre fréquentait une maison close de Nantes et l'idée de le lui reprocher ne lui serait pas venue à l'esprit. Lui-même, pendant ses rares permissions, avait eu deux ou trois aventures avec des prostituées, des filles gentilles qui comprenaient à demi-mot ce que vivaient les hommes de retour du front. Mais rien ne l'avait jamais attiré dans cette existence récréative où semblait se complaire André Leguenec. Il n'était pas un homme de la nuit, des lumières artificielles, des bars ou des boîtes à la mode. Plutôt un homme de l'aube, des matins vifs, des larges horizons et des confidences intimes.

« Je ne te comprends pas, lui avait déclaré un jour André. Je crois que si j'avais enduré la moitié de ce que tu as subi pendant cette saleté de guerre, je n'aurais plus rien à perdre. Je penserais moins au travail et davantage à profiter de mes belles années. »

Quelles belles années ? À l'exception de ceux qui avaient partagé les mêmes souffrances, qui pouvait en parler ? Qui pouvait surtout savoir ce que leur dicterait leur conscience après ?

Damien avait trouvé la remarque pitoyable. Et hypocrite !

C'était donc cela que lui reprochait son père : de n'être pas devenu fêtard, de ne pas vouloir à toute force rattraper les années perdues de sa jeunesse, de ne pas aimer ces marges du monde où il est si facile de se laisser glisser et de perdre le contrôle.

Quand lui s'y abandonnait avec délices...

Mélanie soupçonnait-elle cette existence parallèle ? En avait-elle toujours eu connaissance ? S'y était-elle résignée ou avait-elle cédé une fois de plus à ce conformisme dont s'accommodait sa nature ?

Les séjours à l'étranger d'André Leguenec n'avaient rien de monacal. Il suffisait d'ailleurs de le voir ressurgir à Lorient quelques jours, quelques semaines plus tard, pour déceler sur son visage les traces laissées par des nuits sans sommeil et dont les plaisirs n'avaient rien d'innocent. Parfois, André Leguenec y faisait d'ailleurs allusion devant Damien, mais seulement en privé et avec un clin d'œil complice qui semblait dire : « Affaires d'hommes, n'est-ce pas mon fils ? »

Damien détestait cette fausse proximité. Il eût préféré la vérité brute : « J'ai fait la fête pendant huit jours, tout va bien merci... à part la gueule de bois ! » ou « J'ai une maîtresse, elle aimerait faire ta connaissance ! » Mais André Leguenec savait que Damien respectait trop sa mère, Pierre et Cécile, pour accepter une telle confession sans s'insurger. Il s'était depuis trop longtemps institué leur protecteur, il ne dérogerait pas à ce rôle. Sans doute même aurait-il reproché à son père les libertés qu'il prenait avec la morale lorsque lui-même exigeait des siens une rigueur qui lui était étrangère.

Entre eux, la complicité attendue ne s'était jamais établie. André Leguenec avait ravalé ses confidences, et Damien ne lui avait rien demandé. Ils étaient demeurés immobiles sur les rives opposées d'un même fleuve, le regardant couler, s'adressant de temps à autre un signe de la main, puis se laissant envelopper par une brume légère qui, peu à peu, avait avalé leurs silhouettes étrangères.

4

Le trajet jusqu'à Lorient lui parut plus long qu'à l'ordinaire. La voiture sentait l'humidité. Il avait plu la veille et sans doute une vitre était-elle restée entrouverte. Il n'avait pas eu le courage en rentrant à La Charmitière de mettre la voiture au garage et Guillaume devait déjà être parti lorsqu'il avait abandonné la Ford devant le perron.

Un fort vent d'ouest poussait des nuages encore ballonnés de pluie. Des taches plus sombres se profilaient derrière eux, semblables à une arrière-garde vaguement menaçante et prête à monter à l'assaut.

Damien gara la Ford le long du trottoir, au bout de la rue Carnot. Les bureaux de la Compagnie, tout proches du pont tournant traversé par le tramway, étaient situés dans un immeuble cossu de pierre blanche aux larges fenêtres. Un hôtel particulier sur trois étages où s'activaient une vingtaine de personnes.

En pénétrant dans l'entrée, Damien huma l'atmosphère. Des odeurs de tabac se mêlaient à des parfums plus féminins parmi lesquels il s'amusait souvent à identifier celui de sa secrétaire ou d'une autre de ses employées. Mais, ce matin-là, le fond de l'air était frais et plutôt neutre. La pluie avait balayé toutes les senteurs trop violentes pour ne laisser subsister que celles de la pierre et du vieil escalier de bois à la patine impeccable.

La Compagnie avait beau avoir des bureaux à Nantes et à Brest, Damien n'y faisait que de brefs séjours. Il eût volontiers délégué à Pierre le soin de s'en charger si celui-ci avait eu du goût pour les affaires. Mais, pour sa part, il leur préférait ceux de Lorient, la maison mère, une petite structure qui était le noyau dur de l'entreprise. « Là où tout avait commencé », comme Damien, à la suite de son père, se plaisait à le répéter.

Il s'engagea dans l'escalier. Des éclats de voix, des appels, des sonneries de téléphone, le raclement des chaises sur le plancher composaient une symphonie loyale et rassurante. Des odeurs d'encaustique se mêlaient à celle, plus fade, de l'encre, à des arômes de café et parfois même, lorsqu'il faisait chaud, à des relents de sueur. Tout cela donnait le sentiment d'une ruche dont le bourdonnement régulier affectait les nerfs mais pour les stimuler plutôt que pour les mettre à vif.

La plupart de ses employés étaient devenus des familiers sans être pour autant des amis. Notamment sa secrétaire, Mathilde Tréguier.

C'était une jeune femme réservée, avec de longs cheveux bruns ramenés sur la nuque en un chignon piqué d'épingles, un visage doux qu'illuminaient de grands yeux noirs et de petites taches de rousseur sur les pommettes, des lèvres minces qu'on imaginait volontiers faites pour les murmures tendres.

Il l'avait engagée à son retour du front, et d'emblée s'était établie entre eux, au-delà des relations professionnelles, une sorte de complicité. Il aimait qu'elle ne l'appelle jamais « patron » avec une déférence exagérée, mais simplement « monsieur Leguenec ». Parfois même, il eût préféré « Damien ». Ils se faisaient mutuellement confiance. Elle avait été embauchée à la Compagnie à l'âge de dix-huit ans, elle en avait vingt-six à présent. Elle l'aimait, il en était persuadé. Il le voyait à sa façon de l'observer à la dérobée, à ses maladresses, à sa pudeur, à sa façon de faire tanguer légèrement ses hanches quand elle s'approchait de lui, à la douceur précise de ses gestes.

Parfois même, elle penchait la tête en l'écoutant et cette légère inclinaison avait la grâce que mettent les jeunes filles lorsqu'elles apprennent à séduire. Dès le début de l'automne ou les jours plus sombres, la lampe faisait briller sa nuque, adoucissant encore la blancheur ivoirine de sa peau.

Elle l'aimait et c'était pour lui un étonnement renouvelé de surprendre chez elle une attitude, un sourire confirmant cette passion jamais avouée.

Damien ne s'était pourtant jamais trouvé beau. Tout au plus se concédait-il du charme. Le front large, le visage mince, les yeux gris-bleu expressifs, la lèvre sensuelle barrée d'une fine moustache, il possédait une élégance naturelle qui pouvait attirer l'attention, mais la guerre et la légère claudication qu'elle lui avait laissée l'avaient marqué d'une empreinte indélébile. Ainsi n'attachait-il aucune importance à son apparence, pas même à ses vêtements et, plusieurs fois, il avait dû se rendre aux conseils de Mathilde qui lui suggérait de changer de costume, de cravate ou même de chaussures.

Mathilde ! La bonne fée, l'égérie ignorée, l'incontournable infirmière dans l'âme, celle dont les yeux tendres, semblables à deux lacs sombres et paisibles, débordaient de compassion…

Ce matin-là, il passa la saluer dans son bureau, la regarda longuement. Elle était penchée sur sa machine à écrire dont elle changeait le ruban, et son cœur se mit à battre un peu plus fort. Lui était-il arrivé d'être injuste envers elle ?

Quand elle s'aperçut qu'il la détaillait, la jeune femme se mit à rougir.

– Il y a quelque chose que je peux faire pour vous, monsieur Leguenec ?

Il y eut un silence qui se prolongea jusqu'à l'indécence.

– Non, Mathilde, dit-il enfin en évitant d'appuyer son sourire. Apportez-moi plutôt le programme de la journée.

Il se souvenait seulement d'avoir rendez-vous à onze heures avec un assureur et à midi avec un banquier, Philippe d'Angremont, qui s'était spécialement déplacé de Nantes pour le rencontrer. La Compagnie avait fait mettre un nouveau chalutier à vapeur en chantier. Un bâtiment d'une cinquantaine de mètres qui allait coûter près d'un million de francs, soit un tiers de plus que les plus gros bateaux de pêche de Lorient. Un navire fait pour la haute mer et qui pourrait, à lui seul, ramener dans ses cales des tonnes de morue, de raie, de saint-pierre ou de merlu.

La Compagnie, rien qu'à Lorient, en possédait déjà une dizaine. Mais, sous l'impulsion de Damien, elle n'avait cessé depuis des années d'étendre ses ramifications dans tous les secteurs d'activité en rapport avec la moyenne ou la grande pêche : approvisionnement en charbon – 1500 tonnes par an pour un grand chalutier –, prises de participation dans la Compagnie d'Orléans qui se chargeait d'acheminer le poisson par trains spéciaux vers tous les grands centres de consommation, financement par des filiales en rapport avec l'État du futur port en eaux libres de Kéroman. Partout, on retrouvait la trace des Leguenec, sous leur propre nom ou même sous des prête-noms.

La crise monétaire qui sévissait depuis des mois, celle du charbon due aux grèves anglaises, la mévente générale des produits du chalutage et la baisse subite de la livre sterling, qui avait permis l'introduction massive en France des pêches anglaise et hollandaise, avaient pourtant contribué à ralentir l'activité. Mais la famille Leguenec semblait s'être tirée d'affaire à bon compte. La diversification, initiée par Damien et son réseau de relations internationales, lui avait permis de compenser ses pertes par les bénéfices d'autres secteurs en plein essor. Ce qui lui avait valu bien des inimitiés, de Saint-Malo à Nantes. La Compagnie, décriée par une presse inutilement agressive, passait pour être inféodée à des financiers douteux appartenant à la « juiverie internationale ». *L'Écho de la Loire* – catholique extrémiste – et *Le Travailleur de l'Ouest* – organe de la SFIO – n'avaient pas hésité à entonner le même refrain. La seule évocation des « amis américains » de Damien – les Rothschild notamment – avait entretenu la suspicion et donné lieu aux pires fantasmes. Surtout lorsqu'on avait appris que les Leguenec, là où les taux d'usure habituels étaient de neuf pour cent, avaient obtenu des prêts bancaires à sept pour cent.

La polémique avait enflé avant l'été. Damien s'était même fait interpeller par un confrère moins chanceux de Nantes lors d'une réunion à Paris du puissant Comité central des armateurs de France.

Puis tout était retombé comme un soufflé trop vite refroidi. La solidité de la maison Leguenec était apparue à tous comme un objet de convoitise plus que d'opprobre.

Chaque jour n'en apportait pas moins sa moisson de soucis auxquels il fallait faire face : recrutement et paiement des équipages, revendications diverses, dépenses d'armement, avaries et chaluts déchirés, retards de livraison des chantiers, négociation des contrats d'affrètement ou d'assurance.

Heureusement, l'arrivée au pouvoir de Poincaré, comme président du Conseil et ministre des Finances, semblait avoir sonné la fin de la crise. Le franc commençait à se stabiliser. Le dollar et la livre sterling repartaient à la baisse. Les bons du Trésor, dont personne ne voulait plus, trouvaient acquéreurs. Autorisé à gouverner par décrets-lois, Poincaré avait opéré une série de réformes judicieuses qui avaient fait taire les protestations des socialistes et le directeur de la Sûreté générale, Jean Chiappe, remettait de l'ordre dans la rue. La paix économique et sociale se profilait de nouveau et le monde des affaires reprenait espoir. On avait frôlé le pire, on pouvait de nouveau s'attendre au meilleur.

Son rendez-vous avec Roland de Platière, un assureur brestois, ayant été rapidement expédié, Damien passa deux ou trois coups de téléphone avant de retrouver Philippe d'Angremont au Grand Café de la place Alsace-Lorraine.

L'homme, un quadragénaire mince et élégant aux allures de dandy mais dont les cheveux grisonnaient déjà sur les tempes, l'attendait à une table dressée un peu à l'écart, au fond de la salle.

Damien s'excusa de son retard.

– Dites-moi Leguenec, enchaîna d'Angremont, c'est bien ici que se réunit la loge maçonnique, n'est-ce pas ?

– En effet, dit Damien en dépliant sa serviette.

– Vous n'y avez jamais songé ?

Dérouté par cette entrée en matière, Damien ne sut quoi répondre.

– À moins que vous ne soyez déjà des nôtres et que je l'ignore !

– Non… J'avoue que…

– Votre père, si ma mémoire est bonne, avait été sollicité mais, je ne sais pourquoi, il a toujours refusé. J'espère que vous ne commettrez pas la même erreur.

Damien toussota pour se donner une contenance.

– Sans doute avait-il ses raisons.

Il connaissait d'Angremont depuis cinq ans et ne voyait pas pourquoi il manifestait soudain un tel intérêt pour un sujet qu'ils n'avaient jamais abordé ensemble. Le fait même de se dévoiler ainsi clairement à un non-initié était inhabituel. La rumeur prêtait plutôt aux maçons une prudence et un sens du mystère poussés jusqu'au ridicule.

Société secrète, club privé et mondain, cercle d'entraide, Damien n'avait d'ailleurs jamais su quoi penser de la nature exacte de cette organisation et au fond cela lui était indifférent. Si d'Angremont était venu pour le recruter, il allait repartir bredouille.

Ils n'en parlèrent plus jusqu'à la fin du déjeuner. À deux reprises, Damien vit cependant le banquier adresser un signe de tête à des clients entrant dans le restaurant. Maçons eux-mêmes ?

L'arrivée des cigares et des cognacs ramena malgré tout la conversation sur un sujet que Damien eût préféré éviter.

– Je sais que ce sont des souvenirs que vous préférez ne pas remuer, Leguenec, dit d'Angremont, et je respecte votre pudeur, mais j'aimerais vous raconter une anecdote. C'était au mois de mai 1917. J'étais du côté de Reims. Nivelle venait d'être relevé de son commandement et remplacé par Pétain. Des soldats commençaient alors à refuser de monter en première ligne. L'un de nos officiers, un fou furieux originaire de Toulouse, voulait absolument nous faire prendre d'assaut une position allemande si bien défendue que c'était à coup sûr aller au massacre. Et savez-vous ce qui s'est passé ? Deux de mes camarades et moi, sous-officiers eux aussi, sans nous être concertés, nous avons refusé. À l'époque, c'était la cour martiale et ensuite le peloton. Eh bien ce type complètement cinglé s'est subitement calmé et, au lieu de nous engueuler, il a tourné les talons.

Il marqua une pause pour ménager son effet.

– C'est seulement après que nous avons réalisé que nous étions tous les trois francs-maçons. Nous n'en avions pourtant jamais parlé. Étrange, non ?

Damien acquiesça d'un signe de tête. Il ne savait quoi répondre. Dès lors qu'on évoquait la guerre, il se fermait. Une herse s'abaissait entre lui et le monde extérieur. Sa gorge devenait sèche et les mots s'enfuyaient comme une cohorte de rats affolés par la proximité d'un incendie. Tout son être se contractait, se rapetissait de l'intérieur. Puis les images se précipitaient en masse dans son cerveau, semblables à des photographies qu'on eût fait défiler sous ses yeux à toute vitesse. Instantanément, tous ses sens en alerte, sa mémoire organique régressait de dix ans et il retrouvait alors l'odeur de la poudre et des chairs calcinées, les cris et les gémissements des blessés, le fracas des obus, la pesanteur molle de la boue, le froid et la neige qui gelaient les cadavres et maintenaient les corps des vivants dans un interminable hiver.

Il ferma les yeux un bref instant. D'Angremont dut s'apercevoir de son trouble car il prononça d'une voix radoucie :

– Leguenec... Vous allez bien ?

Damien rouvrit les yeux, ramené subitement à la vacuité du moment présent. Il n'était plus à Douaumont. Autour de lui, la salle chaleureuse du Grand Café était bondée et aucun éclat d'obus ne couvrait les éclats de voix. Tout était paisible en dépit du brouhaha. Il n'y avait plus, autour d'eux, que des femmes aux chapeaux élégants en train de séduire des messieurs en costumes parfois plus âgés, des couples silencieux, des tablées plus bavardes entre lesquelles circulaient des serveurs en habits.

– Ça va, mon vieux ? demanda à nouveau d'Angremont sur un ton curieusement familier.

– Ce n'est rien, dit Damien, la chaleur sans doute. Tout va bien.

Le banquier lui laissa reprendre ses esprits.

– J'espère que je ne vous ennuie pas, reprit-il enfin. Vous voyez, si je vous ai parlé de cette histoire, c'est qu'il existe une vraie fraternité maçonnique et qu'un homme comme vous ne devrait pas, après ce qu'il a vécu, manifester les mêmes réticences que son père. Aucun d'entre nous n'a envie de voir se reproduire une telle boucherie. Surtout qu'elle pourrait être pire encore que la précédente. Resserrer les liens entre les hommes est le meilleur moyen d'éviter une nouvelle hécatombe. Tant que les élites garderont le sens des réalités et sauront mettre leurs ambitions au service d'une entente commune, nous ne risquerons rien.

Devenu soudain lyrique, Philippe d'Angremont poursuivait son discours mobilisateur. Habilement, il trouvait les mots les plus aptes à toucher son interlocuteur en ravivant ses souvenirs, dissertant sur ces « plaies abominables » que le temps n'avait pas cicatrisées et qu'on ne pourrait refermer qu'à travers la construction d'une autre vision, moins étroite, du monde à venir.

Tout en terminant sa tasse de café, Damien se dit que, pour un banquier, il manifestait de singuliers talents d'orateur et un idéalisme inattendu. Était-il sincère ou cherchait-il simplement à l'enrôler ?

Il avait toujours refusé d'intégrer une quelconque communauté, de s'identifier à autre chose qu'à sa qualité de citoyen français, breton de surcroît. Que la société fût ésotérique ou seulement charitable, qu'elle encourageât des buts nobles ou corporatistes, il se méfiait par nature des groupes et des agrégations d'intérêt. Il n'appartenait même pas à l'une de ces innombrables associations d'anciens combattants qui avaient fleuri au lendemain de l'armistice. Il n'avait d'ailleurs gardé aucun lien avec les survivants des combats auxquels il avait participé. Pas plus qu'il n'avait conservé de relations avec d'anciens condisciples du collège ou du lycée. Tout au plus les saluait-il amicalement lorsqu'il en croisait certains dans les rues de Lorient.

La seule dérogation à cette règle avait été son adhésion à un club d'hommes d'affaires new-yorkais. Encore cela n'avait-il eu qu'un caractère assez protocolaire.

D'Angremont cependant insistait. Au point que Damien, sans raison valable, finit par lui prêter les pensées les plus troubles. Régulièrement, son regard échappait à son interlocuteur pour venir se fixer sur la pendule qui trônait au-dessus de la porte menant aux cuisines. Le temps, malléable, jouait en sa faveur. L'heure allait le délivrer.

Lorsqu'ils sortirent enfin du Grand Café, la place Alsace-Lorraine ruisselait de soleil. La foule l'avait envahie, aussi fébrile que les jours où se produisaient les formations musicales de la mairie ou des sapeurs-pompiers.

Ils se séparèrent près du kiosque. D'Angremont lui serra chaleureusement la main.

– Pour nos affaires, vous savez que vous pouvez compter sur moi, dit-il. Pour le reste, Damien, promettez-moi d'y penser. Mieux vaut être traité de maçon, croyez-moi, que de complice de la « juiverie internationale ».

C'était la première fois que le banquier se risquait à l'appeler par son prénom. Damien en éprouva un malaise aussi grand que d'entendre prononcer des mots comme « juiverie internationale ».

– Vous y penserez ? répéta d'Angremont.

Damien, pour s'en débarrasser, promit et regarda s'éloigner le banquier nantais avec soulagement. Il avait hâte d'être seul et de regagner son bureau. Il traversa la place et se perdit un moment dans la ville avant de prendre le chemin de la rue Carnot. Les passants paraissaient heureux, insouciants. La chaleur ne pesait pas et, malgré l'augmentation récente de sa population, on sentait que Lorient respirait, cherchait à s'étendre à travers un espace neuf, que tous les pores de la ville se dilataient comme pour faire éclater les limites d'une peau en train de muer.

Sans même s'en rendre compte, Damien marcha ainsi une bonne demi-heure. Sur le trottoir de la rue Carnot, avant de s'engouffrer sous le porche, il se retourna brusquement sur une passante vêtue d'une robe blanche au décolleté en dentelle.

En une fraction de seconde, l'image du cercueil d'André Leguenec glissant dans la tombe et celle de la jeune femme blonde du cimetière s'entremêlèrent. Puis l'ombre du porche les avala toutes les deux.

5

En consultant les journaux ce soir-là, Damien Leguenec repensa brusquement à la conversation qu'il avait eue quelques semaines plus tôt avec Philippe d'Angremont. Se pouvait-il que l'idéalisme du banquier finît par l'emporter ? On était le 10 septembre et, conformément aux accords de Locarno, l'Allemagne venait d'adhérer à la Société des Nations.

« Arrière les canons, arrière les fusils et les mitrailleuses, arrière les voiles de deuil ! s'était exclamé avec grandiloquence Aristide Briand à la tribune de la SDN. Place à la conciliation, à l'arbitrage et à la paix ! »

Damien ne partageait pas cependant l'optimisme du ministre des Affaires étrangères. La guerre l'avait rendu sceptique envers la « bonté naturelle » de l'être humain. L'expérience l'avait rejeté une fois pour toutes du côté des cyniques et il faisait sienne cette phrase d'Oscar Wilde qui veut que le « cynisme est de connaître le prix de tout et la valeur de rien ».

L'été 1926 s'était pourtant bien déroulé. Mélanie et Cécile avaient quitté leurs voiles de deuil, Pierre avait repris ses vagabondages entre Lorient, Paris et Nantes. Quant à Damien, il pouvait s'estimer satisfait du cours paisible que suivaient les affaires de la Compagnie. La fin de la crise monétaire avait rassuré les consciences, le chalutier à vapeur construit dans les chantiers nantais allait bientôt toucher l'eau, et les relations engagées avec les armateurs américains permettraient bientôt aux Leguenec de mettre un pied aux États-Unis et, de là, de rayonner à travers le monde. Damien envisageait de leur racheter des cargos et de créer sa propre société. Ainsi pourrait-il acheminer vers l'Europe tout ce dont elle manquait et entreprendre la conquête de nouveaux marchés en Extrême-Orient. Un rêve déjà ancien que la mort d'André Leguenec allait peut-être lui donner l'occasion de réaliser.

La guerre avait saigné à blanc le Vieux Continent, libéré des appétits féroces que la concurrence internationale aiguisait encore. Damien entendait bien ne rester à l'écart d'aucun champ de bataille. Seules les entreprises à caractère militaire ne figuraient pas dans ses perspectives. Pourtant, les chantiers regorgeaient de commandes d'État et la Compagnie eût pu aisément augmenter ses bénéfices en participant à la construction de torpilleurs ou de sous-marins. Mais Damien s'y était toujours refusé. Plusieurs de ses associés avaient essayé de le convaincre des fabuleux profits à engranger dans ce secteur prometteur. Sans résultat.

Songeant aux paroles de Briand, il referma l'exemplaire du *Figaro* et le jeta négligemment sur son bureau.

– Idéaliste ! s'exclama-t-il. Ah, il doit bien rire, le Stresemann[1] ! L'Allemagne va pouvoir se reconstruire, retrouver son armée, peut-être même ses colonies… On n'est pas sorti de la…

– Vous m'avez appelée ?

Damien releva la tête. Il pensait avoir parlé à voix basse, mais pas assez pour que Mathilde ne se sente pas obligée de quitter son bureau et de surgir, son calepin à la main.

1. Gustav Stresemann : ministre allemand des Affaires étrangères.

– Non…, balbutia-t-il. Excusez-moi, je parlais tout seul. L'âge, sans doute.

Le visage pur de Mathilde s'éclaira d'un sourire timide.

– Vous n'avez pas oublié votre rendez-vous de six heures et demie ?

– Mon rendez-vous…

Il fronça les sourcils. Il ne voyait pas de quoi il s'agissait. Il vérifia aussitôt. Il n'avait noté aucun autre rendez-vous sur son agenda que ceux du matin.

– Lequel ?

– La personne qui s'est présentée pour la place de secrétaire.

– La place ? s'étonna Damien. Vous avez déjà fait passer l'annonce dans les journaux ?

– Non. J'attendais que vous me le demandiez.

– Alors, comment a-t-elle su que nous cherchions quelqu'un ?

Mathilde haussa légèrement les épaules.

– Je ne sais pas. Peut-être connaît-elle un employé de la Compagnie. Vous savez, les nouvelles vont vite à Lorient.

– Il n'y avait pas d'urgence, dit Damien, agacé par cette initiative.

Mathilde baissa la tête, fixant son calepin. Comme à chaque fois qu'il haussait le ton, il crut que les larmes allaient lui venir aux yeux.

– J'ai pensé bien faire, dit-elle d'une voix tremblante.

– Très bien, la rassura Damien. Je la recevrai.

Mathilde disparut sans demander son reste, laissant dans son sillage un doux parfum de myosotis.

Soudain nerveux, Damien se leva, contourna son bureau et s'assit sur le fauteuil des visiteurs, une place qu'occupait parfois son père lorsqu'il débarquait sans crier gare au lendemain d'un long « voyage d'affaires ». Après quoi celui-ci reprenait possession des lieux, se posait en maître, donnait quelques coups de téléphone, distribuait les tâches à accomplir et Damien se sentait mis à l'écart, comme en exil. Il réintégrait le bureau voisin et restait un moment sans rien faire, plongé dans un état de vide absolu. Puis la routine reprenait le dessus. Il redevenait le fils dévoué, le second brillant auquel on pouvait tout demander.

Mathilde revint à la charge quelques minutes plus tard. Mais son irritation était retombée, il arborait un air presque jovial.

– Monsieur, je peux faire entrer la jeune fille ?

– Bien sûr, Mathilde.

Sans plus attendre, il se replongea dans la lecture d'un contrat d'assurance, s'efforçant d'en démêler les multiples clauses. Chaque année, il lui semblait que les nouvelles lois, les taxes et les cas de jurisprudence alourdissaient inutilement la paperasserie. Mais les enjeux étaient à la hauteur des précautions exigées. Plus d'un armateur qui passait pour avoir les « reins solides » s'était mordu les doigts de l'avoir oublié.

La voix de Mathilde résonna de nouveau dans l'espace légèrement enfumé du bureau.

– Monsieur, la personne qui s'est présentée pour la place…

– Très bien, dit-il sans lever les yeux. Laissez-nous !

Il entendit un bruit de chaise qu'on déplace, perçut une fragrance délicate. Une odeur de lilas, une touche de jasmin ? Quelque chose d'assez doux en tout cas pour caresser l'air, attirer l'attention sans provoquer ou troubler en profondeur.

– Mademoiselle ?

– Anna… Anna Kowalski…

Le timbre de la voix à lui seul l'arracha à sa lecture.

Une jeune femme lui souriait. Vêtue d'une robe discrète de couleur beige, elle ne portait pas de bijou, ne s'était maquillée que très légèrement et tenait un sac posé sur ses genoux. Seul un petit chapeau bleu pastel, posé de travers sur sa tête blonde, mettait une note d'exotisme dans cette tenue trop sage.

Damien reconnut immédiatement la jeune femme du cimetière.

Cette fois, il put la détailler à loisir. De petite taille, légèrement en chair, les yeux d'un bleu limpide, des taches de rousseur sur les ailes du nez, une bouche étroite et gourmande. Et cet air d'innocence presque enfantine qui se dégageait d'elle, accompagné d'une puissance de séduction inouïe... Cette séduction qui, même à distance, même le jour de l'enterrement de son père, l'avait happé dans un tourbillon de sensations violentes.

Il déglutit avec peine, écrasa sa cigarette dans le cendrier.

– La fumée vous dérange peut-être ?

Sans attendre sa réponse, il se leva pour ouvrir la fenêtre, conscient du ridicule de la situation. C'était lui, le directeur de la Compagnie et pourtant il se sentait comme un invité dans ce bureau où s'étaient prises tant de décisions capitales. Il avait même oublié le but de sa visite.

– Je peux... faire quelque chose, poursuivit-il.

Elle dut percevoir son trouble mais n'en laissa rien paraître, ou si peu qu'il lui en fut reconnaissant.

– Je viens pour l'annonce.

– L'annonce..., balbutia-t-il. Ah oui, l'annonce... Mais il n'y avait pas encore...

– Je sais, mais l'un de vos employés m'a laissé entendre que vous cherchiez quelqu'un pour un poste de secrétariat.

Elle le fixait tranquillement, sans effronterie.

– Vous pouvez me dire de qui il s'agit ? se reprit Damien. Simple curiosité !

Anna Kowalski eut un sourire candide.

– J'ai promis de ne rien dire… Vous comprenez, cette personne avait peur que ça ne vous déplaise.

– Très bien, coupa Damien, n'en parlons plus !

Il y eut un bref silence durant lequel il fouilla dans ses papiers pour se donner une contenance. Il classa dans un dossier le contrat d'assurance, le mit de côté, alluma une cigarette, oubliant qu'il venait précisément d'ouvrir la fenêtre à cause de la fumée. Tous ces gestes avaient quelque chose de factice, d'emprunté.

S'en était-elle aperçue ? Elle le regardait faire sans paraître agacée, suivant chacun de ses mouvements avec un calme exaspérant. Elle avait conservé la même position, détendue sans être relâchée, le sac toujours posé sur ses genoux.

– Vous avez des diplômes, de l'expérience ?

– J'ai mon certificat de sténodactylo, je connais un peu la comptabilité, j'ai déjà travaillé chez un armateur du Havre.

– Un armateur ?

– La société Gelder !

Damien approuva d'un sourire muet.

– Et je parle trois langues, précisa-t-elle, quatre en comptant la mienne.

– Lesquelles ?

– Le français, l'anglais, l'italien, et bien sûr le polonais.

– Vous êtes polonaise ?

– Je suis née à Varsovie.

– Ah ! Varsovie… une ville magnifique.

Il n'y avait jamais mis les pieds. Il s'en moquait. Il essayait seulement d'établir un contact, de l'atteindre à travers ses propres mots. Son bureau était devenu une île minuscule, un radeau à la dérive avec l'horizon pour seul témoin. Le monde avait disparu avec ses fureurs et son incandescence. Ne restait qu'une paix souveraine qu'il cherchait à retenir. « Bon Dieu, pourvu que le téléphone… », songea-t-il. Il pria intérieurement pour qu'aucun correspondant ne cherche à le joindre, pour que Mathilde se tienne rivée à son bureau, pour qu'aucune intrusion du monde extérieur ne vienne s'immiscer dans leur tête-à-tête.

Son cœur avait repris un rythme plus lent en dépit de l'émotion qui se prolongeait en une vibration sourde dans sa poitrine. Il battait encore trop fort. Mais du moins Damien ne se sentait-il plus au bord de la suffocation, les joues en feu et les mains moites.

– J'ai passé trois ans chez Gelder. Je m'occupais déjà là-bas du secrétariat. J'étais affectée aux…

Il l'écoutait sans vraiment saisir le sens de ses paroles. Il se laissait envoûter par ses intonations, ses silences, les mouvements sensuels de ses lèvres lorsqu'elle ouvrait et refermait la bouche. Scellée sur combien de secrets ? Il eût souhaité tout savoir d'elle sans attendre, impatient pour la première fois de sa vie de connaître les mystères d'un cœur humain, au-delà des apparences, de la forme si belle, de la voix si tendre, du visage si angélique.

« Mais qu'est-ce qui m'arrive ? »

– Vous pensez que je pourrais faire l'affaire ?

– Pour…

– Pour la place !

– Oui, oui, bien sûr, dit-il d'une voix paresseuse.

Un sourire affleura sur les lèvres de la jeune femme et tout son visage parut s'épanouir dans ce sourire à bouche fermée.

– Et je commencerai quand ?

– Voyons, nous sommes vendredi. Vous pourriez venir lundi ?

– Lundi, c'est parfait.

Il n'avait aucune envie de quitter son bureau, aucune envie de la voir partir, et pourtant déjà elle se levait et déployait sa petite taille. Ses épaules, légèrement dénudées, étaient recouvertes d'un voile d'humidité à cause de la chaleur.

Elle lui tendit une main gantée de blanc.

– Merci beaucoup, monsieur Leguenec. Je me réjouis déjà de travailler avec vous… À lundi alors ?

– À lundi, répondit-il machinalement en prenant sa main.

Puis, d'une voix précipitée, il reprit :

– Je vous raccompagne, mademoiselle…

– Kowalski !

– Kowalski, répéta-t-il en écho.

Il la reconduisit jusqu'à la sortie des bureaux. Le soleil les attendait sur le trottoir, chaud et violent. Ils se quittèrent sur une dernière banalité. Puis Damien la suivit un instant des yeux comme il l'avait fait la première fois au cimetière. Silhouette de poupée élégante perchée sur ses talons, à la démarche chaloupée, petite bulle de lumière dans le soleil déclinant.

Lorsqu'elle disparut au coin de la rue Carnot, il sentit que l'adrénaline coulait de nouveau dans ses veines, un flot brutal et encombrant. Puis tout s'apaisa et redevint ordinaire. La rue passante, le porche, l'escalier aux marches usées, les murs couleur crème du couloir, le cliquetis des machines à écrire… C'était la même vie, celle de Damien Leguenec armateur.

Et pourtant tout lui parut soudain changé.

Il alla se rasseoir dans son bureau. Le sous-main en cuir, sous ses doigts, lui sembla glacial, le papier rugueux. Pendant quelques instants, il joua avec son stylo. Les objets eux aussi avaient changé. Il alluma une énième cigarette et tira dessus avec la même nervosité que lorsqu'il s'apprêtait à prendre une décision importante. Le tabac ne parvint pas à le calmer. Il se leva et fit quelques pas dans le couloir avec l'impatience d'un père attendant une naissance, puis entra dans le bureau de Mathilde pour lui demander le contrat d'affrètement d'un bateau en partance pour Terre-Neuve. Un prétexte. Mathilde Tréguier s'habillait pour partir. Elle s'étonna de sa nervosité. Elle lui parla d'une lettre qu'il comptait écrire au président de la chambre de commerce. Il la retint encore un instant, lui dicta la lettre dans un état second. Mathilde lui demanda si elle devait l'envoyer immédiatement ou attendre encore quelques jours, mais il comprit à peine ce qu'elle attendait de lui et sortit sans répondre.

La plupart des employés devaient déjà avoir quitté l'immeuble.

Resté seul, Damien ouvrit toutes grandes les fenêtres de la salle de réunion et chercha à l'extérieur un air plus vif. Mais l'enceinte de la cour ne lui renvoyait que des vapeurs tièdes qui, longtemps, avaient erré entre les murs. Il était sans force, cloué au sol par une terrible pesanteur. Il détourna les yeux. Dehors, l'été continuait de reculer à couvert d'un soleil devenu plus timide.

– Dois-je envoyer ce courrier maintenant, monsieur ? s'enquit de nouveau la voix de Mathilde derrière lui. Monsieur ?

Elle n'était donc pas partie.

Il ne répondit pas. Sa bouche était sèche, sa langue et son palais aussi râpeux que ceux d'un chat. Que lui arrivait-il ? Il desserra sa cravate, respira longuement et ferma les paupières.

Il devait remonter dans ses souvenirs, au moins douze ans en arrière, pour retrouver pareille sensation. Lors de sa rencontre avec Flora à Nantes, à une terrasse de café sur la place Graslin. Ils auraient dû se marier six mois plus tard, mais la tuberculose avait eu raison de la jeune femme un peu avant la guerre. Il était parti au front sans regrets, sans crainte d'y mourir non plus. Il avait même cherché la mort à plusieurs reprises dans les combats de la Somme. Mais elle n'avait pas voulu de lui. Il s'était montré inconscient et on l'avait décoré pour cela. Ses médailles, aujourd'hui, dormaient au fond de l'armoire de sa chambre, pareilles à des talismans vaguement maléfiques. Il ne les arborait jamais.

– Monsieur, insistait la secrétaire.

La conscience lui revint par vagues.

– Oui ?

– La lettre ?

– Quelle lettre ?

– Celle de M. Messonier… Je l'envoie ?

Il se tourna vers elle, mais le visage de Mathilde était plongé dans une brume fantomatique qui en estompait les contours. Il signa le courrier distraitement et dit :

– Oui. Et rentrez chez vous… Bonsoir, Mathilde.

– Monsieur ?

– Oui ?

– Je peux… je peux faire quelque chose pour vous ?

Il sourit dans le vague.

– Rien d'autre que ce que je vous ai demandé.

Elle devait penser à son père, à son enterrement, à sa souffrance, à tout ce que l'on ressentait d'ordinaire dans ces moments-là. Mais elle était bien loin de la réalité.

6

Damien sortit dans la rue. Il flottait, et le soleil flottait avec lui, les murs des immeubles, les voitures aussi. Les passants se mouvaient dans une sorte de pulvérulence lumineuse qui les faisait ressembler à des êtres désincarnés. Il marcha longtemps au hasard. « Mon Dieu ! » Il ne s'était jamais senti aussi léger, aussi dépourvu d'ombre. Celle d'André Leguenec comme la sienne avaient mystérieusement disparu et c'est en homme délivré d'un poids écrasant qu'il s'avançait désormais dans la vie.

« Mon Dieu ! » Pourquoi avait-il pensé « mon Dieu »... Il n'y avait jamais songé même lorsqu'il pataugeait dans la boue des tranchées ou que pleuvait la mitraille. Plusieurs fois, il avait failli mourir. Pourtant ce n'était pas la peur qui l'avait envahi mais bien plutôt une paisible et froide sérénité. Aucun appel désespéré à un quelconque Dieu sauveur et rédempteur n'était monté à ses lèvres. Un Dieu bienveillant n'aurait pas permis cette hécatombe, ce monstrueux et inutile corps à corps où rien de ce qui était proprement humain ne pouvait longtemps résister à ce dilemme : tuer ou être tué, sauver sa peau à n'importe quel prix, fouler aux pieds tout ce qu'il y avait de noble en l'homme pour écraser un ennemi factice abreuvé des mêmes mots d'ordre imbéciles, des mêmes concepts meurtriers de nation, de patrie, de religion. Le Dieu dont on lui avait parlé dans son enfance avait joué dans les deux camps, rusé avec toutes les lois, trahi et trompé tous les idéaux. Dieu avait menti et ri sous cape, drapé dans sa toge de commandeur implacable et machiavélique. Dieu avait emprunté le visage du diable !

Un instant, Damien se souvint de cette messe de communion durant laquelle il avait surpris le regard de son père. Il le savait dépourvu de toute croyance, peut-être même de toute morale. Pourtant ce jour-là, André Leguenec avait chanté les psaumes à l'église Saint-Louis et la vibration de sa voix restait encore inscrite dans un recoin de la mémoire de son fils. Une vibration sourde et fausse qui peinait à escalader les piliers de l'église pour grimper jusqu'aux voûtes. Une vibration qui se mourait quelque part dans un recoin de la nef, derrière un banc, fuyarde.

C'est ce jour-là que Damien avait perdu la foi. Tout à coup, il n'avait plus rien ressenti à l'écoute des prières en latin, des chants liturgiques, plus rien capté des subtils effluves d'encens. Aucune émotion ne l'avait saisi lorsque le moment solennel de la communion avait effacé les visages dans une prosternation silencieuse. Il avait fixé son père, ses traits débonnaires, son menton volontaire, ses yeux cuivrés, son sourire plaqué sur ses lèvres comme une parure de théâtre. Il avait promené lentement un regard étonné autour de lui, examiné les femmes et les enfants, aussi vivants que des figurines de porcelaine. Et tout à coup, il avait basculé. Il s'était retrouvé dans un autre monde où tout n'était que simulacre, où les adultes ressemblaient à des enfants apeurés qui, par crainte de la mort, s'efforçaient d'imaginer un créateur dont le mutisme attestait son indifférence absolue. Et il s'était senti soulagé, délivré de l'espèce d'étole glacée qui écrasait ses épaules d'adolescent.

Exactement comme aujourd'hui.

La chape avait été levée par une main étrangère mais secourable.

À ses yeux, André Leguenec avait déjà vécu deux morts. Pouvait-il en imaginer une troisième, *post mortem* ?

Damien sourit pour lui-même et une petite fille, sur son passage, lui répondit par une grimace.

Il eut envie d'éclater de rire, mais la mère, faussement indignée, avait déjà réparé l'affront en lui adressant un sourire forcé.

Il n'avait pas envie de rentrer chez lui. Il possédait un voilier d'une dizaine de mètres amarré dans le port de commerce, non loin du quai de Rohan. Il lui arrivait de sortir en mer sans prévenir personne. Seul pendant quelques heures avec l'océan et les embruns. Seul face aux éléments qui le purifiaient mieux qu'un bain d'encens. Pourtant, ce n'était pas de ça qu'il avait besoin aujourd'hui. Ce dont il avait besoin, c'était de…

Sa pensée soudain se figea tandis qu'il arrivait place Bisson. Elle faisait les cent pas sous la colonne au sommet de laquelle trônait la statue d'Hippolyte Bisson, héros de la guerre d'indépendance de la Grèce. Il l'observa un court instant. Elle s'immobilisa devant un marchand de gaufrettes, toute droite dans sa robe beige, son petit chapeau bleu incliné sur l'oreille. Sans doute attendait-elle le tramway car elle consultait nerveusement sa montre. Quelqu'un peut-être ?

L'idée d'un autre homme lui fut tout à coup insupportable. Il traversa la rue et marcha vers elle, ignorant le tram qui arrivait droit sur lui. Elle tourna la tête dans sa direction à cause de la cloche du tramway et il crut lire de la surprise sur son visage ; elle s'arrêta net en le voyant s'approcher du marchand de gaufres.

– Monsieur Leguenec ?

– Mademoiselle Kowalski…

– Vous avez oublié de me demander quelque chose ?
Silence.

– Vous m'avez suivie ?

– Suivie… non ! se reprit-il.

– Le hasard alors ?

– C'est ça, balbutia-t-il. Le hasard… En fait, j'allais à la chambre de commerce quand je vous ai aperçue et…

– Monsieur Leguenec, la chambre de commerce est de l'autre côté.

Il eut le sentiment de rougir et se trouva plus ridicule encore que lors de leur premier entretien. Il ne parvenait pas à détacher son regard de ses yeux bleus, de sa chevelure abondante et frisée. Elle souriait étrangement et il dut se maîtriser pour ne pas avancer la main afin de la toucher, de caresser son visage, d'explorer cette blondeur de blé mûr. Elle restait immobile en dépit de son étonnement, elle ne le fuyait pas et Damien se dit qu'elle respirait quelque chose de sain et de mystérieux à la fois.

Pendant un bref instant, il demeura sans voix, puis ses lèvres accouchèrent de quelques mots insignifiants :

– À demain, mademoiselle… Kowalski.

– À lundi, monsieur Leguenec.

Une bévue supplémentaire.

Il s'éloigna sans se retourner, mais avec la certitude qu'elle le suivait du regard. Le « monsieur Leguenec » résonna encore longtemps à ses oreilles. Pourquoi n'éprouvait-il pas la même sensation lorsque Mathilde prononçait son nom ?

7

Il ne rentra à La Charmitière que vers huit heures et demie.

Cécile l'accueillit d'un sourire tendre, vite effacé par l'air lugubre de sa mère. En dépit de la fin de sa période de deuil, Mélanie Leguenec semblait avoir décidé d'adopter l'état de veuvage comme on entre en religion. Ni rires, ni musique, ni le moindre accent de gaieté dans les conversations. Elle trottait comme une souris minuscule d'une pièce à l'autre, la tête baissée, les lèvres closes, ombre aspirant à rejoindre d'autres ombres. Mais quelle part de sincérité entrait dans ce hiératisme affecté ?

La soirée s'étira en longueur, fardée d'ennui. Après dîner on joua aux cartes pour éviter toute discussion inutile. Puis, une fois Cécile et sa mère cloîtrées dans leurs chambres, Damien et Pierre sortirent dans le jardin pour fumer sous la tonnelle.

Angèle, la domestique, apporta le café et les cigares. Pierre réclama une bouteille de cognac. Ils restèrent là sans dire un mot pendant de longues minutes, prolongeant le silence qui, à l'intérieur, était devenu étouffant.

Damien ne parvenait pas à oublier Anna Kowalski. Il s'efforçait de chasser son visage de ses pensées, mais son image, imprimée dans son cerveau, n'en revenait qu'avec plus de force. Elle prenait des détours inattendus : ceux de la rue

Carnot, de la place Bisson, d'un couloir de bureau d'où surgissaient tout à coup la silhouette beige et bleue, puis le sourire éclatant, le regard aigu, la bouche rieuse. Vision envahissante et si obsédante qu'elle ne laissait pas davantage place à la raison qu'au détachement.

Une bête étrangère s'agitait depuis au creux de son estomac. Un rongeur silencieux occupait tout l'espace, tendait les muscles de son bas-ventre, les rétractait, lançait des appels douloureux. Et la bête grandissait. Elle faisait son nid. Elle se manifestait par une gêne latente mais sans impatience. Elle attendait son heure, sachant qu'il ne pourrait rien faire d'ici là pour s'en délivrer.

Damien desserra nerveusement le nœud de sa cravate, son col de chemise. Il transpirait. Même sa moustache était imprégnée d'une humidité salée.

La chaleur devenait plus épaisse, le feuillage des arbres plus immobile. Bientôt, il fallut allumer les lampes à l'intérieur. Damien demanda un flambeau pour la table de jardin et, quand on l'eut apporté, des dizaines de moustiques se mirent à papillonner autour des flammes en émettant un ronflement agaçant.

Lequel des deux fut le plus soulagé lorsque Pierre rompit le silence ?

– Nous n'en avons toujours pas parlé, dit-il, mais… Je sais bien que c'était notre père et que…

– Tu ne te sens pas triste et tu t'en veux, coupa Damien. C'est bien ça ?

Embarrassé, Pierre décroisa ses jambes et se pencha vers la table pour s'emparer d'un verre de cognac.

– Tu éprouves le même sentiment ?

– Si ça peut te rassurer, oui.

Pierre balaya la mèche blonde qui lui tombait sur le front et Damien vit son visage enfantin, aux yeux aussi mobiles que du vif-argent, se détendre peu à peu. Comme délivré du sentiment de culpabilité qui, depuis le cimetière, devait le tourmenter.

– Tu n'as pas à t'en vouloir, poursuivit Damien. Chacun de nous l'aimait à sa manière… Mais il était loin de nous, la famille passait après son travail, il n'y a aucun doute là-dessus. Le mieux est de ne pas le juger. Et toi non plus, ne te juge pas. L'amour se partage. Il faut être au moins deux. D'ailleurs, tu étais tout de même son préféré.

– Son préféré ? De nous tous, je suis sûr que c'est toi qui le connaissais le mieux.

– Ça ne change rien, insista Damien, et nous le savons tous les deux.

– C'est un reproche ?

– En aucune façon.

Pierre souffla une bouffée de tabac qui se perdit dans la brume du soir.

– Alors, pourquoi t'a-t-il confié la direction de nos affaires ?

– Parce que tu n'as jamais voulu t'y intéresser. Combien de fois te l'ai-je proposé ? Lui-même l'aurait voulu. Il n'était pas question de favoritisme. D'ailleurs nos parts d'héritage sont égales. Crois-tu qu'il se soit beaucoup soucié de Cécile ? Il ne lui a laissé que de l'argent. Tu ne crois pas qu'elle méritait mieux ?

– Sans doute, mais toi tu hérites au mérite, pour ton travail. Et puis maintenant, tu as tes propres affaires.

– Tout cela ne tient qu'à toi Pierre…

Devant le visage de nouveau tendu de son frère, Damien poussa un soupir de lassitude.

– Pourquoi faut-il que tu compliques toujours tout ?

– Sans doute parce que nous ne sommes pas de la même génération.

– J'ai seulement onze ans de plus que toi.

– Mais tu as fait la guerre, tu as un métier, tu as de l'expérience. Alors que moi, je tourne toujours en rond.

– Alors choisis quelque chose et va jusqu'au bout !

Pierre renversa la tête en arrière et, dans son mouvement, il heurta légèrement le rebord du fauteuil en rotin. Puis sa gorge laissa échapper un rire léger d'adolescent.

– Tu es né sous Carnot et moi sous Émile Loubet.

– Et alors ?

– Toi au temps des anarchistes et moi aux belles heures de l'alliance franco-russe ! Ma génération voit bien que le monde a changé depuis la fin de la guerre, une guerre que je n'ai connue que par toi et par les lettres que tu envoyais à maman.

Damien ne voyait toujours pas où il voulait en venir, mais décida de ne pas l'interrompre.

– Depuis huit ans, la vie a tellement changé Damien ! La science, l'aviation, la radio, le gramophone, l'automobile, le téléphone, le cinéma… Et toutes ces ouvertures sur des univers dont nous ignorions tout auparavant… J'ai l'impression d'avoir vécu les dernières heures d'un monde confiné, étroit, mesquin. Alors qu'aujourd'hui…

Étranger à cet enthousiasme, Damien préféra demeurer silencieux. Peut-être le temps séparant deux générations s'était-il en effet singulièrement raccourci ? La guerre l'avait marqué à jamais comme tous ceux qui avaient passé des années dans des combats absurdes, à haïr un ennemi invisible qui, de l'autre côté d'une ligne de front toujours incertaine, vivait la même expérience inhumaine. Il avait eu beau entretenir depuis l'espoir d'un monde meilleur, il conservait au fond de lui une prudence paranoïaque que rien ne parvenait à ébranler.

– Pierre, qu'est-ce que tu cherches à me dire ?

Pierre Leguenec observa un silence aussi calme que la nuit qui, malgré l'éclat des lampes à l'intérieur de la maison, jetait un voile de plus en plus sombre sur le jardin. Des parfums de rose et de jasmin venaient se mêler aux effluves de tabac. Puis sa voix traversa l'obscurité, assourdie, comme prisonnière des ténèbres.

– Je ne souhaite pas travailler avec toi, Damien. Ne m'en veux pas d'être aussi brutal. Ce n'est pas par peur des conflits, je me serais fié à ton expérience. Mais la pêche, la mer, les bateaux et moi… tout ça n'a jamais fait bon ménage. J'ai envie d'autre chose.

– Et de quoi ?

– Je ne sais pas encore.

– C'est bien là le problème.

Pierre hocha la tête d'un geste nerveux d'étalon qui encense.

– Il n'y a pas de problème, dit-il sèchement. J'ai pensé être architecte ou me lancer dans le cinéma. J'aimerais aussi voyager, parcourir le monde, en tout cas voir plus loin que Lorient, Nantes et la Bretagne. Découvrir d'autres horizons. Où vois-tu un problème là-dedans ? Je veux vivre, tu entends, pas seulement amasser de l'argent, faire prospérer la Compagnie, étendre notre influence. Vivre, goûter, partager.

Sa voix s'exaltait. Mais, sous les vibrations heureuses, Damien devinait une colère trop longtemps contenue.

– Tu n'aimes plus le pays ?

– Ce n'est pas ça. Mais il est devenu trop petit pour moi. Je ne m'y sens plus aussi à l'aise que toi. J'ai l'impression d'être enfermé dans une sorte de boîte… Et je ne voudrais pas que cette boîte devienne mon cercueil.

Damien ne put réprimer un sourire. Pourtant, le ton sur lequel Pierre avait prononcé le mot « cercueil » lui avait paru vaguement inquiétant.

– Une boîte… Lorient ? Avec la mer à deux encablures ?

Pierre sembla réfléchir un moment.

– Peut-être… Mais c'est un peu comme ces coquillages que l'on porte à l'oreille et où l'on croit entendre le bruit de la mer. Ce n'est pas la mer, juste une illusion. Eh bien ici, c'est la même chose pour moi. Une illusion de liberté.

Damien hocha la tête à son tour. Contrairement à ce que croyait Pierre, il le comprenait. Lui aussi, à son retour du front, avait éprouvé la même envie d'ailleurs. Il avait songé à partir pour l'Extrême-Orient pendant quelque temps, avant de développer de nouvelles activités, de monter de nouvelles affaires. Mais la voix d'André Leguenec, comme échappée de la statue du Commandeur, s'y était opposée. La Compagnie le réclamait. Elle avait besoin de ses talents. Et puis qu'irait-il faire chez les « Jaunes », ces hypocrites fumeurs d'opium et trafiquants de piastres ?

Sous la pression conjuguée de Mélanie et de Cécile, Damien avait abdiqué. Patiemment, il avait alors attendu son heure. Celle des affaires avait fini par sonner, mais pas celle de la liberté insouciante.

En réalité, c'était André qui l'avait figé dans ce rôle. Damien installé aux commandes de l'entreprise, il avait retrouvé les coudées franches et repris sa liberté en toute confiance. Cette liberté dont la guerre, en l'absence de Damien, l'avait frustré.

– Tout ça ne me dit pas ce que tu comptes faire ? insista Damien.

– En fait, je vais prendre ma part d'héritage pour en disposer comme bon me semble.

Il y eut un moment de silence encore plus profond au beau milieu de la nuit, un silence presque accablé et empreint d'une douleur muette.

– Tu sais ce que ça signifie ?

– Que je souhaite vendre mes parts.

– Ça suppose aussi que nous les rachetions pour conserver la majorité au sein de la Compagnie.

Pierre eut un sourire ironique.

– Je pense que tu nous arrangeras ça au mieux. Je ne cherche pas à nuire à la prospérité de la maison Leguenec, tu t'en doutes.

– Et tu envisages les choses de quelle façon ?

– Je vous cède quatre-vingts pour cent de mes parts, à toi, à maman et à Cécile. À vous de décider de la répartition. Je n'en conserve que vingt pour cent, histoire de faire encore partie de la famille.

– Cela représente beaucoup d'argent. Des liquidités. Ta rente ne te suffit pas ? Elle est pourtant confortable. On pourrait envisager de…

– J'ai besoin d'un capital plus important, tout de suite.

La réplique était sans appel.

– Si tu as des projets, argumenta mollement Damien, nous pouvons t'avancer l'argent, tu le sais bien.

– Je ne veux pas me sentir dépendant.

– Dépendant de quoi ? Ce ne serait qu'une avance sur les fonds qui te reviennent de droit.

Mais Pierre Leguenec n'en démordait pas. Son visage enfantin était devenu grave. Une tension inhabituelle durcissait ses traits. Lui aussi, à ses heures, savait se fermer de l'intérieur, se ramasser sur ses sentiments comme un serpent lové sur ses anneaux.

– Tu as bien réfléchi ? Nous venons de traverser une grave crise monétaire. Je ne sais pas si c'est le moment de prendre de tels risques…

– Quels risques ? La vie est un risque majeur.

Puis il ajouta :

– J'y pense depuis des mois, Damien.

Sa décision paraissait irrévocable. Il se resservit un cognac et emplit le verre de Damien. Celui-ci le porta à ses lèvres et resta un long moment à contempler le liquide doré qui vacillait au creux de sa main, tel une pythonisse essayant de décrypter l'avenir.

– Il faut que j'en parle à Cécile et à notre mère. Je ne pense pas qu'elles apprécieront…

Pierre balaya l'objection d'un geste de la main, zébrant la nuit d'une trace évanescente de havane.

– Je sais et je te demande de les convaincre. Je te laisserai le temps qu'il faudra, mais je ne peux pas être pour toi ce que tu étais pour papa. Tu as toutes les qualités, Damien, pour diriger la Compagnie. Pas moi, et tu le sais bien ! Mon avenir est ailleurs.

– Ailleurs…, murmura Damien.

Il lui en voulut subitement. Mais sa rancœur disparut aussi vite qu'elle avait infesté son subconscient. Il n'avait pas eu le courage, en son temps, de dire non à André Leguenec. Il n'avait pas su trouver les mots pour lui faire comprendre que, peut-être, un autre destin l'attendait… ailleurs justement. Comment aurait-il pu reprocher à Pierre cet accès de courage ?

– Je ferai mon possible, conclut-il d'une voix légèrement voilée.

Au fond de son ventre, la bête, dérangée dans son sommeil, s'était remise à l'ouvrage et Damien percevait ses coups sourds, semblables à ceux que l'on frappe à la porte du malheur.

8

Nantes, septembre 1926

– Allez ma belle, danse-nous quelque chose ! lança une voix de baryton.

– Oui, une danse ! reprirent en chœur d'autres voix survoltées.

Au milieu du salon baroque, ils étaient une douzaine d'hommes en costumes, buvant du whisky et fumant des cigares, qui encourageaient une jeune femme brune en tenue légère à se trémousser sur une sorte de plate-forme où s'arrondissait une tache de lumière crue. Douze hommes ivres et dont l'état d'ébriété semblait avoir occulté les règles de bienséance qu'ils observaient d'ordinaire. Mais le bordel de Mme Emma était un champ clos, une lice qui autorisait tous les excès. Une ou deux fois par semaine, ils s'y retrouvaient pour déverser ce qu'ils appelaient entre eux « leur trop-plein de vie ». Une sensualité débridée qui, ces soirs-là seulement, pouvait se donner libre cours et compenser les contraintes d'une existence tirée au cordeau.

– Mais nom de Dieu, s'exclama un gros homme au faciès tourmenté d'inquisiteur, mais remue-toi ! Encore une qui ne s'est pas remise de la mort de Rudolph Valentino !

Des rires éclatèrent ici et là. Fox-trot, charleston ? Emma Louis lança un disque de jazz sur le gramophone et la jeune femme brune se mit à danser, d'abord mollement, puis de plus en plus rapidement, comme si l'un des invités avait mis le feu à sa robe-tunique.

Dissimulé dans la pénombre, Pierre Leguenec la contemplait d'un regard las embué d'alcool. La fille avait dégrafé sa robe et s'agitait maintenant sur la « scène », vêtue seulement d'une combinaison transparente. Il préférait les danses plus lascives et se serait volontiers imaginé au temps des odalisques et des harems, menant une existence de sybarite voluptueux comme il n'en existait que dans les contes des *Mille et Une Nuits*. Tout plutôt que ce déhanchement grotesque qui tenait davantage de la frénésie maladive que de la danse sacrée. Mais le bordel avait ses règles auxquelles nul ne pouvait déroger. Chacun n'était là que pour assouvir ses phantasmes et tant mieux si ces phantasmes s'accordaient à ceux des autres.

Pendant quelques instants, la jeune femme continua de se démener sous les huées mêlées d'applaudissements. Puis le grésillement de l'aiguille du gramophone signa la fin de sa prestation.

– Ingrid ! hurla un petit homme débraillé au cou de girafe. Encore… Encore une, ma p'tite putain d'amour !

Une coupe de champagne à la main et ses lorgnons de l'autre, il parvenait à peine à se tenir droit sur le canapé où l'épaulaient pourtant deux autres clients, les bras levés au ciel en signe de victoire.

– Ça suffit ! lança alors Pierre Leguenec de son recoin d'ombre.

Son cri, jeté comme un ordre, glaça subitement l'atmosphère enfiévrée du salon. Immédiatement, les rires s'étranglèrent et tous les regards se tournèrent dans sa direction. Seule la danseuse parut soulagée par cette intervention inopinée.

– Eh bien Leguenec, dit un homme vêtu comme un clergyman, on n'a plus le droit de s'amuser ?

Pierre s'était levé. Il tituba jusqu'à la scène improvisée tandis qu'Ingrid en profitait pour enfiler sa robe.

– Oui c'est vrai, surenchérit l'homme aux lorgnons. On est là pour ça, non ?

– Pas comme ça !

– Leguenec, vous ne voyez pas que vous nous emmerdez ! rétorqua Richard Legoff, un imposant banquier aux favoris démodés.

Pierre s'approcha de lui et brisa une bouteille contre la table derrière laquelle il se tenait. Le champagne gicla avec force, éclaboussant les costumes croisés et les visages empourprés par l'alcool, arrachant quelques grognements de protestations au milieu des rires de hyène de l'homme aux lorgnons.

– Qu'est-ce que vous avez dit ?

Armé de son tesson de bouteille, il s'avança vers Legoff qui eut un brusque mouvement de recul.

– C'est vrai quoi, balbutia-t-il, nous sommes là pour nous détendre. Qu'est-ce qui vous prend, Leguenec ?

Pierre fixa le banquier qui n'en menait pas large. Sans répondre. Il savait que rien de tout ceci ne sortirait du bordel et que personne n'oserait lui tenir tête. Pas au fils Leguenec ! Trop d'intérêts étaient en jeu. La plupart des hommes présents, directement ou non, avaient partie liée avec les activités de la Compagnie. Pourtant, Pierre n'ignorait pas non plus que cette altercation resterait dans les mémoires et que l'avantage dont il disposait ce soir pourrait se retourner contre la famille.

La famille !

Dans un éclair de lucidité, il songea à son frère. Damien avait beau le prendre pour un adolescent mal dégrossi, Pierre savait que celui-ci se donnait du mal pour assurer la prospérité des Leguenec. Inutile d'en rajouter.

– Pierre, arrête ! cria une voix dans son dos.

Il se retourna et croisa le regard suppliant d'Ingrid. Figée sur la scène dans sa robe translucide d'une troublante sensualité, la danseuse n'osait aller à sa rencontre. Était-ce de peur que sa violence ne la prenne pour cible ? Il regarda le visage en sueur de Legoff, celui d'Ingrid. Puis, d'un pas hésitant, il marcha dans sa direction et, lorsqu'il fut à proximité, il eut un geste doux pour l'aider à ajuster sa robe sur ses épaules. Avant de lâcher le tesson de bouteille sur le sol et de l'entraîner hors du salon.

9

Ils s'étaient retrouvés dans un salon privé et avaient continué à boire ensemble. Pierre avait bien couché avec une ou deux autres filles de la maison, mais toujours il revenait à Ingrid. Comme il revenait chaque fois qu'il était à Nantes dans ce luxueux bordel du centre-ville. « Chez Emma » comme disaient les habitués.

C'était moins la possibilité de rencontrer des filles faciles – il pouvait en trouver à l'extérieur – que l'ambiance du bordel qu'il aimait. Un lieu clos et rassurant où il lui semblait que rien de fâcheux ne pouvait arriver. Tout y était rationnellement organisé en vue de procurer ce qu'il attendait : le maximum de plaisir et l'oubli. Surtout l'oubli.

Les effluves organiques les plus étranges, les parfums les plus capiteux, les éclats de rire, les cris, les corps à peine voilés de mousseline, les odeurs de cuisine et de gibier, le pétillement du champagne, tout cela créait une symphonie joyeuse dans laquelle se dissolvait sa neurasthénie. Depuis qu'un ami l'y avait conduit le jour de ses vingt ans, il n'avait cessé de fréquenter les maisons closes. Sans vraiment tout d'abord s'expliquer pourquoi. Depuis, il savait. Là au moins, il avait l'impression de retrouver une famille. Pas cette étouffante famille utérine qui l'agaçait tant à Lorient, mais celle que son père avait dû connaître lui aussi : plus exubérante et moins envahissante. Des parents que l'on retrouvait à son gré et avec lesquels on pouvait rompre à sa guise. Des fêtards que les mêmes goûts réunissaient épisodiquement et avec qui les relations n'engageaient à rien.

Ne fréquentaient le bordel de Mme Emma, une ancienne « meneuse de revue » d'Istanbul, que des notables de la ville et des alentours. Parfois cependant s'y invitaient des Parisiens ou des étrangers auxquels des proches avaient glissé l'adresse entre deux coupes de champagne. Pierre les connaissait presque tous. Chaque fois qu'il venait à Nantes, il les croisait dans des endroits raffinés : cafés, restaurants, hôtels, clubs. Un armateur d'une compagnie rivale, un boucher en gros, un banquier, un notaire, un avocat de renom, un chirurgien, un ferrailleur… Tous venaient là pour les mêmes raisons que lui. Mais tous ne montaient pas forcément avec une fille. Ils se sentaient bien chez Emma Louis, comme on peut se sentir bien dans une pension de famille. On y dînait de mets riches et délicats, le champagne coulait à flots et les filles possédaient ce minimum d'éducation qui exclut la vulgarité.

En réalité, les clients de Mme Emma – ses « amis » disait-elle – se montraient parfois plus grossiers que ces demoiselles. Mais on leur pardonnait tous leurs écarts, comme on pardonne à des enfants gâtés et capricieux à qui l'on inflige parfois une correction légère avant de les prendre sur les genoux et de les consoler.

Mme Emma n'avait d'ailleurs adressé aucun reproche à Pierre au sujet de l'incident.

Après deux heures en tête à tête avec Ingrid, Pierre était ivre et la jeune femme eut toutes les peines du monde à le décider à gagner la chambre.

La chambre rouge, toujours la même. Meublée à la mode Napoléon III, avec de lourds rideaux de velours beige qui contrastaient avec la couleur sanguine des fauteuils, la soie moirée du dessus-de-lit et les tapisseries trop chargées.

Ingrid entra la première et ce n'est qu'une fois sur le seuil que Pierre consentit à lâcher son verre de champagne qui roula sur le palier.

Le claquement de la porte fit sursauter la prostituée.

Adossé à la porte, Pierre l'épiait entre ses paupières mi-closes. Son front était en sueur et sa chemise blanche bâillait sur une poitrine imberbe qu'on devinait trop maigre.

Il s'approcha d'elle et dégrafa sa robe, bientôt suivie de sa combinaison, qui glissa au sol en un froissement soyeux. Un bref instant, il observa ses petits seins haut plantés, ses hanches étroites et posa une main sur son ventre frémissant, descendit jusqu'à la toison courte et brune à la jonction des cuisses. Puis, dans un geste inattendu, il la projeta violemment sur le lit.

La jeune femme éclata de rire.

– Eh ! qu'est-ce qui te prend ? Tu m'as l'air bien pressé ce soir !

Il débouclait déjà sa ceinture. Il ne prit même pas la peine d'ôter entièrement son pantalon et c'est empêtré dans les vagues de soie du dessus-de-lit qu'il s'affala contre elle avant de la pénétrer sans ménagement.

– Doucement..., souffla-t-elle.

Mais Pierre Leguenec n'écoutait pas et, durant quelques minutes, il poursuivit une course laborieuse et solitaire, indifférent à ce qu'elle pouvait ressentir, heureux même de lui procurer une sensation désagréable en s'acharnant sur les parois lisses de son intimité. Heureux de jouir en parfait égoïste. N'était-elle pas là pour satisfaire ses caprices ? Il n'avait envie que de son corps blanc et souple, d'une succession de secousses animales, d'un soulagement à sa tension, et non de lui faire l'amour.

Quand il s'arrêta enfin, elle le dévisagea avec inquiétude, comme si elle l'examinait pour la première fois, et ce regard le glaça. Il savait qu'elle l'aimait bien, mais ce soir ses yeux humides l'observaient avec un curieux mélange de tendresse et d'effroi.

Il bascula sur le côté, le cœur battant à tout rompre à l'intérieur de sa poitrine osseuse. Il ne la regarda pas, ne lui adressa pas la parole, fermant les yeux, faisant semblant de dormir.

Au point qu'elle crut préférable de se lever et de ramasser sa robe.

– Ne t'en va pas ! dit-il alors. Reste encore un peu…

Docile, elle vint se rallonger auprès de lui.

Il ne l'avait jamais traitée comme une prostituée jusqu'à ce soir, comme un simple objet. Elle lui pardonnerait probablement cet accès de rage. C'était une fille gentille et pleine de qualités. Un moment, il avait même été tenté de demander à Damien de l'embaucher dans les bureaux de la Compagnie à Nantes. Mais on ne quittait pas le bordel aussi aisément. À force de la fréquenter, il avait compris que ce mode de vie lui plaisait et qu'elle n'était pas prête à l'échanger contre un métier plus convenable. « Ingrid est une pute dans l'âme ! » avait-il conclu et personne n'y changerait rien. Elle était comme ces libertins qu'un prêtre s'acharnerait en vain à convertir pour le salut de leur âme et que le seul mot de « rédemption » faisait fuir à toutes jambes.

Il avait fini par l'accepter. Quoi qu'il pensât d'elle, leurs relations se limiteraient toujours à quelques brefs instants de plaisir dont il ignorerait toujours s'ils étaient partagés. D'ailleurs, comment imaginer aller plus loin ? Comment songer un seul instant à la présenter à Damien, à Mélanie, à Cécile ?

Il se répéta ces trois prénoms pour lui-même tandis qu'Ingrid laissait aller sa tête sur son épaule.

Le poids de cette tête, qu'il ne supporterait qu'un bref instant, ressemblait un peu à celui de sa famille : incapable de se loger dans un creux, une ombre, et de respecter son intégrité, indéfiniment désireux d'asservir sa liberté.

Adolescent, il l'avait accepté par simple instinct de protection. Damien parti au front, la vie quotidienne avait été rythmée par ses lettres, l'attente angoissée d'un malheur. Le Patriarche s'était fait plus présent qu'il ne l'avait été avant-guerre. La famille s'était soudée au gré des épreuves et, pendant quatre ans, Pierre avait pu se bercer d'illusions sur l'entente et la complicité qui régnaient au sein de la maison Leguenec. Mais le retour de Damien avait balayé toutes ces chimères. Tout était rentré dans l'ordre au bout de quelques semaines. Les liens s'étaient à nouveau distendus, André Leguenec était reparti sur les routes et chacun était retourné à sa solitude.

Pourtant, il aurait aimé que les quatre années de guerre de Damien servent à quelque chose. Il avait espéré qu'elles cimenteraient le clan une fois pour toutes, qu'elles combleraient les failles béantes qui faisaient de lui un vague agrégat d'unités séparées et non une famille. Mais non. Damien n'avait presque jamais parlé de ce qu'il avait vécu, sinon par allusions. Il avait éludé toutes les questions. Il s'était cadenassé sur ses souvenirs, refusant aux siens une sorte de « communion du malheur » qui eût pu les rapprocher. La nuit pourtant, Pierre l'entendait se réveiller en hurlant, terrifié par ses cauchemars. Peut-être même lui arrivait-il de pleurer dans l'intimité de sa chambre. Mais une fois l'aube réapparue, il affichait de nouveau son visage placide, sa voix égale. Il redevenait le Damien que chacun connaissait, solide comme un roc, impénétrable, inaccessible. L'exaspérant Damien Leguenec, le célibataire le plus convoité de Lorient et même de toute la Bretagne. L'insondable Damien.

– Tu as de la famille, Ingrid ? demanda-t-il soudainement.

La jeune femme releva la tête. C'était bien la première fois qu'il lui posait une question un tant soit peu personnelle.

– Oui, pourquoi ?

– Réponds !

– J'ai encore ma mère qui vit à Nantes et une sœur dans le Midi. Elle est mariée à un viticulteur.

– Tu les vois de temps en temps ?

– Rarement !

– Pourquoi ?

– Ma mère ne veut pas entendre parler de mon… enfin de ce que je fais ici. Ma sœur est loin. Quant à son mari, c'est un ivrogne et un coureur de jupons. Il a même essayé de me prendre contre une barrique de vin la dernière fois que j'y suis allée. Tu vois le genre… Ma sœur nous a surpris et j'ai dû prendre ça sur moi pour leur éviter le divorce. Depuis, elle ne me parle plus. Elle m'écrit des lettres pleines de leçons de morale. Elle essaye de comprendre mais ne parvient à me faire que des reproches.

– Elle sait ce que tu fais ?

– Il manquerait plus que ça. Descendre du statut de garce à celui de putain !

– Pourquoi ne lui as-tu pas dit la vérité au sujet de son mari ?

– Je te l'ai dit. Hélène est une chic fille. Elle n'aurait pas supporté. Passe pour l'alcool, mais son mari cherchant à violer sa sœur !

– En somme, tu t'es sacrifiée !

Ingrid ne répondit pas.

Pierre n'avait pas menti. Une telle attitude relevait à ses yeux d'une abnégation inconcevable et dont il se savait incapable.

Pendant de longues minutes, ils restèrent silencieux, soudés l'un à l'autre dans la moiteur de la chambre.

– La mort de ton père t'a fait beaucoup de peine, dit-elle enfin.

C'était moins une question qu'une affirmation.

Durant quelques secondes, il se tut et la fille de Mme Emma crut qu'il dormait à poings fermés. Mais sa respiration n'était pas régulière et elle l'entendit bientôt ricaner.

– La mort de mon père…

Il se dégagea et s'assit au bord du lit pour se resservir une coupe de champagne. Il ne lui en proposa pas, mais caressa sa joue d'un doigt négligent.

– Ce jean-foutre ! s'exclama-t-il.

Ingrid sursauta.

– Ce n'est pas bien de parler comme ça des morts !

– Il est mort, confirma Pierre Leguenec, et alors ?

– Tu dois au moins respecter sa mémoire.

– La belle affaire ! Il n'a jamais respecté personne. Il paraît que j'étais son petit préféré, du moins si j'en crois mon frère. En réalité, son préféré, c'était lui. Lui et personne d'autre. Il n'a jamais aimé que lui. Le Patriarche ! Le créateur, l'entrepreneur ! Les autres n'étaient que des pions à ses yeux.

Il attendit encore un instant avant d'ajouter :

– De la peine ? Non. En fait, je ne ressens rien. Même mon frère m'a dit que c'était normal, qu'il n'avait jamais été proche de nous. D'ailleurs, s'il y en a un qui l'a bien connu, c'est lui.

– Ils s'entendaient bien ?

– Je n'en sais rien. Pour gagner du fric peut-être !

– Tu es cynique !

– C'est lui qui m'a fabriqué. Il fallait bien que j'hérite quelque chose de lui.

– Tu es en colère !

– En colère ? En rogne, oui. Je lui en veux de nous avoir pourri la vie tout en nous distribuant des billets pour nous faire taire comme un patron qui donne des pourboires à ses ouvriers pour éviter une grève. Mon père était un salaud et je saurai bien un jour quelles saloperies il nous a encore cachées. Je suis sûr qu'il n'a pas emporté tous ses secrets dans sa tombe. Une vie, ça laisse toujours des traces.

– De quoi tu parles ?

Pierre ne répondit pas. Il avala une gorgée de champagne, bien qu'il fût au bord de la nausée.

– Et ton frère, il pense la même chose que toi ?

– Mon frère ne dit rien. Même sous la torture, il ne parlerait que s'il l'avait décidé. Parfois, je me demande si lui aussi n'est pas un salaud ou, au contraire, un saint.

– Un saint ?

Ingrid se mit à pouffer, se redressa pour l'entourer de ses bras et Pierre essuya un assaut parfumé où se mêlaient des effluves d'aisselles et de violette.

– Pourquoi tu ris ?

– Non, c'est le mot « saint »... Tu as une façon de le prononcer qui découragerait un curé de demander sa béatification.

Pierre se dégagea des tentacules de « la Pieuvre » – le surnom qu'il avait donné à Ingrid eu égard à sa souplesse acrobatique en amour – et fit quelques pas chancelants à travers la chambre.

En le voyant lui échapper, la prostituée eut une moue désolée.

– Qu'est-ce que tu as ?

– J'ai parlé à mon frère. Je vais prendre ma part d'héritage et me tirer loin d'ici.

– Tu m'emmènes ?

Cette fois, ce fut Pierre qui éclata de rire.

– Et Emma aussi par-dessus le marché !

– Dans ce cas, j'irai voir ton frère. On dit qu'il est encore bien plus riche que toi. Et toujours célibataire. C'est vrai ?

Pierre Leguenec revint près du lit en désordre. Il paraissait épuisé et semblait ne tenir éveillé que par un excès de tension nerveuse.

– Pourquoi toutes ces questions ?

– Mais s'il n'est pas marié, enchaîna-t-elle, peut-être est-ce parce que la guerre l'a…

La prostituée fit alors du doigt un geste obscène qui ne laissait aucun doute sur ses arrière-pensées.

Il n'en fallut pas davantage pour mettre Pierre hors de lui. D'un revers de la main, il la gifla violemment et se retint de la saisir par la nuque pour la traîner sur le sol. Ingrid se réfugia à l'autre bout du lit, tremblant de tous ses membres.

– Tu es devenu fou ?

Ses yeux effarés semblaient chercher une issue, allant de la porte de la chambre à celle de la salle de bains où elle pourrait au moins s'enfermer en attendant la fin de sa crise. Mais Pierre Leguenec était passé de la rage au calme le plus absolu avec une rapidité déconcertante. Il alluma une cigarette et prononça d'une voix molle :

– Je suis désolé…

Il y eut un moment d'embarras durant lequel chacun parut hésiter sur la conduite à tenir. Puis Ingrid vint se lover timidement contre lui, redevenue chatte tout à coup.

– Pardonne-moi, je ne voulais pas te blesser.

Il l'embrassa pour clore l'incident.

– Non, mon frère n'est pas marié, dit Leguenec. Pourquoi ? Tu veux te mettre sur les rangs ?

– Je plaisantais…

– Parce que si c'est le cas, il va falloir que tu t'accroches. Celle qui lui mettra le grappin dessus n'est pas encore née. Pourtant…

Il avait pris un air méditatif qui excita la curiosité de la prostituée.

– Pourtant ?

– Je ne sais pas, il a l'air… bizarre en ce moment.

– Bizarre ?

Il ne parvenait pas à traduire ce qu'il ressentait.

– On dirait qu'il est presque… heureux.

– Qu'est-ce qu'il y a de si étrange ?

– Damien est tout, absolument tout ce que l'on veut… Mais certainement pas un homme heureux.

– Qu'est-ce qui te permet de dire ça ?

– Je le sais, c'est tout.

Il n'en dit pas davantage. Il ignorait pourquoi mais il pressentait quelque chose. De bon ou de mauvais, il l'ignorait encore. De toute façon, cela ne regardait pas Ingrid. Cécile elle-même lui avait avoué qu'elle trouvait Damien changé. Elle qui était si avare de confidences. Ce n'était donc pas un effet de son imagination. Un élément nouveau était intervenu dans la vie de son frère qui en avait bousculé tous les paramètres en deux semaines à peine. Immédiatement, il avait songé à une femme plutôt qu'à des succès en affaires. S'il s'était agi d'argent, Damien lui en aurait parlé. Il ne l'avait pas fait. Il fallait donc chercher ailleurs. Et quoi d'autre, sinon une histoire d'amour, pouvait transformer un homme à ce point dans des délais aussi brefs ?

Pudique malgré tout, Pierre Leguenec n'avait pas été jusqu'à lui poser des questions. Il n'avait pas non plus cherché à savoir si son frère voyait quelqu'un à Lorient, s'il avait embauché du personnel ou si cette bonne humeur soudaine venait de plus loin, de l'étranger par exemple. Il avait espéré que Damien se trahirait tout seul. Mais cela ne s'était pas produit. Pourtant, il lui avait déjà vu cet air rêveur, cette inattention, cette façon d'abandonner ce contrôle exaspérant qu'il exerçait d'ordinaire sur lui-même. Autant il était doué d'une capacité hors du commun pour la dissimulation en affaires ou dans sa vie familiale, autant la naissance d'une histoire d'amour lui restituait une fragilité pathétique et émouvante.

Damien s'était toujours montré d'une extrême timidité avec les femmes. Aucune liaison ne l'avait jamais déstabilisé. Aucune rupture ne l'avait longtemps affecté. Mais dès lors qu'un sentiment plus profond entrait en jeu, il semblait n'avancer ses pions qu'avec la prudence d'un joueur d'échecs. Il devenait à la fois concentré et maladroit. À deux reprises, Pierre l'avait même vu saborder ses propres vaisseaux plutôt que de risquer l'échec. L'orgueil l'emportait alors sur ses émotions et il battait en retraite, lion dépité d'avoir vu une hyène remporter la mise au moyen d'artifices dont il se sentait dépourvu.

« Toi aussi, mon frère, tu as tes failles », songea-t-il avec tendresse.

Il se tourna vers Ingrid, mais celle-ci s'était assoupie. Elle ronflait même paisiblement à côté de lui, les bras en extension au-dessus de la tête. Sa joue portait toujours la trace de la gifle. Une traînée rose qui s'étirait du lobe de l'oreille jusqu'au menton.

Avant de s'endormir à son tour, Pierre Leguenec y déposa un baiser aussi apaisant qu'un baume.

10

Chaque matin, Damien s'arrêtait désormais au café de l'Espérance, place Bisson. À deux pas de l'endroit où il avait aperçu Anna. Il s'asseyait en terrasse pendant une longue demi-heure. Il prenait un grand café et deux croissants, quelquefois trois. Puis il restait là, à regarder les passants. Il allumait une cigarette et savourait la légèreté de l'air et la fraîcheur qui, peu à peu, s'installait, prenait possession de la ville comme on prend possession d'une femme, avec douceur, presque par effraction.

Jamais, il n'avait été aussi heureux. Il savait que, quelques minutes après son départ du café, il retrouverait la fidèle Mathilde, puis, avant de gagner son bureau, il passerait devant celui d'Anna et recueillerait son sourire comme une offrande.

Lorsqu'il lui arrivait de s'interroger, il se disait qu'il avait finalement toujours recherché la même chose que son père : recréer un monde à lui. Mais ce monde-là n'avait rien à voir avec celui d'André Leguenec. C'était un monde ouvert, où circulait un air pur, sans contraintes ni mensonge. Et toute cette légèreté lui semblait le symbole d'une liberté retrouvée.

Il s'était glissé dans la peau d'un personnage : celui du fils d'André Leguenec. Et, à présent, ce rôle l'encombrait.

Il se faisait l'effet d'un serpent après la mue. Il ne savait quoi faire de sa vieille peau. Il laissait derrière lui le vieil homme et se sentait encore mal à l'aise dans sa nouvelle enveloppe. Alors que Pierre, en dépit de sa nature rebelle, marchait sans le savoir dans les traces de son père.

Le pire peut-être était de voir dans le regard des autres le reflet impudique de cette métamorphose.

Ils lui paraissaient pourtant indécelables, ces changements. De vagues signaux, des traces aussi légères que les pattes d'un oiseau sur le sable mouillé. Pareilles à une douce pression tactile, un apaisement nerveux de surface qui ne fait qu'effleurer la chair sans jamais la pénétrer.

Et pourtant…

Comment aurait-il pu expliquer à quiconque ce qu'il ressentait ? Comment expliquer, par exemple, qu'auparavant son corps lui semblait aussi difficile à manœuvrer qu'une barque trop lourdement chargée ? Ses gestes étaient maladroits, son pas hésitant. Du moins était-ce la perception qu'il en avait. Sa façon de bouger elle-même lui paraissait aussi élégante que le déplacement d'un cuirassé. Un jour d'abandon, il s'en était ouvert à Cécile, mais celle-ci avait éclaté de rire :

– Mon pauvre Damien, lui avait-elle lancé sur un ton inhabituel, qu'est-ce que tu vas chercher ! Si tu savais la première impression que tu fais à une femme, tu ne parlerais pas comme ça ! Même ta jambe ajoute à ton charme.

Il avait été surpris. Surpris que sa sœur, si pudique, puisse évoquer les attraits d'un homme, à plus forte raison les siens.

Cela ne l'avait pas rassuré pour autant.

À présent, il se sentait plus léger. C'était étrange comme sensation. Son sang circulait mieux, même sa jambe le faisait moins souffrir. Il se découvrait une fluidité inconnue. Tout était plus facile : s'habiller, manger, marcher, répondre au téléphone ou prendre des décisions en affaires. Il n'y avait plus de rupture entre les différents domaines de son existence.

Il n'y rencontrait plus vraiment d'obstacle parce que c'était à l'intérieur de lui que les obstacles avaient disparu.

C'était même un peu effrayant comme sensation. Il avait tellement été habitué à l'effort et à la lutte que cette aisance avait quelque chose de déconcertant.

Chaque matin, il s'éveillait désormais avec le sentiment d'aborder la journée comme une chance et non plus comme un défi. Qu'il eût dormi quatre ou sept heures, il se sentait reposé et disponible à ce que le destin lui réserverait.

Était-ce vraiment la présence d'Anna qui avait engendré cet état si singulier ? Il ne pouvait s'empêcher d'établir une relation entre son arrivée au bureau et l'énergie nouvelle que l'existence lui insufflait.

Le seul problème avait été de faire cohabiter Anna et Mathilde Tréguier. Celle-ci, eu égard à son ancienneté, avait cru bon de chaperonner « la nouvelle secrétaire de M. Leguenec ». Mais le caractère rebelle de la jeune Polonaise s'était très tôt affirmé et Mathilde avait dû lui laisser prendre des initiatives. Depuis, une rivalité s'était installée entre elles et Damien avait redouté qu'elle ne fût préjudiciable au bon fonctionnement de l'entreprise.

Il n'en avait rien été.

En cet automne 1926, la Compagnie Leguenec semblait condamnée à la prospérité et Damien, par une étrange fatalité, à un bonheur dont il ignorait encore la nature.

11

Paris, octobre 1926

Ingrid Letellier accéléra le pas et manqua briser l'un de ses talons sur une bouche d'égout. La pluie qui noyait Paris depuis l'aube tombait obliquement, fouettant son visage et délayant son maquillage en petites rigoles noires qui prenaient, sur sa figure, des formes fluides et changeantes.

Comme chaque semaine depuis un mois et demi, avec une ponctualité quasi militaire, elle venait faire son rapport à son « employeuse ». L'exactitude, pour Danuta Zajaczek, avait été autrefois une question de survie et mieux valait ne pas la décevoir sur ce point.

La maison close de celle qu'on appelait « Mme Agnès » était située dans le 10e arrondissement, non loin du canal Saint-Martin, rue Alexandre-Parodi. L'immeuble était discret et farouchement défendu par un concierge dont les états de service indiquaient qu'il avait été révoqué de la police pour malversations.

Reconnaissant la jeune femme, l'homme la laissa passer.

– Vous connaissez le chemin, dit-il avec un sourire en demi-teinte.

Il prononçait toujours la même phrase et sur le même ton insidieux.

Ingrid se faufila entre deux voitures jusqu'au fond de la cour et alla sonner à une porte qu'un heurtoir de bronze en forme d'étoile permettait d'identifier.

L'Étoile d'argent, tel était le nom choisi par Danuta Zajaczek pour son fonds de commerce. Personne n'en connaissait la raison et personne ne se serait avisé de le lui demander. À Paris, comme autrefois à Lorient, son surnom était devenu plus qu'un symbole. On l'avait baptisée « la Louve », en souvenir de ces prostituées d'un lupanar de Pompéi qui appelaient les passants en imitant le cri du loup. Mais chacun savait que la Louve ne se contentait pas de hurler à l'amour ou à la mort, elle savait à l'occasion montrer les crocs et déchiqueter ses proies.

Depuis qu'elle l'avait rencontrée, Ingrid n'avait cessé d'être fascinée par cette femme autoritaire et charismatique. Les mieux renseignés ignoraient presque tout de son passé. Les autres disaient que la seule certitude que l'on pouvait avoir à ce sujet, c'est qu'il n'y aurait jamais aucune certitude. Elle avait débarqué, un jour, à Paris de sa Pologne natale et, quelques années plus tard, elle s'était retrouvée à la tête d'un bordel rue des Mathurins et de plusieurs bars à hôtesses. Elle les avait revendus pour acheter *L'Étoile d'argent*. La police elle-même n'en savait pas davantage. Danuta Zajaczek avait tout fait pour brouiller les pistes et jeter sur son passé un voile aussi épais qu'une ratine.

Jusqu'au jour où des indiscrétions avaient fait état de son passage à Lorient avant 1914. Pendant quelques années, elle s'y était, disait-on, prostituée auprès des marins-pêcheurs et des officiers de l'arsenal. Ensuite, elle avait disparu durant toute la durée de la guerre. Puis, comme un phénix renaissant de ses cendres, elle avait reparu cinq ans plus tard, à Paris, boulevard des Batignolles.

C'était à peu près tout.

Ingrid n'avait d'ailleurs jamais cherché à en savoir plus. Ce qui lui importait était l'argent que lui donnait chaque semaine Mme Agnès pour les informations qu'elle récoltait parmi la clientèle nantaise d'Emma Louis. Un petit pécule qu'elle allait porter à la banque et qui s'ajouterait à ses économies bourgeoises.

« En chaque pute, il y a une bourgeoise qui sommeille », lui avait déclaré un jour Danuta.

Avant d'ajouter : « L'inverse est vrai aussi, ne l'oublie pas. »

Le conseil avait suffi à sceller entre elles un pacte jamais remis en question.

Mme Agnès l'attendait dans son bureau au troisième étage. Le troisième abritait les chambres à thèmes réservées à la clientèle des habitués les plus fortunés. Danuta Zajaczek s'y était installée pour garder un œil sur elle et la protéger de toutes les indiscrétions.

Ingrid frappa à la porte et attendit qu'une voix sourde lui dise d'entrer.

Elle se retrouva soudain plongée dans la pénombre et ses yeux durent s'y accoutumer avant de distinguer une silhouette au fond de la pièce.

– Et n'oublie pas de refermer derrière toi ! dit la voix.

Danuta Zajaczek était une femme âgée d'une soixantaine d'années, à la robe stricte et aux cheveux gris coiffés à la mode d'avant-guerre, rassemblés en grosses masses qui ondulaient sans qu'aucune mèche n'échappât à cette architecture sophistiquée. Elle se tenait assise à une petite table d'acajou. Un porte-plume à la main, elle écrivait une lettre et la lumière tamisée d'une lampe éclairait un côté de son visage dur, laissant l'autre moitié dans l'obscurité.

Mais, dans ce masque marmoréen, c'étaient surtout les yeux que l'on remarquait dès qu'elle relevait la tête : deux yeux d'un bleu pâle, froids comme la glace, qui évoquaient la neige, l'hostilité d'une forêt impénétrable et le silence de l'hiver, des yeux qui n'exprimaient aucun autre sentiment qu'une détermination sans failles.

– Alors ? Qu'est-ce que tu m'apportes cette semaine ?

Elle commençait toujours par ces mots, comme si elle s'apprêtait à faire l'inventaire des pièces de gibier ramenées d'une chasse à courre.

Sans plus attendre, Ingrid lui fit le récit de sa nuit passée avec Pierre Leguenec. Danuta Zajaczek l'écouta avec attention sans cesser d'écrire et attendit la fin de son rapport pour l'interroger :

– Leguenec t'a-t-il dit pourquoi il haïssait son père à ce point ?

Elle prononçait « Leguenec » en donnant l'impression qu'elle mâchait une substance vaguement écœurante avant de la recracher.

– Pas vraiment ! Je crois qu'il sait des choses à son sujet, mais rien de précis encore. Ou alors, il n'a pas voulu m'en parler.

– Tu as insisté ?

– Il était soûl, il m'a même frappée dès que je lui ai demandé pourquoi son frère n'était pas marié. Ce n'était pas le moment d'en faire trop.

La Louve hocha la tête. Mieux valait en effet opter pour la patience plutôt que de susciter la méfiance.

– Et son frère ?

– Damien ?

– As-tu pu avoir des informations…

– Il m'a seulement dit que…

Elle n'acheva pas sa phrase. Un cri d'effroi venait de briser le silence feutré qui régnait jusqu'alors à l'étage. Un cri bref qui s'acheva en une plainte à peine audible.

Mme Agnès s'était levée d'un bond.

– Qu'est-ce que c'est encore ?

Elle sortait déjà de son bureau et marchait à grands pas vers une porte où s'inscrivait le chiffre six. Ingrid la suivit machinalement. Sans frapper, Danuta Zajaczek entra dans la chambre.

Un homme nu et effrayé était assis sur le bord du lit. Autour de lui, le décor évoquait un palais mauresque sorti tout droit d'un roman de Pierre Loti : des arabesques, des colonnes, de faux marbres et, au centre, une sorte de petit bassin d'où jaillissait une minuscule fontaine. Mais c'était le corps gisant aux pieds de l'homme nu qui retenait l'attention. Celui d'une jeune femme que des voiles roses et bleus d'une transparence absolue enveloppaient de la taille jusqu'aux pieds. Un filet de sang s'échappait de sa bouche qui glissait doucement sur son épaule charnue.

L'homme bégayait.

– Je ne sais pas ce qui s'est passé. Elle était… Enfin… Elle est tombée d'un seul coup.

Si l'incident n'eût été dramatique, Ingrid eût éclaté de rire. Le petit homme au ventre proéminent avait l'air d'un enfant pris en faute. Il ne bougeait pas, les cuisses serrées sur un sexe invisible, surpris dans son impudeur et incapable de faire un geste pour y remédier.

Quelques secondes de plus suffirent à la jeune femme pour reconnaître un magistrat qui avait récemment fait la une des journaux lors d'un procès contre un proxénète du milieu marseillais. La situation, vue de l'extérieur, en était d'autant plus cocasse.

Danuta s'était penchée sur le corps de la fille et avait posé son oreille contre sa poitrine. Puis elle tira un minuscule miroir de la manche de sa robe et le plaça devant sa bouche.

– Elle est morte, conclut-elle.

Elle ajouta à voix basse :

– Je me doutais bien que j'aurais des ennuis un jour avec cette fille.

Elle se tourna vers le magistrat qui ne réagissait toujours pas.

– Elle a eu des convulsions ?

Mais l'homme n'entendait ni ne voyait rien d'autre que cette masse de chair inerte étendue à ses pieds, cette chair vivante quelques instants plus tôt et dont il avait tiré du plaisir.

– Je n'ai rien fait, balbutia-t-il. Je n'ai rien fait.

La Polonaise haussa la voix.

– Charles, je vous ai demandé si elle avait eu des convulsions.

L'autre restait sourd à ses paroles.

Danuta revint vers Ingrid Letellier.

– Cocaïne, laissa-t-elle tomber. Vous n'avez pas encore ces problèmes-là à Nantes. Moi, c'est la deuxième en six mois.

Ingrid affichait un air incrédule. La drogue ne circulait guère en effet dans la bourgeoisie nantaise ni même dans le milieu de la prostitution.

– J'ai déjà la mondaine sur le dos, je ne tiens pas à avoir toute la préfecture de police à mes basques si on me soupçonne de trafic de drogue. Je vais donner des ordres… Attends-moi ici !

Ingrid admira son sang-froid.

Restée seule, elle observa pendant quelques instants le petit homme en train de se rhabiller. Comparés à ceux de la Louve, ses gestes étaient lents et maladroits. Lorsqu'il enfila son caleçon, elle aperçut deux fesses blanches et flasques qui remuaient faiblement et que la lumière rendait plus blafardes encore. Elle avait beau avoir vu des centaines de corps nus, elle détourna les yeux. Contrairement à ce que pensait Pierre Leguenec, il y avait des jours où le métier de prostituée la dégoûtait et où elle eût donné n'importe quoi pour lui échapper. Mais que faire d'autre ? Dès l'âge de seize ans, une fille plus âgée l'avait mise « en chantier », comme on disait alors. Elle n'avait jamais rien connu d'autre, ou si peu. Il n'y avait guère que lorsqu'elle partait pour les vendanges chez sa sœur dans le sud-ouest qu'elle éprouvait le sentiment d'être autre chose qu'un être dégradé.

Mais un Pierre Leguenec pouvait-il comprendre ?

Même un Pierre Leguenec…

Elle eût pourtant voulu partir avec lui. Il était riche, intelligent, il était bon sans le savoir en dépit de ses sautes d'humeur et de ses crises de neurasthénie. Il aurait su l'aider à réparer les outrages de la vie. À condition de l'aimer un peu plus que pour une nuit et quelques coups de reins tarifés.

Danuta revenait à présent. Mais là où Ingrid se fût attendue à trouver de l'inquiétude, elle ne vit sur son visage qu'une sorte de froide et dérangeante sérénité.

Le magistrat avait fini de se rhabiller. La Polonaise le prit par les épaules et lui murmura quelques mots à l'oreille, des paroles de consolation, une mise en garde peut-être. Puis elle le poussa doucement vers l'escalier où il disparut lentement, hébété.

– Suis-moi, dit-elle.

Elles regagnèrent le bureau et la Louve en ferma elle-même la porte. Puis elle alla se rasseoir comme si rien d'important ne s'était passé.

– Ce sont des choses qui arrivent, reprit-elle d'une voix détimbrée, mais mieux vaut qu'elles n'arrivent pas trop souvent.

Ingrid ne sut quoi répondre. Son « employeuse » ne lui en laissa d'ailleurs pas le temps.

– Damien Leguenec, nous en étions restées là, il me semble.

Ingrid balbutia un « oui » embarrassé tant la maîtrise de cette femme lui paraissait presque inhumaine.

– Je crois… Enfin, Pierre m'a dit qu'il avait changé ces derniers temps.

– Changé ? Dans quel sens ?

– Il n'a pas su vraiment me l'expliquer. Il avait beaucoup bu.

– Il a bien dû te dire quelque chose.

– Heureux, c'est le terme qu'il a employé.

– Heureux ?

– Oui, il m'a dit qu'il était persuadé que Damien était tout sauf un homme heureux. Mais que pour la première fois depuis longtemps…

Elle n'aurait pas pu prononcer de mots plus réjouissants. Elle vit un sourire affleurer sur le visage glacial de la Louve. Un trait de soleil dans la grisaille de l'hiver. Son port de tête hiératique parut même s'affaisser légèrement sans toutefois donner l'impression qu'elle abaissait ses défenses.

– Bien… Très bien… C'est tout ?

– Visiblement, les choses sont encore récentes. Mais pourquoi ne pas lui demander directement à elle ? Je ne peux que sonder les sentiments de Pierre, je ne connais pas ceux de son frère.

Le visage de Danuta Zajaczek se durcit de nouveau.

– Parce qu'Anna, mon petit, est mon cheval de Troie. Pour le moment, nous ne devons avoir aucun contact direct. Est-ce clair ?

– Très clair, madame.

– Dans ce cas, tu peux retourner à Nantes.

12

Tout avait commencé à la fin du mois d'octobre. Par des regards furtifs d'abord, puis si intenses qu'ils en devenaient insupportables. Ensuite, il y avait eu les gestes, les frôlements, les sourires échangés sans raison, à la dérobée. Et ce parfum léger et fleuri qu'il avait senti dans ses cheveux lorsqu'ils avaient ramassé ensemble les livres de comptes qui étaient tombés de son bureau. Toute cette alchimie de la séduction qui bouleverse jusqu'à la chimie intime des corps.

Le soir, lorsqu'ils se quittaient, la gêne qui avait persisté toute la journée devenait chaque fois plus palpable. Mathilde n'était pas la seule à l'avoir remarquée et à en prendre ombrage. Lorsque Damien regagnait La Charmitière, il surprenait Mélanie en train d'ausculter son visage comme si elle cherchait à y déceler les traces de quelque maladie virale. Cécile, elle, s'en amusait. Quant à Pierre, il avait toujours ce même sourire fin sur les lèvres, à la fois détaché et moqueur. Tous savaient que l'existence de Damien Leguenec basculait et que le jour était proche où la petite bulle de silence qu'il cherchait à préserver viendrait à crever.

Tout comme Mathilde, Mélanie semblait le redouter. Le visage fermé de sa secrétaire, les regards en coin qu'elle lançait à Anna renseignaient mieux Damien sur son état d'esprit que n'importe quel aveu. Mathilde était amoureuse de lui, il n'avait plus désormais le moindre doute à ce sujet. D'emblée,

Anna lui était apparue comme une menace. Elle était devenue une rivale. Pourtant, seule sa physionomie révélait sa tristesse et sa jalousie. Depuis le début, elle avait soigneusement contrôlé ses sentiments. Aujourd'hui, ce n'était plus possible. Tout son corps la trahissait. Des rougeurs aux bégaiements, du tremblement des mains à la pâleur de son visage, le matin, lorsqu'elle arrivait au bureau. Close malgré tout sur sa souffrance.

Mélanie Leguenec se contentait également de dévisager son fils. Ses lèvres minces, son front haut et soucieux, sa voix sèche illustraient sa réprobation sans qu'elle eût besoin de l'exprimer à haute voix. Damien savait d'ailleurs ce qu'elle pensait au fond d'elle-même. Coucher avec sa secrétaire était déjà d'une écœurante banalité, mais en tomber amoureux et, pire encore, envisager de l'épouser étaient des fautes impardonnables. Une forme de déchéance morale et sociale indéfendable. Anna Kowalski sortait de nulle part et les Leguenec étaient riches. Anna était une étrangère et Damien venait d'une famille enracinée dans la terre bretonne. Anna était un électron libre tombé d'une étoile morte et les Leguenec un clan structuré, une comète brillant au firmament.

Mélanie avait-elle commencé de se renseigner sur elle ? Damien était tout disposé à le croire. Bien qu'il n'y eût guère de complicité entre eux, Mélanie était sa mère. Une longueur d'onde les reliait l'un à l'autre dont rien ne pouvait totalement brouiller la fréquence.

Cette idée d'ailleurs l'effrayait. Parfois, il avait le sentiment que les siens lisaient en lui à livre ouvert. Les gènes étaient là, impitoyables. À la place de cellules reliées entre elles, Damien imaginait volontiers des vigies postées à travers son corps et qui émettaient des signaux invisibles à tout autre qu'aux siens. Il avait beau n'avoir aucune envie de se confier à ses proches, il était incapable de leur mentir vraiment. Le piège était parfait parce que tendu de l'intérieur.

Il en eut confirmation au début du mois de novembre lorsque sa mère passa lui rendre visite à ses bureaux. Elle n'y venait presque jamais. Elle prétexta des détails à régler pour l'héritage d'André Leguenec, la nécessité de décider entre eux de la répartition des parts de la société, surtout au vu des projets de Pierre qui l'inquiétaient. En réalité, elle souhaitait surtout faire la connaissance d'Anna Kowalski. Elle parla longuement avec Mathilde et fit semblant d'ignorer la jeune Polonaise qu'elle se contenta de saluer d'un vague signe de tête. Puis elle s'enferma avec Damien pour deux longues heures de négociations.

Lorsqu'elle le quitta après l'avoir convaincu de racheter la quasi-totalité des actions de son frère, elle laissa simplement tomber du bout des lèvres :

– C'est une jolie fille, Damien... Très jolie. Il est vrai que tu as toujours eu du goût dans ce domaine. Pour celles que j'ai connues en tout cas... Quelles sont tes intentions ?

Damien l'avait regardée avec colère.

– Au point où nous en sommes, je n'ai pas d'intention.

Mélanie Leguenec s'était levée, serrant son sac sur sa hanche, l'air crispé d'une mante religieuse prête à fondre sur sa proie dans sa robe noire au tissu légèrement défraîchi.

– Tu ne sais pas mentir, Damien. Je te connais, tu fais déjà des projets. Fais attention à toi ! Tu ne sais rien à son sujet.

Il n'avait rien répondu. Elle était partie sans se retourner.

Le soir, ils n'en avaient pas reparlé. Mais, à la fin du repas, elle était passée auprès de lui et avait murmuré à son oreille :

– Tu devrais l'amener un dimanche pour que je me fasse une idée plus précise. Après tout, tu nous dois bien ça.

Le « nous » l'horripila. Il crut avoir mal entendu. Avait-il été victime d'une hallucination auditive ou lui rappelait-on qu'il avait besoin de l'aval du clan pour avoir le droit d'exister hors du giron familial ? Il ne répondit pas.

Mais Cécile, quelques instants plus tard, avait appuyé cette demande d'un :

– Elle a raison Damien. Tu devrais nous la présenter sans trop tarder.

La jolie Cécile, toujours prête à suivre l'exemple maternel, à se modeler comme une pâte de verre sur la « Matriarche » ! La merveilleuse Cécile dont on pouvait compter les faux pas sur les doigts d'une main.

Cette fois, il avait eu envie d'exploser. Comme s'il devait rendre éternellement des comptes à ceux-là mêmes qui, aujourd'hui, dépendaient de lui.

Il avait un peu bu ce soir-là. Il s'était installé seul au salon devant la cheminée. Il avait attendu l'extrême fatigue pour monter se coucher. La nuit avait été mauvaise. Les cauchemars étaient revenus le hanter, des incidents oubliés datant de sa démobilisation, comme cet officier qui n'était jamais monté au front et qui avait plaisanté sur sa jambe. Lui aussi pensait qu'ils « devaient bien ça » à ceux de l'arrière.

Lorsqu'il s'était présenté à ses bureaux le lendemain matin, Damien avait été exécrable avec Mathilde comme avec la plupart des employés. Surtout quand il avait découvert l'absence d'Anna. Celle-ci avait fait savoir qu'elle souffrait d'une « mauvaise fièvre ». Elle s'excusait et promettait de revenir dès le lendemain à son travail.

Damien n'en avait pas cru un mot. Il jouait de malchance.

La maladie d'Anna était un signe contraire au déroulement heureux de leur histoire.

Depuis l'adolescence, il était persuadé qu'une sorte de malédiction pesait sur sa famille. L'amour y était interdit. Jamais son père n'avait montré la moindre tendresse envers sa femme. Cécile, à l'âge où l'on songe à se marier, ne semblait manifester aucune sensibilité amoureuse. Quant à Pierre, il se promenait à travers la vie comme un dandy parcourt un paysage désolé, se contentant de gaspiller un peu d'argent et d'exulter dans des « amours » de bordels.

Lui-même était-il d'ailleurs plus doué ? Il y avait bien eu Flora mais la tuberculose l'avait emportée avant leur mariage. Depuis, rien de sérieux. Quelques rencontres de hasard, une ou deux liaisons d'une durée n'excédant pas six mois, de rares professionnelles.

Mais Anna…

D'emblée, il s'était senti soulevé par une énergie proche de la violence. Certes, celle-ci ne s'extériorisait pas. Mais, pour retrouver le souvenir d'un sentiment aussi extrême, il devait remonter à la guerre et à la peur animale qui le saisissait quelques instants avant l'assaut. Il y avait ces heures d'attente, puis ces minutes insupportables juste avant de quitter la tranchée et, enfin, cette libération lorsque, baïonnette au canon, il se laissait emporter par le tourbillon de fer et de feu. La peur s'enfuyait alors aussi vite que les « Boches » reculant d'une tranchée.

Anna lui procurait cette sensation incomparable. Une douleur rayonnant du bas-ventre, comme une lumière jaillissant d'un épicentre, le cœur qui bat, le besoin irrésistible de la prendre dans ses bras, d'exercer son sens du toucher, lui dont le front avait été si rarement frôlé par les lèvres de sa mère qu'il avait mis du temps, adulte, à savourer un baiser. Il avait envie d'elle comme on a envie d'une source à laquelle se désaltérer. Il imaginait un paysage luxuriant, une ombre fraîche. Il voyait des printemps et de longues nuits de repos entrecoupés d'extases. Il n'avait pourtant pas l'impression de retomber en adolescence. Au contraire, il se sentait devenir pleinement lui-même dès qu'il était auprès d'elle. Il ne se posait plus de questions. Sa pensée s'épurait, ne se perdait plus dans des méandres compliqués. Et c'était déjà anticiper sur leur bonheur futur que de vivre cette évidence.

Mais Anna n'était pas là.

Pendant toute la matinée, il fut incapable de se concentrer et s'occupa à de menues tâches destinées à tromper son attente. Mathilde, contrairement à son habitude, ne le dérangea pas. Elle ne lui passa même aucun appel.

Un moment, il fut tenté de se rendre à son domicile. La prudence l'y fit renoncer. Il ne tenait pas à précipiter les choses. Et puis, que savait-il de ses sentiments réels ?

À la fin de la journée, il demanda à Mathilde si elle n'avait pas eu de nouvelles de la jeune femme.

– Elle a téléphoné il y a une vingtaine de minutes, répondit-elle. Elle m'a assuré qu'elle reprendrait son travail demain matin.

Un bref et sombre éclair traversa alors ses yeux gris mais Mathilde Tréguier n'eut guère le temps de s'en réjouir. Le reproche la cingla comme une gifle.

– Vous ne pouviez pas me le dire plus tôt !

Il referma la porte, prit son manteau, son chapeau et quitta les bureaux sans même lui dire au revoir.

Dehors, un crachin glacial tombait sur la ville. Il laissa sa voiture dans la rue Carnot et partit à pied vers le port.

Des odeurs de poisson, des parfums d'iode, des effluves de marée, portés par un vent d'ouest qui avait forci depuis l'aube, s'insinuaient entre les façades, balayaient les rues et c'était toute la ville qui semblait soulevée par une houle légère dont l'écume eût été la foule vaquant à ses occupations.

Il passa devant les bureaux de la chambre de commerce, les services des magasins généraux et longea les quais. Des marins-pêcheurs étaient en train de ravauder des filets tout en observant le déchargement de pièces de vin. Plusieurs d'entre eux, en l'apercevant, lui firent signe de loin. Il leur rendit leur salut mais sans s'attarder. Il aurait pu prendre quelques minutes pour parler avec eux. Il ne se sentit pas le courage de prononcer des banalités. Il n'avait envie que de son sourire et du parfum dans ses cheveux.

Lorsqu'il rentra à La Charmitière, il eut à affronter les regards distants de Cécile et de Mélanie. Elles étaient déjà passées à table et terminaient leur dîner. Une soupe de citrouille, une cuisse de poulet, un fruit ; un jour maigre pour deux appétits d'oiseaux. « J'ai oublié l'heure du repas », songea-t-il tout à coup avec lassitude. C'est alors qu'il prit conscience que Pierre lui-même n'était pas assis à sa place et que nul ne s'offusquait de son absence. Lui seul avait le droit de souper dans sa chambre ou Dieu sait où ! Pierre, le fils chéri…

13

Le lendemain, Anna n'ayant toujours pas repris son travail, Damien décida de se rendre à son domicile. L'adresse figurait dans son dossier. Elle habitait rue du Port. Il trouva sans difficulté l'appartement situé au second étage d'un immeuble où un restaurant affichait : *Cuisine bourgeoise.* La concierge l'arrêta cependant sur le seuil du rez-de-chaussée. Le visage gras et antipathique sous la couronne de cheveux poivre et sel, elle triait le courrier des locataires avec des airs soupçonneux d'indicateur de police à la retraite. Elle lui demanda ce qu'il cherchait. Mais avant même qu'il eût donné sa réponse, elle changea d'attitude et ses traits prirent une expression de bonhomie attendrie.

– Excusez-moi mais vous ne seriez pas monsieur Leguenec ?

– Oui…

– Ah ! Je me disais bien… Je vous ai aperçu, il n'y a pas longtemps, à une remise de décorations sur la place d'Armes… Mon fils travaille sur un de vos bateaux : Julien… Julien Boisseau.

Le nom de Boisseau ne lui disait rien, mais Damien accompagna sa réponse d'un sourire amical.

– Boisseau… Oui, un gentil garçon…

La concierge parut aux anges.

– Qu'est-ce que je peux faire pour vous, monsieur Leguenec ?

– Je cherche une demoiselle qui doit habiter l'immeuble, Mlle Kowalski.

La concierge fronça les sourcils.

– C'est ma secrétaire, s'empressa d'ajouter Damien. Elle est souffrante et je venais prendre de ses nouvelles.

– Kowalski… Ça ne me dit rien.

– Nous sommes bien au 23 ?

– Oui. Mais je ne connais pas de Kowalski. Une Polonaise ou une Russe sans doute. Avec un nom pareil ! Comment est-elle ?

Damien entreprit de lui faire une description détaillée et, tout en parlant, il prit conscience que la simple évocation du visage d'Anna suscitait en lui une émotion difficile à contrôler.

– Je ne vois pas, monsieur Leguenec. On a du mal vous renseigner.

– Et dans les immeubles voisins ?

La femme parut faire un effort de mémoire. Mais elle eut un haussement d'épaules sans équivoque.

– Vraiment, je ne vois pas. Ce doit être une erreur. Il y a bien une dame qui vient de Suisse, de Lausanne je crois. Elle vit à deux pas d'ici. Mais elle a passé les soixante-dix ans.

Damien préféra ne pas insister. Il dit simplement :

– Vous avez raison, j'ai dû me tromper. Dites bonjour à Julien pour moi…

Il avait hâte de retourner au bureau et de consulter à nouveau le dossier d'Anna. Comment avait-il pu commettre une pareille erreur ? Il était sûr d'avoir mémorisé son adresse comme les autres détails qu'elle avait donnés au moment de son embauche.

Il réclama sa fiche à Mathilde en arrivant. L'adresse était bien le 23 de la rue du Port.

Il s'enferma dans son bureau et se mit à réfléchir. Ses pensées se chevauchaient, cavales furieuses et indomptables. Se pouvait-il que Mélanie, en dépit de ses préjugés, eût raison de se méfier d'elle ? Une histoire qui commençait par un mensonge avait toutes les chances de se poursuivre par des mensonges plus graves encore. L'idée d'être victime d'un jeu de dupes, des manœuvres d'une jeune femme ambitieuse et vénale lui traversa l'esprit. Il la repoussa aussitôt. Il devait y avoir une explication. Un changement d'adresse de dernière minute qu'elle aurait omis de préciser.

Les soupçons le taraudèrent jusqu'au soir.

La réapparition d'Anna rue Carnot, alors que Mathilde s'apprêtait à partir, les fit s'évanouir aussi rapidement qu'ils avaient torturé son esprit. Quelque chose d'inhabituel en elle le frappa pourtant. Elle avait revêtu un tailleur bleu ciel qui s'accordait avec la couleur de ses yeux, mais son visage était d'une pâleur impressionnante. Les veines qui couraient le long de ses tempes étaient plus apparentes, donnant à l'ensemble de ses traits une sorte de tension maladive.

– Vous êtes passé à mon domicile ? s'étonna-t-elle.

– Je m'inquiétais.

– Et vous ne m'y avez pas trouvée ?

– J'ai dû mal noté votre adresse… 23, rue du Port.

La jeune femme parut se troubler.

– Je suis navrée, dit-elle. Je vous ai donné l'adresse où m'a hébergée une amie à mon arrivée à Lorient. C'est vraiment stupide. J'habite rue des Fontaines à présent, au-dessus d'une horlogerie. Je ne comprends pas comment…

– Ce n'est pas grave, l'interrompit Damien. L'important est que vous alliez mieux. Je vais réparer cette erreur dans votre dossier.

Anna acquiesça d'un sourire crispé. Elle tenait un petit sac à main serré contre elle et Damien pouvait voir ses mains se refermer nerveusement en tenaille sur les anses. Il aurait voulu la rassurer mais il ne trouvait rien à dire pour soulager son malaise. Il se demandait encore pourquoi elle lui avait donné une adresse erronée. Son explication était incohérente. Si une amie l'avait accueillie, la concierge se serait souvenue d'elle. Elle n'était pas de celles qu'on oublie facilement et la concierge, sous ses airs un peu lourdauds, semblait d'une nature plutôt observatrice.

– Je reprendrai mon poste dès demain matin, dit-elle. Je venais simplement pour vous le confirmer. Je ne voudrais pas que vous pensiez qu'aussitôt embauchée, j'avais l'intention de déserter mon travail.

Déserter ! Le mot parut si incongru dans sa bouche que Damien éclata d'un rire bref.

– Feriez-vous partie du corps des fusiliers marins, mademoiselle Kowalski ? demanda-t-il.

La question eut pour effet de détendre un peu l'atmosphère. Damien se leva et se rapprocha d'elle avant de s'arrêter à quelques centimètres.

Assez près pour éprouver de nouveau ce sentiment étrange.

Une sorte de tension électrique… Oui, voilà ce qu'il ressentait auprès d'elle, une tension basse, qui ne faisait que grandir à mesure que leur face-à-face se prolongeait. Elle avait changé de parfum mais celui-là lui allait tout aussi bien, un parfum un peu masculin avec des notes boisées dont sa peau restituait les nuances avec délicatesse.

Un court instant, il fut tenté de la prendre dans ses bras et de l'embrasser. Mais l'initiative lui parut encore prématurée. Elle pouvait se méprendre et croire qu'il cherchait à profiter d'un accès de faiblesse momentané dû à la maladie.

Il demanda malgré tout d'une voix qui tremblait légèrement :

– Cela vous plairait-il, mademoiselle Kowalski, de dîner avec moi ?

– Ce soir ?

– Pourquoi pas ? J'ai l'impression qu'un bon repas vous ferait le plus grand bien. Le Grand Café vous conviendrait ?

Il vit briller une lueur dans ses yeux. Son visage lui sembla avoir repris des couleurs. Elle dit simplement :

– Ce serait avec plaisir, monsieur Leguenec.

14

– Eh bien, quand donc Damien nous amènera-t-il cette fille ? demanda Pierre Leguenec d'une voix agacée.

Cécile leva les yeux de son ouvrage de broderie. Une lumière inhabituelle s'était mise à briller sous l'arc légèrement rougi de ses paupières.

– Dimanche prochain, je crois.

– Quatre jours à attendre encore pour découvrir cette merveille ! piaffa Pierre Leguenec.

Cécile eut un sourire grave que son frère prit pour un reproche consterné. « Aucun sens de l'humour, ma pauvre Cécile », songea-t-il avec désolation.

Coincé entre « la Matriarche », comme il l'appelait, et sa jeune sœur, il éprouvait, depuis la mort d'André, le sentiment d'étouffer entre deux draps mortuaires. Certains jours, il lui semblait qu'elles se livraient à un concours de mélancolie. Laquelle paraîtrait la plus abattue ? Laquelle arborerait la figure la plus défaite ? Laquelle traînerait dans son sillage, et de la manière la plus ostentatoire, les obscures séquelles de leur malheur commun ? L'une parce qu'elle s'enfermait dans son deuil avec une délectation morbide, l'autre parce qu'elle peinait à trouver une place dans un monde qui la terrifiait. Elles faisaient assaut de neurasthénie, se complaisant dans une souffrance dont il se persuadait qu'elle tenait davantage de la simulation que d'un réel abattement. Et chaque jour, il lui fallait supporter ce combat muet entre les deux femmes.

« Comment voudraient-elles que je n'aie pas envie de foutre le camp ? se demanda-t-il. Et comment Damien peut-il les supporter ? »

Peut-être la présence d'Anna allait-elle changer tout cela. Elle était jeune et jolie à ce qu'on prétendait. Peut-être allait-elle mettre un peu de gaieté dans cette villa lugubre, y faire entrer un peu d'espoir, et qui sait ? faire émerger de l'ombre des secrets enfouis depuis trop longtemps. Car, il n'en doutait pas, c'étaient ces secrets inarticulés qui minaient l'atmosphère de La Charmitière. Ils avaient fini par constituer, dans chaque pièce, des zones d'ombre que l'on traversait sans s'en apercevoir mais qui empoisonnaient sournoisement le climat régnant à l'intérieur de la maison. Ils tournaient comme des oiseaux de proie autour des objets, des meubles et des souvenirs de famille, les enveloppant d'influences délétères. Ils débilitaient les consciences. Ils s'immisçaient dans les pensées les plus intimes auxquelles ils conféraient un subtil parfum de corruption.

Les autres le ressentaient-ils avec autant d'acuité ? Pierre en doutait. Souvent son père l'avait gratifié d'une sensibilité presque aussi maladive que celle de Cécile. Mais cette « sensibilité », qui lui avait valu d'être protégé et même pardonné à l'excès pour ses incartades, il la voyait aujourd'hui comme une arme plutôt que comme une faiblesse.

Cécile, les yeux baissés, poursuivait son ouvrage, concentrée sur les fils rouges et or qu'elle entrecroisait de ses doigts aussi agiles que des élytres.

– Qu'est-ce que tu brodes ? demanda-t-il d'une voix négligente.

– Un tableau du port de Lorient.

Pierre ne put retenir un rire de gorge.

– Du port de… Tu n'en as pas marre de Lorient ? Tu n'as jamais eu envie de sortir de ce trou ?

Cécile Leguenec eut un sourire gêné.

– Pourquoi tu dis cela, Pierre ? C'est notre ville. Je m'y sens bien.

– La tienne peut-être…

Cécile haussa les épaules et il imagina ce qu'elle devait penser derrière son petit front têtu : « Enfantillages ! » Mais la journée avait commencé sous de mauvais auspices et il n'aurait pas laissé passer une occasion de soulager sa hargne.

– D'ailleurs, tu ne sors jamais ou alors toujours chaperonnée par maman. Qu'est-ce que tu connais de Lorient à part l'église Saint-Louis, les kiosques à musique et les merceries ? Qu'est-ce que tu connais de la vie, ma pauvre Cécile !

La jeune femme baissa de nouveau les yeux. Pierre aurait juré qu'elle était prête à fondre en larmes. Mieux valait au fond qu'elle demeure incarcérée entre ces quatre murs. Peut-être ne les quitterait-elle d'ailleurs que pour aller s'enfermer, mariée, entre d'autres murs, y mener la même vie grise et insignifiante.

– Il paraît que tu veux quitter la maison, dit tout à coup Cécile.

– Qui t'a dit ça ?

– J'ai entendu Damien en parler avec maman.

Cette fois, Pierre Leguenec regarda sa sœur avec un étonnement teinté d'admiration. Ce ton direct ne lui ressemblait pas. Généralement, elle attendait que les hommes de la famille parlent les premiers et se cantonnait dans une réserve confortable.

– C'est possible.

– Tu es sûr de toi ?

– Plus que jamais.

– Pourquoi, Pierre ? Notre père vient de mourir, nous avons besoin de toi ici.

– Besoin de moi ? Tu plaisantes. Damien suffit largement à assurer la prospérité de toute la famille. Et puis rien ne me retient plus ici.

Une horloge égrena les heures au loin, dans une chambre du premier étage, et les paroles de Pierre Leguenec résonnèrent subitement dans le silence du salon comme une provocation. Le visage de Cécile s'assombrit encore. Elle interrompit sa broderie et ses mains blanches, posées à plat sur sa jupe dans un geste qui lui était familier, se mirent à remuer en cadence comme si elles cherchaient à effacer une tache de graisse sur une surface plane.

– Tu vas faire énormément de peine à maman, soupira-t-elle. Tu te plains de t'ennuyer dans cette maison, mais peut-être y aura-t-il bientôt ici des rires d'enfant et…

– Et quoi ? Ce n'est pas parce que mon frère s'est entiché de je ne sais quelle petite secrétaire que la vie va changer pour nous.

– Je le connais mieux que toi, dit la jeune femme d'une voix raffermie, et je sais qu'il doit être très amoureux pour avoir changé à ce point en si peu de temps. Tu ne souhaites pas le bonheur de ton propre frère ?

– L'amour ! railla Pierre Leguenec. Ne me fais pas rire ! Les jeunes filles grecques priaient les dieux d'être épargnées par la passion… Remarque bien, toi tu n'as même pas à prier !

Cette fois, la boutade fit venir les larmes au bord des paupières de Cécile Leguenec.

– Tu es cynique, murmura-t-elle.

Mais Pierre continuait à plastronner.

– Si tu veux. Mais pour ce qui est de l'amour, moi je préfère le bordel. Au moins les tarifs y sont affichés !

15

Le déjeuner du dimanche suivant fut languissant jusqu'au dessert. Anna se montra d'une politesse irréprochable. Pourtant, Damien devina d'emblée qu'elle jouait un rôle aussi subtil qu'inattendu. Elle conformait son comportement à celui de la Matriarche. Elle se contentait la plupart du temps de suivre en silence et avec intérêt les conversations, ne prononçait que les mots strictement nécessaires, ne manifestait aucune expression outrée. C'était à croire qu'elle avait déjà l'habitude des mondanités et qu'elle eût été capable d'en remontrer à une héroïne de Proust égarée dans le salon de Mme Verdurin.

Seul Pierre s'agitait désespérément sur son siège, s'efforçant d'animer un peu la conversation, saisissant la moindre occasion pour la faire dériver sur des sujets plus variés, plus gais surtout. Il parlait cinéma, automobile, littérature. Il riait à contretemps. Surtout, il dévisageait Anna avec une étrange insistance. Damien le vit même se pencher vers elle tandis que la domestique servait les cafés et lui murmurer à l'oreille quelque chose qu'il ne comprit pas. Anna sourit alors avec une grâce légère de ballerine mais ne put réprimer le rouge qui montait à ses joues. Soucieuse de ne choquer personne, elle se tourna immédiatement vers Damien qu'une colère instinctive menaçait d'emporter.

– Votre frère me disait que vous aviez beaucoup voyagé,

dit-elle, et qu'il voudrait parcourir le monde à son tour. J'aurais aimé voir du pays moi aussi. Hélas, je n'en ai jamais eu l'occasion. Je n'ai jamais connu que la Pologne avant de venir en France.

– Vous venez de quelle région de Pologne, mademoiselle Kowalski ? demanda soudain Mélanie Leguenec.

– Solowitz… C'est un petit village…

– Je croyais que vous étiez née à Varsovie ? observa Damien.

– Solowitz…, murmura Mélanie.

Le visage de Mélanie Leguenec avait changé de couleur. Son regard parut s'égarer au loin sous la fente amincie des paupières. Elle semblait fouiller sa mémoire. Puis, comme si elle avait brusquement retrouvé un détail oublié, elle se mit à pâlir au point de ressembler à une statue de plâtre inachevée.

Le changement de sa physionomie avait été subit. Damien remarqua ses mains qui tremblaient sur la nappe ainsi que le geste hésitant qu'elle eut pour reposer sa cuillère à café. Elle ne porta d'ailleurs pas la tasse à ses lèvres et suspendit de nouveau son geste quand elle se crut en état de l'accomplir sans laisser paraître aucun trouble.

– Mère, vous ne vous sentez pas bien ? s'enquit Cécile d'une voix blanche.

Anna était demeurée impassible, un sourire artificiel accroché à ses lèvres charnues.

Damien chercha une échappatoire.

– Je ne connais pas la Pologne hélas, dit-il dans un trait d'humour un peu forcé, mais sans doute est-ce parce qu'il n'y a pas de marine polonaise.

– J'ai rencontré une Russe à Paris, enchaîna Pierre. Elle était ravissante, tout comme vous Anna. Elle faisait des études d'histoire de l'art. Et en plus elle buvait comme une vraie Russe !

– Vous savez ce que les Russes pensent de nous, fit Anna. Ils disent que nous sommes arrogants et vaniteux. Mais rassurez-vous, nous en avons autant à leur service.

Cécile eut un petit rire naïf et inattendu qui acheva d'égayer l'atmosphère. Seule Mélanie Leguenec gardait un silence farouche. Elle fixait un point situé au-delà des fenêtres de la salle à manger, contemplant les arbres dénudés du jardin et, dans ses yeux de porcelaine, se profilait un ciel chargé de gros nuages bistre qu'aucun vent ne chassait.

Dérouté par l'attitude de sa mère, Damien s'efforça de reporter toute son attention sur Anna. Mais Pierre monopolisait la conversation et déployait tous les talents oratoires dont il était capable pour exciter sa curiosité. Il s'était lancé dans un discours fleuve sur le cinéma, son sujet de prédilection.

– D'ici là, même Rudolph Valentino sera relégué aux oubliettes, expliquait-il. Le temps du cinéma de papa est révolu. Les Américains sont en train de prendre la première place en tout. Vous avez vu *Les Dix Commandements* de Cecil B. De Mille ? Et ce n'est pas fini. Même les Français s'y mettent. On m'a parlé d'un film d'Abel Gance sur Napoléon qui fera date et aussi d'un Danois, Carl Dreyer, qui veut tourner la passion de Jeanne d'Arc !

Damien Leguenec écoutait son frère et, en lui, montait une jalousie irrépressible. Sa carrière d'armateur et les quatre années de guerre ne l'avaient guère ouvert à d'autres horizons que ceux qui concernaient son travail. Certes, il lui était bien arrivé de lire quelques ouvrages de littérature ou d'histoire. Mais son manque de culture générale lui avait toujours semblé un handicap insurmontable en société. Or le comportement de Pierre le confirmait ce soir-là dans ce sentiment.

Sa conversation était terne à côté de celle de son cadet. Pierre pouvait parler de tant de choses différentes et sans jamais lasser son auditoire ! Alors que lui ne maîtrisait vraiment que l'étroit domaine relevant de ses compétences professionnelles. S'il le surclassait en expérience, Pierre possédait un talent particulier. Ses propos étaient rarement profonds, mais par la multitude des sujets qu'il pouvait aborder en touche-à-tout de génie, il emportait l'adhésion, il charmait.

Anna l'écoutait sans jamais l'interrompre, fascinée, et Damien se taisait lui aussi, incapable de rivaliser.

À l'envie succéda la colère lorsque Pierre aborda son avenir immédiat.

– Pierre a beaucoup d'idées, intervint Damien. Mais il ne suffit pas d'avoir des idées, il faut aussi les réaliser.

La remarque brisa la fougue idéaliste de Pierre Leguenec tandis qu'une moue hargneuse se dessinait sur ses traits émaciés.

– Il n'est pas interdit de rêver avant d'agir, répliqua-t-il d'un ton ironique. Les plus grandes découvertes scientifiques se sont faites en rêve, les plus grands explorateurs ont rêvé de leurs voyages avant de prendre la mer.

– C'est vrai, confirma Anna, ne dit-on pas d'ailleurs que la vie est un rêve ?

– Exact, laissa tomber froidement Damien en fixant son cadet, mais tu oublies une chose : le rêve peut aussi tourner au cauchemar.

De la lumière brillait encore aux fenêtres de la chambre de Pierre lorsque Damien, après avoir raccompagné Anna, regagna la villa. De tout le trajet jusqu'à Lorient, il n'avait pratiquement pas desserré les dents et Anna avait tenté en vain d'apaiser sa mauvaise humeur en parlant des contrats que la société Leguenec envisageait de signer avec un armateur de Boston. Un premier pas vers ce fameux rêve américain qu'il entretenait depuis des années. Cinq cargos rachetés à bas prix et destinés au trafic transatlantique.

En descendant de voiture rue des Fontaines, Anna, vexée, lui avait cependant lancé d'une voix tendre :

– À demain… Damien !

Avant de l'embrasser rapidement sur la joue et de s'engouffrer dans l'entrée de son immeuble.

Damien n'avait pas répondu. Il avait redémarré la Ford et s'était garé un peu plus loin tous feux éteints. Là, il avait attendu quelques minutes pour vérifier que la jeune femme ne ressortait pas du bâtiment. Puis il avait regagné La Charmitière.

Mélanie et Cécile s'étaient retirées dans leurs chambres. En passant devant leurs portes, Damien ne décela aucun bruit. Dormaient-elles ou lisaient-elles comme chaque soir avant d'éteindre la lumière et de réciter de mémoire les prières du missel ?

Dehors, le crachin breton s'était transformé en une pluie battante qui crépitait contre les carreaux. Il se débarrassa de son manteau, ôta sa veste et alla frapper discrètement à la porte de son frère.

Celui-ci était allongé sur son lit et fumait une cigarette tout en écoutant de la musique diffusée par Radio Paris. La fumée l'enveloppait d'un nuage bleuté et se perdait en volutes sages et parfumées sous les caissons du plafond.

Lorsque Damien pénétra dans la chambre, il tourna à peine la tête dans sa direction. Il ouvrit le premier les hostilités.

– Tiens donc, mon bien-aimé grand frère ! J'aurais dû le parier. Tout ça sent la leçon de morale. Je me trompe ?

Damien alla éteindre la radio.

– À quel jeu tu joues, Pierre ?

– C'est plutôt à moi de te poser la question. Tu amènes cette fille à La Charmitière, je fais tout pour qu'elle se sente bien dans une maison où on pleurniche sans arrêt et tu viens me le reprocher !

Il écrasa sa cigarette dans un cendrier d'albâtre. Son long corps souple étendu sur le lit semblait déposé là par inadvertance et ses yeux légèrement globuleux, noyés derrière l'écran de fumée, vagabondaient à travers la pièce sans jamais rien fixer de précis.

– Ce que je te reproche, c'est d'avoir joué les séducteurs sans te préoccuper une fois de plus de la situation.

– De la situation ou des conventions ?

– D'Anna et de moi.

– D'après ce que j'ai cru comprendre, Anna et toi, ça ne va pas encore très loin pour le moment.

– Ça ne te regarde pas !

– Exact ! Mais alors pourquoi l'amener à la maison ? Quand on vous observe on dirait deux adolescents empotés. Je parie que tu ne l'as même jamais embrassée !

Damien faillit perdre son sang-froid. L'espace d'un court instant, il revit son père en train de pardonner à l'enfant capricieux qu'était son cadet, puis à l'adolescent immature et rebelle. Il l'entendit rire de ses insolences et de la nonchalance avec laquelle il traitait toutes choses. Pourquoi avait-il été si complaisant avec lui ? Peut-être parce que Pierre l'amusait. Lorsqu'il rentrait à La Charmitière, André Leguenec ne souffrait ni les silences ombrageux de sa femme ni les absences de sa fille. Il voulait de la vie autour de lui, de la bonne humeur. Sans doute parce qu'il supportait mal la transition entre le volcanisme de sa vie parisienne et la fadeur de son existence lorientaise. Mais cette indulgence pour la légèreté de Pierre avait finalement desservi son frère. Pierre ne serait jamais qu'un dilettante égaré sur des chemins de traverse.

– Tu sais, ironisa-t-il, je l'ai bien reconnue ton Anna. C'était la fille du cimetière, n'est-ce pas ?

– Je ne me souviens pas.

– Mais si tu t'en souviens.

– Peut-être, dit Damien troublé. Où veux-tu en venir ?

– Tu ne trouves pas ça bizarre toi ? Tu ne la vois qu'une seule fois, tu tombes raide dingue de cette fille et, comme par hasard, elle débarque quelques jours plus tard dans tes bureaux pour devenir ta nouvelle secrétaire. Un poste pour lequel tu n'avais encore passé aucune annonce.

– Qui t'a dit ça ?

– La reine mère bien entendu.

Damien serra les poings.

– Tu sais ce qui te perdra, Pierre ? dit-il d'une voix éteinte. L'envie ! Peut-être n'es-tu pas, comme moi, un homme heureux. Nous n'avons hélas pas été élevés pour ça. Mais toi, en plus, tu ne supportes pas que les autres puissent l'être.

– Tu l'as dit : nous ne sommes pas faits pour le bonheur. Soit ! Mais ton bonheur est un concept, une idée qu'on nous a fourrée dans le crâne depuis qu'on est venu au monde. Soyez heureux ! Vous devez nager dans le bonheur ! Toute cette guimauve insupportable… Moi, je ne m'intéresse qu'au plaisir de l'instant et j'en veux mon comptant, tout mon comptant.

Il parlait comme si la vie était une banque à cambrioler, un marché à traiter, lui qui demeurait étranger au monde des affaires. Profiter, il n'avait que ce mot à la bouche depuis des années. Profiter de l'argent facile, des femmes, de l'alcool, de sa paresse naturelle. Jouir sans jamais se poser de questions. Jouir de tout et de rien. Et Damien songea que ce devait être finalement un dur labeur que de maintenir ce plaisir permanent à son plus haut niveau. Les accès de dépression que traversait Pierre venaient sans nul doute de là. Le corps, pas plus que le psychisme, ne pouvait supporter cette tension de tous les instants. Il réclamait du repos et même de l'indifférence.

Pendant un long moment, Damien l'observa sans rien dire. Il n'avait jamais cessé de l'aimer. Pourtant, il se sentait loin de lui à présent. Ils évoluaient dans des mondes parallèles. Et pire encore, peut-être Pierre était-il en train de devenir un rival sans scrupule, capable de le priver de ce bonheur simple auquel il aspirait depuis son retour de la guerre.

– Tu sais, Pierre, murmura-t-il, je me demande parfois si tu n'es pas tout simplement un petit salaud.

– En ce cas, répondit Pierre Leguenec avec mépris, je serais simplement la parfaite image de papa.

16

Au mois de décembre 1926, l'armateur américain Brian Westwood fit le voyage de New York pour signer un accord bilatéral avec la Compagnie Leguenec. Les deux sociétés travailleraient désormais de concert et échangeraient des contrats d'affrètement leur permettant de réduire au minimum les temps d'attente entre deux chargements des deux côtés de l'Atlantique. Ils partageraient ainsi risques et bénéfices au lieu de se livrer une concurrence effrénée qui, au bout du compte, s'avérerait plus nuisible que stimulante. Westwood se chargerait également de développer ses activités dans l'Asie du Sud-Est, Damien Leguenec vers l'Europe du Nord et l'Afrique.

« Un empire des mers ! » La formule avait excité l'ironie de Pierre et celui-ci n'avait eu d'autre réaction que de porter un toast : « À tout empire, il faut un empereur. Vive l'empereur ! »

Damien, une fois de plus, avait ravalé sa colère. Mais le soir où ils avaient fêté l'événement au Grand Café, il s'était dispensé de l'inviter. Pierre Leguenec n'avait d'ailleurs soulevé aucune objection. Il devait se rendre à Paris chez un ami producteur de cinéma et se moquait depuis toujours de l'évolution de la Compagnie. La seule chose qui lui importait était de la savoir prospère et de toucher sa rente mensuelle.

Dans l'euphorie de la victoire, Damien avait raccompagné Anna rue des Fontaines et l'avait prise dans ses bras.

Elle ne l'avait pas repoussé. Elle avait même accepté de l'accompagner en voyage à Nantes, puis à Quiberon pour rencontrer un architecte de renom auquel Damien pensait recourir pour la mise en chantier d'un futur bateau de pêche au grand large. Ils avaient dormi à l'hôtel dans des chambres séparées. Mais au petit déjeuner, le lendemain matin, il lui avait pris la main sur la nappe et l'avait fixée de ses yeux gris d'une manière si étrange qu'Anna en avait éprouvé un malaise que seule une longue promenade sur la plage avait paru dissiper.

C'est là qu'il s'était risqué à prononcer les paroles fatidiques. Il avait d'abord balbutié puis, avec une aisance inaccoutumée, il avait su trouver les mots pour parler de lui avec pudeur, de son passé, de son métier. Il avait même abordé le sujet de la guerre à demi-mot. Enfin, il s'était lancé tête baissée, la peur au ventre cette fois :

– Anna, je vous ai vue au cimetière le jour où nous avons enterré mon père. Je crois que c'est ce jour-là que je suis tombé amoureux de vous.

Elle n'avait pas ri, pas même souri. Elle avait eu l'air aussi grave et attentive qu'un équilibriste marchant sur un fil.

– Ce jour-là…, avait-elle murmuré, incrédule.

– Oui. Ça vous paraît peut-être ridicule, mais je ne vous ai jamais oubliée et lorsque vous êtes entrée dans mon bureau… j'ai su, je l'ai su par toutes les fibres de mon corps.

Sa voix s'était alors affermie pour ajouter :

– Je ne plaisante pas. Je n'avais jamais ressenti ça auparavant. Je sais bien, on a dû vous dire ça des centaines de fois déjà, mais… je vous ai reconnue. Je ne sais rien de vous, mais je vous ai reconnue.

Elle avait hoché la tête. Il n'en avait pas dit davantage. Elle avait compris. Ils n'avaient pas non plus parlé mariage ou prononcé de paroles convenues.

Trois jours plus tard, elle l'avait invité à la rejoindre dans son petit appartement, juste au-dessus de l'horlogerie et ils avaient fait l'amour pour la première fois.

Une vraie première fois pour Damien.

Suivie d'autres nuits, d'autres premières fois tant chaque rendez-vous était différent du précédent.

Et pour Damien Leguenec, le monde avait irrémédiablement basculé.

Car la routine était un mot vide de sens pour Anna. Elle savait varier les plaisirs tout en leur conservant une sorte de ligne mélodique qui n'appartenait qu'à elle et Damien s'était laissé guider par sa musique avant de prendre la moindre initiative.

Il s'était étonné lui-même de la liberté de ses gestes. Pour la première fois aussi, il n'avait rencontré aucune barrière au fond de sa conscience comme il en avait éprouvé autrefois avec Flora et même avec les rares prostituées qu'il avait fréquentées. Quelque chose le retenait alors de se laisser aller. Peut-être parce qu'il n'avait jamais aimé son corps, et plus tard, à cause de sa blessure qu'il refusait malgré tout d'appeler « infirmité ». Son corps était un lourd obstacle, une masse indistincte dans laquelle il ne voyait aucune harmonie, un bagage encombrant. Il le traînait à la façon d'un fardeau quand d'autres en usaient comme d'un instrument précis dont ils tiraient, à chaque fois, les accords voulus.

Pas avec Anna ! Plus tard, il se souviendrait d'un déferlement de sensualité comme il n'en avait jamais connu, d'une chaleur, d'un bonheur absolu. Il avait aimé jouir de ce corps tout en souplesse, abandonné au rythme chaotique de l'amour. Un corps fait pour les caresses autant que pour les morsures. Sans doute n'appartenait-elle pas à ces beautés classiques qui recueillent, sur leur simple plastique, les jugements favorables de la plupart des hommes. Mais Anna était mieux que cela : une explosion de fraîcheur et d'énergie. Elle ne se préservait pas, elle se donnait entièrement. Elle ne se réfugiait pas derrière une pudeur de façade, elle était sensuelle et pudique au-delà même de son impudeur.

Ébloui, Damien avait pensé, dès ces premières heures passées auprès d'elle, qu'il ne pourrait plus faire l'amour avec une autre femme. Jamais, il ne retrouverait cette intensité. Une autre le condamnerait inéluctablement à la médiocrité. Descendre l'échelle de Jacob, perdre le chemin des cieux, accepter la chute édénique.

Il n'avait pas trouvé ce jour-là d'images assez fortes pour exprimer ce qu'il ressentait, quel que fût le ridicule de sa tentative.

Pour la première fois depuis longtemps, Damien avait ri et ce rire avait libéré en lui des énergies enfouies sous les strates les plus anciennes de son passé. La dernière fois que cela lui était arrivé remontait à une brève sortie en mer lors d'une permission. Ensuite, il y avait eu Verdun et tout avait changé. Il était devenu grave, manquant d'humour ou ricanant à contretemps. Alors qu'Anna savait à merveille marier amour et humour, sensualité exacerbée et tendresse. Elle était une femme complète quand lui n'était qu'un homme tronqué.

Aujourd'hui, il pouvait enfin espérer remédier à tout cela, redécouvrir les joies simples d'une existence où le passé ne s'interposait plus entre ses sensations et la réalité.

Lorsqu'il s'était endormi sur le matin, le visage d'Anna était penché sur lui et ses yeux clairs le fixaient avec une intensité douloureuse, presque triste.

De cela aussi, il se souviendrait plus tard.

Le lendemain, Damien s'attendait à rejoindre Anna rue des Fontaines, mais la jeune femme sollicita un congé exceptionnel de deux jours pour veiller au chevet d'une cousine malade.

Sa déception fut à la hauteur de ses attentes. Il l'accepta néanmoins tout en se demandant qui était cette parente ; jamais Anna n'avait mentionné l'existence d'une quelconque famille résidant en France. De quoi lui avait-elle d'ailleurs réellement parlé à part quelques allusions à son enfance en Pologne ? D'elle, il ignorait à peu près tout. Elle avait menti sur son lieu de naissance, sur son adresse et à présent elle évoquait une cousine sortie de nulle part.

Cet élément nouveau ne fit que raviver ses doutes et, durant deux jours, il hésita à poser à Mathilde la question qui le rongeait : savait-elle quoi que ce soit au sujet de ce voyage ? Les deux femmes partageaient le même bureau et devaient malgré tout échanger quelques mots, fussent-ils anodins.

Le deuxième soir, alors que les employés avaient déserté les bureaux de la Compagnie et que la nuit de décembre envahissait le port de Lorient, il finit par céder à l'impatience.

D'une voix faussement distraite, il demanda :

– Mathilde, Anna vous a-t-elle parlé de cette cousine auprès de qui elle devait se rendre ?

Le visage de Mathilde Tréguier se ferma aussitôt.

– Absolument pas, monsieur Leguenec.

– Elle ne vous a vraiment rien dit ?

– Non.

De toute évidence, elle renâclait devant l'effort à accomplir, jument rétive apeurée par l'obstacle.

– Mathilde, je vous connais depuis trop longtemps, dites-moi ce que vous savez.

Il avait l'impression de s'embourber dans une lise insondable. Il ne la suppliait pas mais, il en était persuadé, jamais plus il ne pourrait la regarder en face sans songer à ce tragique moment de faiblesse.

– Je crois qu'elle est à Paris, avoua-t-elle enfin.

– Vous en êtes sûre ?

– Hier, elle a laissé tomber un billet de train de son sac. C'est moi qui l'ai ramassé. Un aller-retour pour Paris en deuxième classe. Vous voulez connaître le tarif ?

C'était la première fois qu'il la voyait faire preuve d'insolence.

– Elle a donc de la famille à Paris…

– Monsieur…

Mathilde Tréguier avait quitté son siège et s'approcha tout près de lui, si près qu'il ne se souvenait pas qu'elle eût osé un tel comportement auparavant.

– Monsieur, vous devriez cesser de vous tourmenter. Vous n'êtes plus le même depuis quelque temps.

– Plus… le même ? répéta Damien. Que voulez-vous dire ?

– Je sais bien que je me mêle de ce qui ne me regarde pas, mais je ne crois pas que Mlle Kowalski soit tout à fait honnête avec vous.

La phrase résonna désagréablement dans l'espace confiné du bureau. Ensuite, Mathilde commit l'irréparable. Les yeux noyés de larmes, elle avança sa main et la posa sur l'avant-bras de son patron. Puis, frémissante, le corps tendu vers lui dans un élan trop longtemps différé, elle chercha ses lèvres.

Damien retira immédiatement son bras comme sous l'effet d'une violente brûlure. Mathilde recula d'un pas. Son regard aux pupilles dilatées était devenu celui d'un animal nocturne surpris par une lumière trop vive.

– Je vous demande pardon monsieur, balbutia-t-elle. Je… je ne sais pas ce qui m'a pris.

Le temps de la regarder dans les yeux et d'y lire l'infinie tristesse qui était la sienne, Damien s'était ressaisi.

– Ce n'est rien, murmura-t-il.

Il ne lui en voulait pas. Il était même accablé de ne pouvoir répondre à son désir. Depuis combien d'années attendait-elle ce moment-là ? Combien de fois avait-elle rêvé d'accomplir cette démarche salutaire, esquissé une tentative qu'il avait à peine remarquée, repoussé l'échéance, renoncé puis espéré de nouveau ? Depuis quand rêvait-elle de mettre fin à sa souffrance ?

Mais comment lui dire aussi qu'il avait goûté au fruit défendu et qu'il ne pourrait jamais plus revenir en arrière ?

Elle s'habilla avec une lenteur maladroite et, son manteau sur les épaules, son petit chapeau cloche maladroitement posé de travers sur l'oreille, elle s'engouffra dans l'escalier en faisant claquer ses talons sur le parquet.

Damien la regarda disparaître la gorge serrée. Il aurait voulu trouver les mots propres à effacer l'incident, mais il avait réagi par instinct et il n'avait trouvé que ce geste dérisoire de défense pour la dissuader. Un geste presque enfantin qu'il se reprochait déjà.

Il s'habilla à son tour et sortit sous la pluie. Le ciel était d'un noir profond, presque menaçant. Sur le pont tournant au bout de la rue Carnot, quelques passants se pressaient pour fuir l'averse. Il avait encore un rendez-vous à la chambre de commerce. C'était à deux pas. Pierre avait raison. Lorient était une cité relativement peuplée et prospère, une cité vouée aux affaires et au négoce, mais une petite ville de province tout de même. Même à son retour d'Amérique, il n'en avait pas pris conscience à ce point. Il avait été heureux au contraire de retrouver sa ville de naissance, le berceau des Leguenec.

Un berceau doré…

Quel était celui d'Anna Kowalski ? De quoi rêvait-elle ? De voyages, de grands espaces comme Pierre ? Ou ses désirs étaient-ils plus complexes, plus obscurs aussi ?

Au fond, il ne savait rien d'elle et l'amour qu'il lui portait devait davantage ressembler, de l'extérieur, à un emballement qu'à la passion réfléchie d'un homme mûr. Tout en se dirigeant vers la chambre de commerce, la tête nue offerte à la pluie, Damien s'efforçait de s'en persuader. Mais la voix de son instinct criait plus fort au fond de lui que celle de sa raison. Plus fort que toutes les idées qu'il agitait dans son esprit pour retrouver la froide lucidité du Damien Leguenec d'autrefois.

Les jeux étaient faits. « On ne souffre que de ce que l'on connaît, songea-t-il. En réalité, n'étais-je pas plus heureux lorsque je ne connaissais pas Anna ? »

Il chassa aussitôt ces sombres pensées. Car avant de rencontrer Anna, il avait le sentiment que le bonheur lui échapperait toujours, qu'il courrait toute sa vie après une ombre aussi fuyante qu'un nuage d'altitude.

À présent, il savait que mieux valait le bonheur avec la souffrance que pas de bonheur du tout.

17

Le lendemain, Mathilde Tréguier, les yeux rouges et gonflés, reparut au bureau pour présenter sa démission. Damien la refusa sans ménagements et ils ne parlèrent plus de l'incident.

Mathilde reprit son travail avec plus d'ardeur encore et de conscience professionnelle qu'autrefois tandis que Damien se noyait dans la paperasserie administrative à laquelle le contraignaient ses fonctions à la chambre de commerce. Une tâche qui exigeait assez de concentration pour libérer momentanément son esprit.

L'absence d'Anna et les doutes qui le tourmentaient le rendaient à sa solitude intérieure. Chaque heure qui passait lui semblait un calvaire. Elle s'écoulait avec la lenteur d'une rivière paresseuse qui eût sans cesse rencontré des obstacles sur son chemin.

Le premier soir, il dîna avec un ami journaliste dans une brasserie de la place d'Armes. Mais, le deuxième, il préféra rester seul et on le vit aller de café en café sur le port, là où seuls quelques marins-pêcheurs et des ouvriers traînaient jusqu'à la nuit tombée. Ceux qui le reconnaissaient murmuraient à voix basse sans le saluer pour ne pas l'importuner. Mais tous s'étonnaient de le voir ici, parmi ces hommes à la dérive, ces lumières sales et cafardeuses, au milieu des éclats de voix et de rires embrumés par l'alcool.

Dans l'un d'entre eux, il crut entendre une voix qui disait : « Au moins le vieux choisissait ses endroits pour s'allumer ! C'est qu'il ne doit pas aller bien fort le Leguenec. » Puis une autre lui répondre : « C'est pas les affaires, il est riche à millions… Une femme, tu crois ? »

Un gros homme s'était alors approché de lui, un verre à la main. Il portait une casquette vissée sur la tête et une vareuse sale où l'on distinguait des taches de peinture. Il sentait l'alcool et ses lèvres mouillées, entre lesquelles se mourait un cigarillo, avaient prononcé :

– Vous devriez rentrer chez vous, monsieur Leguenec. Vous avez l'air bien fatigué.

Damien ne l'avait pas reconnu. Était-ce un marin servant sur l'un de ses bateaux, une vague connaissance, un buveur compatissant ?

Il n'avait pas répondu et le gros homme n'avait pas insisté. Quelqu'un, derrière lui, l'avait appelé et il avait regagné un coin de la salle où des hommes jouaient aux cartes autour d'une table sur laquelle trônaient des verres de bière et une bouteille de rhum blanc.

Il était sorti quelques minutes plus tard sous une pluie battante et, il ignorait pourquoi, il s'était retourné à plusieurs reprises pour voir si on ne le suivait pas.

Cette méfiance lui avait paru ridicule. Mais les mots avaient continué de danser longtemps dans sa tête, lancinants et criards. Ce n'était pas dans le domaine des affaires en effet que les soucis l'accablaient. Le dollar et la livre sterling étaient revenus à un niveau acceptable, l'économie était assainie et les affaires repartaient à la hausse grâce à un taux de change plus favorable. Le contrat américain venait de se signer aux meilleures conditions et la construction du chalutier nantais, dernier-né de la Compagnie Leguenec, se poursuivait sans encombre. La mise à l'eau était prévue pour le mois de mars.

Il avait tout pour être un homme comblé.

Une femme alors ? Qui mieux qu'une femme pouvait déstabiliser un homme ? Combien de fois avait-il vu des hommes toucher le fond à cause d'elles ? Sur le front de la Somme, il avait surpris un jour l'un de ses soldats en train de pleurer en lisant une lettre. Il avait cru à l'annonce d'un décès ou de tout autre événement qui, en temps de guerre, vient ajouter la souffrance personnelle aux douleurs collectives. C'était une lettre de sa fiancée laissée au pays, dans les montagnes de Haute-Savoie. Elle lui disait qu'elle était jeune et qu'elle voulait vivre sans plus attendre. Elle avait rencontré un menuisier qui travaillait dans la vallée de la Maurienne. Elle avait décidé de l'épouser. Le mariage devait avoir lieu durant l'été. Elle ignorait qu'elle avait choisi le pire moment pour le lui annoncer.

S'il avait oublié le nom de Julien Boisseau, Damien se souviendrait toujours de celui du jeune soldat : Joseph Lachelier. Il n'avait pas voulu s'élancer sous la mitraille pour en finir au moyen d'un héroïsme de pacotille. Le soir même, il avait ôté son casque, accompli une dernière prière, le dos contre la tranchée. Personne n'avait prêté attention à lui ; il était recueilli, paisible. Puis il avait glissé le canon de son fusil sous son menton et appuyé sur la détente.

Il avait cessé d'espérer. Cette fille du pays, ses lettres, c'était tout ce qui le tenait debout face à l'horreur.

Alors oui, une femme pouvait condamner à mort un homme par quelques mots ou un comportement inattendu, par ses mensonges ou ses trahisons. Une femme ne supportait pas que le bonheur, ou ce qu'elle croyait être tel, passe hors de sa portée. Elle demandait à la vie des satisfactions immédiates. On n'avait jamais vu un homme abandonner une femme pour des raisons pécuniaires. Combien en revanche avaient délaissé un mari honnête mais dans la gêne pour un homme plus riche, fût-il bluffeur et sans scrupule ?

Il avait erré longtemps dans la ville, sans doute parce qu'il était ivre et s'était perdu dans les rues de Lorient. La nuit n'apaisait pas sa douleur. Celle-ci était devenue, en moins de quarante-huit heures, son ennemie intime et marchait sagement à ses côtés.

Le lendemain matin, Mathilde le trouva à son bureau, endormi dans son fauteuil, une bouteille de cognac posée devant lui. Son visage portait les stigmates de la nuit, aussi froissé par le manque de sommeil que ses vêtements étaient chiffonnés de pluie. Il respirait mal, la bouche ouverte et le front traversé de tics derrière lesquels on croyait deviner la course folle de pensées amères. Elle n'osa pas le réveiller. Elle attendit qu'il émergeât lentement de son océan de souffrances sur les dix heures et demie du matin, défendant l'accès de son bureau à tout autre employé de la maison.

Lorsqu'il fut tout à fait réveillé, elle se proposa d'aller lui acheter une chemise propre, de quoi se laver et se raser. Pour le costume, il en avait toujours un d'avance dans une penderie du bureau. Damien accepta sans discuter. Une brume épaisse paralysait son cerveau et l'empêchait de se concentrer. Il chercha ses mots et parvint enfin à articuler :

– Merci, Mathilde… Vous me ferez une note de frais.

Il ne savait plus vraiment où il avait passé la nuit. Il ne gardait en mémoire que l'éclat pâle de vagues lumières, le son de la pluie sur les pavés, et surtout l'écho de voix enveloppées de ouate qui semblaient provenir de toutes les directions à la fois. Mais il ne parvenait pas à relier tous ces éléments entre eux. Ses impressions étaient aussi fugitives et insaisissables que de l'eau qu'il eût cherché à retenir entre ses doigts.

Il y avait un lavabo dans une petite pièce attenante. Il s'y rendit précipitamment, l'estomac soulevé par la nausée, et se mit à vomir longuement en maudissant le mauvais génie qui avait guidé ses pas vers le port. Puis il vint se rasseoir à la place qu'occupait son père autrefois. Lui arrivait-il à lui aussi d'oublier toute retenue lors de ses nuits d'errance ou parvenait-il à se maîtriser jusqu'au bout ? À l'exception des quatre années de guerre où nul n'échappait au vin et à « la gnôle », Damien n'avait jamais éprouvé le besoin de s'évader dans des paradis artificiels, contrairement à Pierre. Il préférait l'aurore au coucher du soleil, l'horizon sans limites à celui, étriqué, d'une chambre de bordel, une femme au sourire clair plutôt qu'une femme fardée.

« Une femme alors ? » La phrase lui revint subitement et avec elle toutes les sensations pénibles éprouvées durant son laborieux périple jusqu'à la rue Carnot.

Mathilde arrivait, haletante. Dans sa précipitation, elle avait oublié de coiffer son chapeau et ses cheveux dégoulinaient de pluie. Était-ce à cause de ce détail, il la trouva plus belle qu'à l'ordinaire, presque sensuelle dans sa fragilité. Mais à peine eut-elle posé sur le bureau la chemise neuve et le nécessaire de toilette que Damien demanda brutalement :

– Le train, Mathilde, vous rappelez-vous l'heure d'arrivée du train ?

Elle n'eut pas besoin d'explication.

– Je ne sais pas, monsieur.

Une fois encore, elle mentait. Mathilde avait une mémoire exceptionnelle. Elle se souvenait même du tarif inscrit sur les billets.

– Faites un effort s'il vous plaît, c'est important.

Elle lutta encore quelques secondes.

– Je crois… enfin, à trois heures et demie, monsieur, répondit-elle d'une voix morose.

– Vous pouvez vérifier auprès de la gare ?

Il se leva, saisit la chemise et le nécessaire de rasage, puis se dirigea de nouveau vers le cabinet de toilette.

– N'y allez pas monsieur, dit la voix de Mathilde derrière lui.

Damien, à cause de l'alcool, dut alors reprendre son souffle pour lancer d'une voix aigre.

– Mathilde, vous m'emmerdez !

18

Le cœur en charpie, Damien Leguenec attendait dans un renfoncement de la gare de Lorient, rue de Beauvais. Un bâtiment sans charme aux murs de briques rouges et blanches que prolongeait, au-dessus des rails, une charpente métallique recouverte par une verrière. Un soleil blême luisait faiblement dans un ciel d'hiver livide mais, pour un mois de décembre, la température était presque douce. Ce n'était donc pas le froid qui le faisait frissonner. Plutôt la nervosité due aux excès de la veille et à l'impatience croissante qui s'était emparée de lui depuis qu'il avait pris sa décision.

La gare avait été construite à l'écart du centre-ville en raison des contraintes imposées par la présence de la place forte de Lorient. Taxis et tramway permettaient néanmoins d'y accéder sans difficulté.

De là où il se trouvait, Damien disposait d'un poste d'observation idéal, à l'abri des regards. Il apercevait la plupart des voies ferrées et pouvait guetter l'arrivée des trains, le va-et-vient des employés, observer les passagers qui patientaient, leur billet à la main, ou faisaient nerveusement les cent pas. Peu de monde toutefois en ce jour de semaine. Quelques familles et des voyageurs solitaires. Plusieurs couples clandestins aussi, dont les attitudes ne laissaient aucun doute sur leur intimité. Ils avaient beau mesurer leurs gestes, Damien devinait des mots tendres murmurés à l'oreille, des promesses de retrouvailles. Ils faisaient des projets, parlaient d'abondance puis se taisaient soudainement, conscients que surviendrait bientôt le déchirement de la séparation. Aux paroles prononcées d'une voix trop empressée pour être naturelle succédaient alors de longs silences, des regards brûlants que la douceur de l'hiver tamisait comme une couche de neige eût assourdi le bruit de leurs pas.

Le sifflement d'une locomotive se fit entendre au loin, puis le grondement des bielles entraînant la machine se rapprocha, faisant trembler les poutrelles du toit suspendu au-dessus des rails. Celui-là venait de Nantes, Damien était prêt à le jurer car il aurait pu citer dans l'ordre tous les trains arrivant en gare de Lorient entre deux heures de l'après-midi et huit heures du soir.

Encore une demi-heure à attendre. Mathilde ne s'était pas trompée. L'express en provenance de Paris était bien annoncé pour trois heures et demie. Une courte sieste et un rapide déjeuner avaient suffi à Damien pour lui faire recouvrer toute sa lucidité et c'est également en toute lucidité qu'il avait pris la décision de venir surprendre Anna à sa descente du train.

Anna…

Était-ce la nuit déplorable qu'il avait passée ? Il avait été saisi au réveil d'un véritable mouvement de colère. Il s'était comporté en enfant gâté. Ses soupçons ne reposaient sur rien de tangible. Solowitz et non Varsovie, il avait mal compris très certainement. L'adresse ? Une erreur somme toute banale. Ne lui était-il pas arrivé de se tromper lui aussi en donnant son ancien numéro de téléphone ? La conversation de Pierre, les débordements d'une nature généreuse dont il avait eu tort de jalouser les effets. Il n'avait à s'en prendre qu'à lui-même et à son manque de culture. La longue fréquentation des océans, la solitude à laquelle contraignait la mer, son extraordinaire pouvoir hypnotique, tout cela était un sédatif puissant, une invitation au silence. Fallait-il pour autant en vouloir à Pierre que la seule vue de la mer rendait nauséeux ?

Tout était de sa faute. Mais il allait tout réparer.

Il avait trente-cinq ans et la vie avait déjà manqué lui échapper à plusieurs reprises. Perdre Anna revenait à briser le dernier fil d'Ariane qui, à travers le labyrinthe de l'existence, le reliait encore à une espérance de bonheur. Il allait l'emmener dans un endroit calme, une auberge, un lieu protégé où il aimait parfois s'isoler. À l'île aux Moines ou à l'île de Ré. Là, face à la mer, il se promettait d'effacer les ombres qui subsistaient entre eux et de lui avouer à quel point il ne concevait plus son avenir sans elle. Il leur inventerait une vie nouvelle, une vie faite pour sa jeunesse et son goût des voyages.

À quoi cela lui servirait-il en effet de créer un « empire des mers » s'il perdait son propre royaume ?

Seul dans son renfoncement, Damien Leguenec s'exaltait à la pensée de devenir enfin l'homme qu'il avait toujours voulu être. Délivré du poids étouffant d'une famille ingrate, délivré de ses fausses obligations matérielles ou morales. Pendant des années, il lui avait consacré tous ses efforts. Mais les liens qui le retenaient encore à elle finissaient par devenir l'expression d'un pur masochisme. Il se sacrifiait. Avec, au bout du compte, un sentiment de rancœur qui ne rendait personne heureux autour de lui.

Il comprenait Pierre à présent. Il lui reprochait ses inconséquences, mais son goût pour la liberté valait mieux que ce sens inepte du devoir et ses principes d'efficacité.

Il allait dire tout cela à Anna.

Il allait le lui dire aujourd'hui même.

Ils avaient débarqué du train avec dix minutes de retard et Damien les avait repérés de loin parmi la foule clairsemée qui s'écoulait sur le quai de la gare. Il avait cru défaillir, victime d'une mauvaise plaisanterie que lui jouait un destin farceur. C'était bien son cadet, tout endimanché dans un costume clair, qui portait son bagage, un lourd sac de cuir noir.

Ils avaient pris un taxi pour rejoindre le centre-ville. Il n'avait eu aucun mal à les suivre sans éveiller leur attention.

Un court instant, il avait espéré qu'ils se sépareraient devant l'immeuble de la rue des Fontaines. Mais le taxi les avait déposés en plein cœur de Lorient. Et leur périple s'était poursuivi tout l'après-midi.

Il les avait vus traversant la place d'Armes, flânant près du kiosque à musique, achetant des gaufres et des confiseries chez Crucer en face de l'église Saint-Louis. Ils étaient entrés aux *Modern Galeries* et en étaient ressortis avec des cadeaux qui encombraient les bras de son frère. Pierre paraissait étrangement joyeux et insouciant. Anna rayonnait. Damien les avait vus rire à gorge déployée. Un court instant, Anna avait même passé son bras sous celui du cadet et ils avaient marché longtemps comme deux adolescents livrés à eux-mêmes un jour de sortie du pensionnat.

Les minutes lui avaient paru durer des heures. Comme s'ils devinaient sa présence et voulaient user sa patience, ils l'avaient traîné d'un bout à l'autre de la ville. Par commodité, il les avait suivis à pied ou en tramway, prenant toutes ses précautions. Il les avait pistés de loin tel un chien de berger attentif à ne perdre aucune des bêtes dont il a la garde.

Oui, un chien… C'était la première image qui lui était venue à l'esprit. Un bon chien de berger au regard si douloureux qu'il devait sembler pathétique de l'extérieur. Il se moquait bien en cet instant de ce que l'on pouvait penser de lui. En prenant la décision de les espionner dès leur descente du train, il avait abdiqué tout orgueil, accepté de se comporter en amant ou en mari jaloux. La douleur le rendait fou. Mais sa souffrance, songeait-il, était légitime et elle n'autorisait personne à le juger.

Plus que jamais ce jour-là, il avait envié l'égoïsme tranquille de son père. Lui au moins n'avait pas mal. Il n'aimait personne. Une femme chassait l'autre. Ses sentiments avaient toujours été tièdes et la rupture d'une liaison ne devait pas lui causer plus de tracas que de changer de marque de cigares ou de champagne.

Alors que ses émotions à lui étaient rares et violentes. Aussi toute cette fin d'après-midi n'avait été qu'une longue souffrance constamment renouvelée. Il avait eu raison de soupçonner le pire. Anna était en train de le trahir, Pierre était en train de le trahir. Comme certains officiers généraux les avaient trompés pendant la Grande Guerre en leur imposant des combats inutiles et une stratégie inepte.

Fallait-il qu'il en soit toujours ainsi ? Fallait-il que la vie s'ingénie avec une cruauté appliquée à trouver, chaque fois, les compensations nécessaires pour rééquilibrer un destin : sens des affaires contre générosité, sens de l'argent contre sens de l'humour, chance en amour contre chance au jeu... Longtemps ses succès commerciaux lui avaient suffi. Après la mort de Flora et ses quatre années de guerre, il n'avait guère eu de mal à se persuader que le statut de rescapé ne lui autorisait aucune ingratitude. Mais aujourd'hui, il avait faim d'autre chose.

Le soir venu, il les aperçut qui entraient bras dessus bras dessous au Grand Hôtel moderne, rue du Finistère. Il hésita un instant, puis glissa un billet à l'un des serveurs pour acheter sa discrétion. Il s'installa au bar et, de là, il put les observer à loisir sans attirer l'attention. Ils dînaient à une table à l'écart. Elle avait pris sa main sur la nappe et le fixait d'un air tendre, la tête légèrement penchée sur le côté. Ses cheveux blonds ruisselaient de la lumière des lustres. Elle était de nouveau la jeune femme du cimetière, une apparition angélique dans un ciel d'orage.

Au bout de quelques minutes, tremblant de colère et d'humiliation, Damien quitta l'hôtel pour aller se poster dans le renfoncement d'une porte cochère. Puis il attendit.

19

Le cadet l'avait raccompagnée, à la fin du dîner, rue des Fontaines. Damien avait vu les lumières de l'appartement s'allumer, puis s'éteindre. Pierre n'était pas redescendu immédiatement et Damien avait dû attendre encore une heure et demie pour voir sa longue silhouette nonchalante quitter l'immeuble. Pierre avait jeté un coup d'œil dans la rue, avait paru hésiter un instant, puis il s'était éloigné en rasant les murs, ombre funeste qui venait de lui voler son bonheur.

La pluie s'était remise à tomber, mêlée de neige fondue. Elle rendait le sol glissant et Damien faillit déraper sur les pavés en traversant la rue. Il grelottait. Il monta pesamment les marches jusqu'au second étage, reculant le moment de la confrontation.

Anna ne répondit pas tout de suite aux coups qu'il frappa discrètement à la porte, le bras levé et le poing serré mais sans énergie. Au bout de deux ou trois minutes enfin, il perçut des bruits de pas. Puis son visage blond et légèrement froissé apparut dans l'entrebâillement.

– Monsieur Leguenec…

Elle ne l'appelait déjà plus Damien et il en éprouva une humiliation plus profonde encore.

– Il faut que je vous parle, Anna.

Il n'attendit pas la réponse et poussa le battant pour entrer. Anna Kowalski n'offrit aucune résistance à son intrusion.

À peine eut-elle un geste pour refermer le peignoir qui bâillait sur ses petits seins fermes aux pâles aréoles.

Il entendit claquer la porte derrière lui et s'avança à travers l'appartement comme un automate. La porte de la chambre était grande ouverte, béant sur une vision d'horreur. Il aperçut le lit défait, l'empreinte laissée au creux des draps et des oreillers, et tout ce désordre amoureux si banal lorsqu'il s'agit du sien.

Il eut l'impression de vaciller sur ses jambes. Sa vue se brouilla. Un sifflement insupportable vrillait ses tympans. Un sifflement qu'il connaissait bien et qui ressurgissait du plus profond de ses cauchemars. L'amour contre la guerre, la guerre contre l'amour, toujours cet insupportable jeu des contraires. « À elle l'amour, pensa-t-il, à moi la guerre. » Il songea un moment à partir sans ajouter un mot. Il avait vu ce qu'il avait espéré jusqu'au bout ne pas voir. Que gagnerait-il de plus à recenser chaque détail de son infortune ?

Une force qu'il ne maîtrisait pas le clouait pourtant sur le seuil de cette chambre où Anna et Pierre venaient de faire l'amour. Il avait tellement mémorisé ses gestes tout comme le grain de sa peau qu'il n'eut aucune peine à reconstituer le film des événements, à les imaginer enlacés l'un contre l'autre, emportés par cette fièvre qu'elle s'entendait à merveille à inoculer.

Inoculer était bien le mot qui convenait. Anna était devenue pour lui une maladie, un virus transmissible et pour lequel il n'existait pas d'antidote.

– Que voulez-vous… Damien ? demanda Anna. Il est une heure et demie du matin et si vous voulez me trouver à mon bureau demain matin, je crois qu'il vaudrait mieux que nous allions nous coucher.

Elle avait hésité un court instant entre « Damien » et « monsieur Leguenec ».

– Je ne pense pas que nous nous verrons demain, Anna, prononça-t-il d'une voix calme.

Silence.

– Je peux vous en demander la raison ?

Damien cherchait ses mots et, une fois encore, il se dit que, contrairement à Pierre, il souffrait là d'une véritable infirmité.

– Je vous ai vus cet après-midi... Pierre et vous.

– Vous nous avez suivis ?

– Depuis la gare.

Il n'avait plus rien à perdre en avouant la vérité nue. Il se tourna légèrement et aperçut le reflet de son visage dans un miroir. Elle avait croisé les bras sur sa poitrine et semblait chercher une dernière parade. Mais il ajouta d'un ton plus glacial encore :

– Je vous ai suivis jusqu'ici. J'ai vu la lumière s'éteindre. Inutile de me mentir. J'ai également vu Pierre ressortir de chez vous. Pourquoi Anna ?

Il pivota lentement sur lui-même pour affronter son regard. Elle en peignoir et lui vêtu de son manteau sur lequel les derniers flocons de neige cherchaient à s'incruster.

– Pourquoi Anna ? répéta-t-il.

– Je ne voulais pas Damien, murmura-t-elle. Je vous jure que je ne voulais pas. Les choses se sont faites toutes seules. C'est lors de ce déjeuner chez vous que Pierre m'a... charmée. Il est passé me prendre un soir à la sortie du travail. Nous avons longuement bavardé. Et puis, il y a eu cette rencontre à Paris.

– Un hasard, je suppose ?

Pour la première fois, elle baissa les yeux.

– Ce n'était pas un hasard.

Elle n'avait pas le moindre remords, il en était convaincu, et si elle se composait un masque de souffrance, c'était seulement dans le but d'atténuer la sienne. Il ne comprenait pas que l'on puisse, avec cette aisance déconcertante, passer d'un lit à l'autre, d'une intimité à l'autre et n'en éprouver aucune gêne.

Pierre, semblable en cela à André Leguenec, eût sans doute jugé une telle attitude profondément immature. Mais Pierre n'avait jamais été une référence à ses yeux en matière de maturité. Sa trahison en offrait la preuve. Cela lui était égal de le torturer. Sous sa prétendue sensibilité à fleur de peau, se dissimulait en réalité une indifférence absolue à l'univers des autres. Pierre les ignorait tout simplement. La vie n'était pour lui qu'un décor à travers lequel il lui était permis d'avancer en toute impunité, semant des cadavres sur le bord de sa route. Après quoi, loin de les enterrer au fond de sa mémoire, il les laissait pourrir au soleil, si nettement visibles que l'on se demandait comment ils n'avaient pu faire obstacle à cette sauvage équipée.

– Je vous demande pardon, dit enfin Anna d'une voix fausse.

– Et que voulez-vous que je vous pardonne ?

– Je vous ai laissé espérer quelque chose que je suis incapable de vous donner.

– Et que vous donnerez à Pierre ?

– Pierre m'a demandée en mariage.

Damien sentit de nouveau ses jambes se dérober sous lui. Une poussée de violence anarchique faillit lui faire perdre l'équilibre. Un court instant, il eut envie de tuer. Il s'en savait capable et, à tout prendre, Anna méritait tout autant la mort que le soldat allemand inconnu dans le ventre duquel il avait plongé autrefois sa baïonnette.

Le manteau pesait toujours plus lourd sur ses épaules. Il ne parvenait pas, toutefois, à se résoudre à l'enlever. Le décor austère de ce petit appartement où il avait été heureux lui donnait à présent la nausée.

– Que comptez-vous faire ? demanda-t-il.

– Je ne sais pas. Je lui ai dit que je lui donnerais ma réponse dans deux ou trois semaines, le temps de réfléchir. Tout cela est si brutal.

« Si brutal… » La remarque le libéra de ses derniers scrupules. Il n'avait plus rien à défendre désormais. Il se sentait vide et las. L'alcool de la veille sourdait encore à travers les ramifications de son système nerveux. Il la dévisagea un long moment, puis détacha presque chaque syllabe pour être sûr que les mots porteraient.

– Vous savez, Anna, que je vous ai aimée dès le premier jour au cimetière. Vous savez que j'étais prêt moi aussi à vous demander en mariage.

– Je le sais.

– Et c'est tout ce que vous trouvez à dire : « Je le sais »…

C'était tout. Les trois mots les plus cruels qui soient dans leur banalité. « Vous m'aimez et moi je ne vous aime pas, voilà ! » Et il n'y avait rien à ajouter à cette évidence insupportable.

« Je le sais. » Que savait-elle en réalité ? Pierre, il en était convaincu, la décevrait. Les premiers émois passés, les premières tendresses oubliées, il redeviendrait ce qu'il avait toujours été : égoïste et volage, cruel et inconséquent. Pierre séduisait mais son affection se corrompait vite sous le souffle méphitique de l'amour qu'on voulait lui imposer. Il n'aimait rien ni personne. Il se laissait aimer par une paresse inhérente à sa nature, puis la lassitude finissait par l'emporter.

« Comment te le dire, Anna ? »

Plusieurs fois au cours de son existence, il avait éprouvé une souffrance presque aussi intolérable que celle d'un amour blessé : celle de se trouver en face d'un être dont on connaît avec certitude le destin. Tout son instinct l'avait alors porté à parler avec franchise. En vain. Chaque fois, ses mises en garde étaient restées vaines. Chaque fois, il s'était heurté au mur de la raison raisonnante et de l'orgueil.

Une totale impuissance : voilà ce qu'il avait ressenti.

Avant d'admettre que toute vie était singulière et que rien ne pouvait en dévier le cours. Personne n'écoutait personne. On ne pensait jamais qu'à travers les filtres encrassés de ses propres préjugés. Chacun s'appuyait sur un mur de vanité aussi épais que les murailles de Jéricho.

Il n'avait plus rien à ajouter. Anna ne l'entendrait pas. Elle avait beau prétendre qu'il lui fallait encore réfléchir, il lui suffisait de jeter un regard au fond de ses yeux clairs pour savoir que sa décision était déjà prise.

Debout au milieu du petit salon, les bras ballants le long de son manteau lourd de pluie, Damien Leguenec se faisait à présent l'effet d'un vieil homme recru de fatigue. La haine qu'il avait ressentie quelques instants plus tôt l'avait quitté. Il ne subsistait pas même en lui l'ombre d'une colère rentrée. Rien qu'une immense lassitude qui lui donnait le sentiment à chaque pas de s'enfoncer d'un pouce dans le sol et de devoir redoubler d'efforts pour accomplir les gestes les plus ordinaires.

Au moment de franchir le seuil de l'appartement et de refermer la porte, il dit seulement :

– Bonne chance, mademoiselle Kowalski.

Mais ce « bonne chance » avait des accents lugubres de défaite annoncée.

20

Anna ne reparut pas dans les bureaux de la rue Carnot. Elle envoya à Damien une lettre protocolaire dans laquelle elle lui signifiait sa démission et à quoi il répondit de façon tout aussi formelle. Seule Mathilde ne put dissimuler sa joie de voir enfin écartée sa rivale.

Pierre Leguenec et Anna Kowalski annoncèrent leurs fiançailles deux semaines plus tard, au mois de janvier 1927.

La Matriarche ne fit aucun commentaire et n'opposa pas son veto à ce qu'elle considérait pourtant comme une mésalliance. Seule Cécile, parce qu'elle souhaitait sincèrement le bonheur de ses proches, dût-il passer avant le sien, manifesta une joie discrète quoi qu'elle éprouvât du chagrin pour son frère aîné.

Damien, lui, décida d'emménager rue Carnot et ne fit plus que de brèves apparitions à La Charmitière. La trahison de Pierre l'avait plongé dans un désarroi silencieux. Bien qu'il ne fût pas d'ordinaire d'un tempérament volubile, nul ne l'avait jamais vu aussi calme, d'un calme presque effrayant.

À Lorient, les ragots avaient commencé de courir sur le compte des Leguenec. Chacun y allait de sa théorie, voyant en Anna une manipulatrice ou une malheureuse victime des déviances sexuelles des frères Leguenec, lesquels n'avaient pas hésité à partager la même maîtresse avant de tirer au sort celui des deux qui allait l'épouser.

Damien, redevenu inaccessible, n'y prêtait guère d'attention. La réputation de la Compagnie n'en souffrait pas et ceux qui travaillaient avec lui s'en moquaient encore davantage. Les Lorientais, dans leur appétit de scandale, avaient oublié que la Grande Guerre était passée par là. Les femmes s'étaient affranchies, fauchant les anciennes règles de morale et moissonnant un « blé en herbe » qui n'avait plus cessé dès lors de lever à chaque nouvelle saison. Les mœurs s'étaient libérées et ce qui était à peine toléré avant 1914 était désormais monnaie courante. Les temps étaient aux Années folles, aux cheveux coupés à la garçonne, aux jupes portées au-dessus du genou, au jazz et au fox-trot. L'époque de l'affaire Dreyfus et de la mort scandaleuse du président Félix Faure entre les bras de sa maîtresse, la sulfureuse Mme Steinheil, était définitivement révolue.

La vitesse était devenue un mode de vie, presque une philosophie. En automobile, en avion, sur les mers, sur les ondes radio et dans les alcôves. On se mariait et on divorçait avec une facilité déconcertante. Les familles elles-mêmes se déchiraient et il ne se passait pas un jour sans que la presse bien-pensante ne s'offusquât de cette révolution qui altérait chaque jour un peu plus la trame élimée du tissu social.

Sous les auspices du président Doumergue, la France occupait pourtant une place de choix dans le concert des nations. Aussi, mis à part ceux qui refusaient les inéluctables bouleversements imposés par le modernisme, les Français se réjouissaient-ils de participer à l'élan qui emportait dans un tourbillon incessant le monde d'après-guerre.

À Lorient, pourtant, rien n'avançait aussi vite que Damien Leguenec ne l'aurait souhaité. En rupture avec La Charmitière où la présence d'Anna s'imposait chaque jour davantage, il se contentait de tenir sa mère au courant des grands projets de la Compagnie et de présenter, à sa famille et à leurs associés, des bilans en règle. Seule Mathilde savait que Damien se préparait pour un long voyage durant lequel il ne pourrait veiller aux intérêts de la société que par l'intermédiaire de quelques collaborateurs triés sur le volet. Des réunions se déroulèrent ainsi dans les bureaux de la rue Carnot dont personne, à l'exception des intéressés, n'eût connaissance.

Damien savait pertinemment qu'en cas d'absence prolongée, il incombait à Pierre de prendre les rênes de la Compagnie et qu'il en était incapable. Mélanie elle-même ne pourrait suppléer à son incompétence en dépit de son sens rigoureux de l'économie domestique. Gérer une société employant des dizaines d'équipages et des centaines d'ouvriers répartis dans diverses filiales qui allaient des chantiers navals aux ateliers de construction de machines à vapeur ou de presses hydrauliques en passant par des fonderies, des conserveries et des ferblanteries ne s'improvisait pas. Il fallait des connaissances particulières que Pierre ne possédait pas, de même qu'un sens de l'autorité dont il était dépourvu.

Replié sur son quartier général de la rue Carnot, Damien préparait pourtant moins une quelconque vengeance qu'une ultime possibilité de rédemption pour son cadet. L'obliger à faire face à ses responsabilités était encore la meilleure manière de lui prouver que, marié à Anna, il se devait de lui offrir un avenir stable et non une simple vie de bohème qui finirait par les lasser. Dans le cas contraire, la fuite de Pierre Leguenec ne serait jamais que la première marche de sa descente aux enfers.

Tout autre que lui eût naturellement jugé un tel plan plus machiavélique que fraternel. Mais ramener Pierre à la raison n'était-il pas le meilleur moyen de faire son bonheur et celui d'Anna si cela était encore possible ?

Au début du mois de février, Damien apprit par Cécile que la date de leur mariage avait été avancée au 9 mai. Enfermé dans son mutisme, il ne manifesta aucune réaction. Peut-être au fond de lui espérait-il qu'ils se séparent avant les noces ? Pierre était si imprévisible qu'il était capable, au dernier moment, de renoncer à légaliser leur union. Mais rien ne se passa et la rupture espérée ne vint pas.

Ni d'ailleurs la rédemption.

21

Cela faisait maintenant près d'un mois que Damien n'était pas revenu à la villa de Kernevel. Il laissa sa voiture à l'entrée et remonta d'un bon pas l'allée qui menait jusqu'au perron. La Charmitière, il ignorait pourquoi, lui avait toujours semblé paradoxalement plus gaie en hiver qu'en été. Or on était le 22 février et la neige tombait à gros flocons sur les cyprès du jardin. Un silence ouaté régnait tout autour de l'édifice dont les toits s'alourdissaient, comme les branches des arbres, d'un épais manteau laiteux semblable à de la crème glacée. Le soleil commençait de le faire fondre et, par endroits, on entendait une sorte de ruissellement doux qui laissait, sur la terrasse et sur les marches du perron, de larges flaques d'une pureté si parfaite que la lumière et le vent d'est y faisaient jaillir des formes évanescentes aux dessins sans cesse recomposés.

Cécile lui ouvrit elle-même la porte et, dans un élan de tendresse inhabituel, se jeta à son cou. Elle portait un parfum de violette suranné et qui, pourtant, convenait à la texture de sa peau, comme s'il cherchait, sur elle, à anticiper l'inexorable avance du temps.

Elle l'embrassa à plusieurs reprises.

– Holà, petite sœur, lança-t-il, je ne reviens pas des croisades. Je n'y pars pas non plus d'ailleurs.

Ce n'était guère dans les habitudes familiales. À cause de cela précisément, Damien se garda bien de la repousser et la serra un long moment dans ses bras.

Cécile finit par s'écarter de lui et le gratifia d'un regard où luisait davantage de pitié que de joie.

– Je suis contente de voir que tu vas mieux, dit-elle. Vraiment contente…

Il n'allait pas mieux. Il le laissait simplement croire et n'y parvenait qu'au prix de mille efforts.

– Maman t'attend dans le grand salon, annonça-t-elle avant de disparaître comme une souris de réfectoire pressée d'échapper au chat du cuisinier. Je vous laisse en tête à tête. Je serai dans ma chambre si tu veux venir me voir.

Le grand salon était l'une des pièces où la famille s'attardait le moins souvent. Une pièce d'apparat aux lourdes tentures grenat dont les murs étaient surchargés de souvenirs retraçant la vie des Leguenec depuis plusieurs générations. Le seul objet auquel Damien attachât de l'importance était un tableau du XVIIIe siècle représentant le premier bateau armé par son ancêtre Sébastien Leguenec : *Le Charmitière*… L'origine du nom demeurait elle-même un mystère et Sébastien Leguenec n'avait laissé à ce sujet aucune explication dans ses écrits.

Mélanie l'attendait assise près de la cheminée où flambait un feu vif aux senteurs de hêtre. Une tasse de chocolat était posée devant elle, accompagnée de quelques sablés auxquels elle n'avait pas touché. Le plus surprenant, nota Damien, était qu'elle avait délaissé son habituel habit noir pour une robe de couleur écrue et, même si elle ne portait toujours aucun bijou, ce ton neutre effaçait d'un seul coup les années supplémentaires dont le deuil d'André l'avait gratifiée depuis l'été dernier.

Il l'embrassa sur le front, moins par tendresse que par respect, et prit place en face d'elle après s'être débarrassé de son manteau et de ses gants.

– Quelle solennité ! dit-il avec ironie. Quelque chose de grave est arrivé ?

– On ne te voit plus beaucoup ici, Damien.

– C'est un reproche ?

– Je ne t'ai pas demandé de venir jusqu'ici pour te faire la leçon.

– Pour quelles raisons alors ? Les derniers résultats de la Compagnie ne vous ont pas convaincue ?

La vieille dame eut un sourire vague qui découvrit des dents d'une blancheur étonnante pour son âge. On eût dit de minuscules pierres de sucre parfaitement alignées et Damien ne put s'empêcher de songer qu'une telle bouche était faite pour les morsures davantage que pour les baisers.

– Je sais que tu prépares quelque chose, dit-elle, et cela ne me dit rien de bon.

Damien joua l'étonnement bien que celui-ci ne fût pas totalement feint.

– Damien, ce n'est pas parce que je suis une femme âgée que je perds totalement le sens des réalités. J'ai toujours laissé ton père diriger la Compagnie, seul d'abord puis avec ton aide. Mais j'ai toujours gardé des informateurs à l'intérieur. Je sais que tu t'apprêtes à passer la main pour quelque temps. À Pierre s'il le souhaite, à quelques-uns de tes hommes de confiance s'il renonce à mettre un peu de plomb dans sa cervelle d'oiseau.

Damien écoutait sa mère avec attention. Jamais elle ne lui avait parlé avec une telle franchise, surtout de Pierre qu'elle n'avait eu de cesse de défendre, sinon de couver au cours de toutes ces années. Ce qui l'inquiétait davantage était cette histoire de mouchards. Il fallait en déduire qu'il y avait des fuites au plus haut niveau de l'entreprise et même si ces fuites ne servaient pas un ennemi extérieur, il eût donné cher pour savoir d'où elles provenaient. De Mathilde ? Il ne l'en croyait pas capable. Du bureau de Nantes ?

– J'aimerais que tu me parles de tes projets, Damien. Tu sais parfaitement que ton frère est incapable de gérer la Compagnie. Que comptes-tu faire exactement ?

Il était inutile de mentir plus longtemps.

– Je vais partir quelque temps en effet, annonça-t-il. *Le Charmitière II* sortira bientôt des chantiers de Nantes. J'en prendrai le commandement pour sa première campagne de pêche à Terre-Neuve. Ce sera l'affaire de quelques semaines.

– Tu pars à cause d'Anna, n'est-ce pas ?

Cette fois, il se sentit piégé. Toujours ces ondes qui le reliaient à la Matriarche. Il n'était pas loin d'y voir une forme doucereuse de viol de conscience.

– J'ai besoin de m'éloigner.

– De t'éloigner ? Ne me raconte pas d'histoires.

– La mer me manque. Je ne suis pas vraiment un homme de bureau, contrairement à ce que mon père pensait. Ça aussi, il aurait dû le savoir.

Mais Mélanie Leguenec poursuivait son monologue.

– Tu l'aimais à ce point ou c'est par vengeance envers ton frère qui t'a supplanté auprès de cette fille ?

Damien se rembrunit. Elle le narguait et quelques phrases échangées dans ce salon avaient suffi pour que, tout à coup, il pose sur sa mère un regard différent. Un regard dont l'angle se faisait subitement moins aigu, semblable à un éventail que l'on déploie par grande chaleur. Derrière la façade lisse de la veuve d'André Leguenec, il soupçonnait désormais l'existence d'une femme qui, elle aussi, détenait la clé de nombreux secrets.

– Je l'aimais, reconnut-il enfin. Tout le monde le sait.

L'aveu lui fit l'effet d'une déchirure.

– Je comprends, dit-elle, et j'en veux beaucoup à Pierre de ce qu'il t'a fait.

– Il m'a trahi.

– Mais j'aime encore moins cette fille. Nul ne sait vraiment d'où elle vient ni quel est son passé.

– Ne vient-elle pas de Solowitz ?

Par ces mots, il savait qu'il la renvoyait sans ménagement au premier dimanche où Anna était venue à La Charmitière, au choc qu'elle avait éprouvé en entendant prononcer le nom de cette bourgade du sud de la Pologne. Mais cette fois, Mélanie Leguenec parut esquiver le coup.

– Solowitz..., reprit-elle en écho.

Un silence, puis d'une voix plus ferme, elle ajouta :

– J'ai demandé à un détective privé d'enquêter sur elle. Je n'en ai pas parlé à Pierre bien entendu. Il est remonté jusqu'à une certaine cousine établie à Paris et venue comme elle de Pologne, une certaine Vera je ne sais plus comment... Il semble qu'Anna soit arrivée en France il y a quatre ans seulement, plus ou moins fiancée à un ouvrier métallurgiste qui a trouvé du travail dans le nord de la France après leur séparation. Ce détective n'a pu aller plus loin. Il n'a pas pu mettre la main sur l'ouvrier, disparu ou rentré dans son pays.

– Et Vera ?

– Morte depuis deux ans.

– Elle n'avait pas d'autre famille ?

– À sa connaissance, non.

Damien repensa au congé qu'Anna avait réclamé à l'occasion de la disparition de sa cousine. Son sang se mit tout à coup à courir dans ses veines.

– Mais bon Dieu ! s'emporta-t-il, elle ne peut tout de même pas avoir vécu en France pendant quatre ans sans avoir laissé de traces derrière elle ! Elle m'a assuré avoir travaillé pour la maison Gelder au Havre.

– Tu as vérifié ?

Damien ne put dissimuler son émotion. Son visage s'empourpra. La fascination qu'Anna avait d'emblée exercée sur lui l'avait privé, lui aussi, de la plus élémentaire prudence.

– Elle y a bien travaillé pendant six mois, enchaîna Mélanie Leguenec, avant d'être renvoyée.

Le trouble qui s'était emparé de Damien se manifesta par un nouvel afflux de sang au visage, encore avivé par la proximité de la cheminée.

– Pour quelles raisons ?

– L'un des secrétaires de Gelder l'a surprise en train de voler dix mille francs dans un coffre dont elle possédait la combinaison. Elle a prétendu qu'il s'agissait d'aider un enfant malade appartenant à sa famille... Une autre invention de son cru, je suppose. Toujours est-il que le père Gelder s'est contenté de la renvoyer sans porter plainte. Tu comprends maintenant pourquoi ce mariage ne me plaît guère.

Un enfant... L'esprit de Damien battait la campagne. Se pouvait-il qu'Anna eût un enfant ? Dans un flash, il revit sa peau blanche et son ventre soyeux contre lesquels il s'était abandonné. Il ne se souvenait pas d'y avoir remarqué les traces caractéristiques d'un accouchement. Certaines femmes, il est vrai, ne conservaient guère de marques visibles de leurs grossesses.

– C'est pourquoi je t'ai demandé de venir, ajouta Mélanie. Il faut régler au plus vite cette histoire d'héritage, racheter les parts de Pierre et lui donner son argent. Ainsi nous garderons la main sur la Compagnie au cas où cette Anna Kowalski ne serait qu'une petite aventurière désireuse de prendre le contrôle de nos sociétés à travers lui. En dépit de ta fortune personnelle, je ne pense pas que tu souhaites voir le labeur de plusieurs générations de Leguenec réduit à néant par une racoleuse.

« Une racoleuse ! » C'était de la femme qu'il aimait encore dont elle parlait et Damien ne put s'empêcher de le lui reprocher intérieurement.

– J'espère que tu es d'accord avec moi, insista la Matriarche.

Il hésitait à répondre. Il ne calculait pas. Il laissait ses pensées suivre leur cours. D'ailleurs, ce n'était pas tant à cause du rachat des actions de Pierre qu'en raison de la sensation pénible qu'il éprouvait de vivre un drame sordide comme il en existait dans les romans bon marché.

Il passa une main sur son front. La sueur coulait le long de ses tempes et mouillait son col de chemise. Lorsqu'il quitterait la villa, le froid lui ferait une étole glacée autour du cou. Il alla chercher un verre d'eau à la cuisine et revint quelques instants plus tard, le visage moins rouge.

Mélanie avait tout prévu. Pierre absent, Cécile confinée dans sa chambre et les domestiques en congé pour la journée, elle avait voulu régler cette affaire sans témoins.

– Très bien, admit Damien en prenant son manteau et ses gants. Je vais faire le nécessaire. À vous de convaincre Pierre d'ici là.

– Ce ne sera pas utile. Il est d'accord sur tout. Il ne voit pas plus loin en ce moment que l'échéance du mariage. Et puis, tu sais comment est ton frère… Tout juste capable de faire la différence entre une action et un dividende. Le rachat de ses parts contre des liquidités sera pour lui comme s'il venait de faire fortune sans avoir jamais travaillé ni même investi un centime.

Elle en parlait avec un cynisme consommé.

– À propos, conclut-elle, je suppose que tu n'as guère envie d'assister au mariage.

Damien tergiversa, avant de choisir la solution qui s'accordait le mieux à l'étrangeté de la situation :

– À propos, dit-il, je suppose que vous n'avez pas envie de m'en dire plus au sujet de Solowitz !

22

Le mariage de Pierre Leguenec et Anna Kowalski eut lieu, comme prévu, le 9 mai 1927 en l'église Saint-Louis de Lorient, rue Traversière.

Plus tard, Damien Leguenec devait noter que c'était le même jour qu'on avait perdu la trace de *L'Oiseau blanc*, l'avion de Nungesser et Coli effectuant la première traversée de l'Atlantique Nord pour relier le Vieux Continent à New York.

Était-ce un présage ?

Une foule considérable assista à la cérémonie. Outre les amis et les relations de la famille conviés par Mélanie, la plupart des « officiels », des élus de l'hôtel de ville aux officiers principaux de l'arsenal en passant par les représentants de la chambre de commerce, avaient tenu à être présents.

Sur le mariage pesa cependant une ombre : celle de Damien Leguenec. Jusqu'au bout, malgré les prières de Cécile et une lettre cordiale de Pierre, il avait refusé de participer aux festivités. On prit cette absence pour de la rancœur quand elle n'était qu'une manière pudique de ne pas troubler, par sa présence, la célébration.

Quelques jours auparavant, *Le Charmitière II* avait été mis à l'eau à Nantes et Damien s'était promis d'appareiller dans les meilleurs délais pour l'Atlantique Nord.

Lorsque les mariés avaient quitté l'église, personne n'avait prêté attention à l'homme qui se tenait à l'écart, à l'abri d'un auvent masquant l'enseigne d'un typographe.

En voyant Pierre Leguenec monter dans la voiture, il avait songé à un poème où il était question d'un vol « hors du charnier natal[1] ». Le cadet prenait ainsi son envol, méprisant ceux-là mêmes qui lui autorisaient une liberté qu'il n'avait pas eu à conquérir.

« Un enfant perdu ! » avait-il pensé en regardant s'éloigner la Citroën flambant neuve.

Mais ce que Damien Leguenec avait tenu à suivre des yeux jusqu'à ce qu'elle soit hors de sa vue, c'était l'arche blanche et nue des épaules d'Anna dans sa robe de mariée.

1. *Les Conquérants*, José-Maria de Heredia, 1893.

Deuxième partie

23

– A-t-on des nouvelles de Pierre ? demanda Cécile Leguenec.

– Aucune, répondit Mélanie en retirant ses lunettes rondes cerclées d'acier.

La déception se peignit sur le visage amaigri de Cécile, accusant encore un peu plus les méplats osseux de ses joues pâles et creuses.

Sa mère l'observa à la dérobée tandis qu'elle venait s'asseoir en face d'elle sur le canapé du salon. Cécile semblait compter ses pas, telle une aveugle qui chercherait à établir des repères dans un lieu qui ne lui est pas encore familier. Sa démarche était hésitante, ses gestes syncopés. À mesure que les jours passaient, elle gagnait en transparence. Elle ne mangeait presque plus, refusant même de s'intéresser à sa broderie ou à la lecture. Elle se murait dans un silence farouche que, de loin en loin, venaient rompre, traversant la porte de sa chambre, quelques airs d'opéra mélancoliques.

– Toujours ces mauvais rêves ? questionna Mélanie Leguenec.

– Ils ne me quittent pas.

– Au sujet de Damien ?

Cécile ne répondit pas. Elle ne paraissait guère s'inquiéter de Pierre depuis son départ en voyage de noces. Un voyage qu'il avait promis à Anna, sans crainte du ridicule, « d'une longueur exceptionnelle et plus aventureux qu'un roman de Jules Verne ». Elle ne demandait de ses nouvelles que par convenance, lui reprochant d'avoir abandonné La Charmitière alors qu'elle comptait sur lui pour venir y vivre avec Anna et égayer la maison de rires d'enfant.

Depuis combien de temps un enfant n'avait-il pas semé le désordre dans les grandes pièces silencieuses, si ordonnées qu'elles faisaient penser, par leur austérité, aux cellules d'un couvent ? Elle-même, Mélanie en était persuadée, s'y ennuyait à mourir et, n'eût été sa piété filiale irréprochable, sans doute Cécile eût-elle fui loin de cette bâtisse isolée. Les hivers paraissaient plus interminables chaque année, les étés passaient trop vite. Alors, avec l'habitude, la jeune femme s'enfermait davantage encore dans sa solitude et sombrait dans une dépression inavouée. C'était un cercle vicieux. Et Mélanie Leguenec, en dépit de son égoïsme, s'en voulait d'entretenir cette propension à la gravité et à l'exil.

Mais avait-elle jamais songé à sacrifier un peu de son bien-être et de ses routines au bonheur de ses enfants ? La Charmitière possédait une histoire à défaut de posséder une âme. Elle y avait mis ses trois enfants au monde et la vie s'y était toujours déroulée sans drames, ponctuée par les brefs séjours d'André dont l'humeur parfois tapageuse venait rompre le cycle des veillées silencieuses, des discussions molles et des éternelles parties de whist.

Non, ce n'était pas la vie de Pierre qui inquiétait Cécile, c'était celle de Damien. Elles étaient sans nouvelles de lui depuis plus d'un mois et demi. Bien sûr, la campagne de pêche pouvait se prolonger si les bancs se révélaient poissonneux. Mais le bateau avait quitté Lorient avec plusieurs semaines de retard par rapport à la date légale d'ouverture de la pêche et il devait tout de même avoir abordé Saint-Jean de Terre-Neuve au moins une fois depuis son départ de Lorient.

– Je le vois toujours en danger, peut-être même mort, dit Cécile d'une voix blanche. Je vois de l'eau, qui le submerge, qui l'étouffe.

– Des cauchemars, ma chérie. De simples cauchemars.

– Je me réveille en nage, je transpire, j'ai la poitrine serrée, je suffoque comme si j'allais me noyer.

– Peut-être devrais-je appeler le docteur Blanchet. D'ailleurs, ce manque d'appétit, cette maigreur… Tu ne peux pas continuer comme ça. Si tu veux mon avis, tes rêves viennent de là.

– Vous ne voulez pas non plus appeler un psychiatre ? Vous me croyez folle ?

Mélanie Leguenec pinça les lèvres. Ses enfants s'étaient toujours montrés envers elle d'une politesse scrupuleuse. Mais, depuis le départ de Damien, Cécile avait parfois des mouvements d'humeur inattendus suivis de curieuses et cinglantes reparties.

– Voyons Cécile, je ne cherche qu'à t'aider.

– Je n'ai pas besoin de médecin, je suis d'un tempérament nerveux, vous le savez. J'irai mieux dès que je serai rassurée.

– Ça ne t'empêche pas de consulter un docteur en attendant.

Cécile redressa la tête, projetant son menton en avant comme la proue d'un navire défiant une mer fraîchissante.

– Je me passerai de vos conseils, mère, si vous le permettez. Pourquoi ne pas me traiter d'hystérique au point où nous en sommes ? J'ai lu les leçons données par Charcot à la Salpêtrière sur les maladies du système nerveux. Je ne souffre pas d'altérations anatomo-pathologiques, d'une lésion de la moelle épinière ou d'un quelconque syndrome neurologique. Je vais bien. Ces cauchemars troublent mon sommeil et m'épuisent c'est tout.

Mélanie l'écoutait, abasourdie. Elle savait que Cécile était une lectrice acharnée, dévorant tout ce qui lui tombait sous la main. Mais elle la croyait encore amatrice de romans pour jeunes filles romantiques, de classiques ou encore de récits de voyage. Or c'était de revues savantes qu'elle parlait. Où avait-elle été prendre ces lectures ? Dans quelle bibliothèque ? Celle de La Charmitière ne comptait que des « monuments » de la littérature française ou des ouvrages techniques concernant la mer et l'univers maritime.

– Comme tu voudras, abdiqua la Matriarche.

– Ce que je ne vous ai pas dit c'est que j'ai déjà fait ce même genre de cauchemars.

– À quelle occasion ?

– Quand Damien a été blessé pendant la guerre et deux jours avant la mort de papa.

Mélanie fronça les sourcils.

– Pourquoi ne m'en as-tu jamais parlé ?

– J'avais peur qu'on me prenne pour une folle et j'avais raison. Je sais bien ce que vous pensez tous de moi.

– Je n'ai jamais dit que tu étais folle, s'empressa de la rassurer Mélanie. Voyons, Cécile !

– On me croit idiote parce que j'ai peur de la vie et du monde. C'est vrai. Mais il y a tant de mondes et dans ces mondes tant de choses inexpliquées. Les anciens prêtaient attention aux rêves et y voyaient parfois des présages. Aujourd'hui on qualifie les gens comme moi d'aliénés. Dans ce cas, je ne suis pas la seule. Trois jours avant d'être blessé sur le front de la Somme, Damien a rêvé qu'il boitait.

Mélanie Leguenec se taisait, médusée par l'assurance inattendue de sa fille.

– Vous ignorez également que notre père a fait le même rêve au sujet de son fils.

– Il te l'a dit ?

– Un soir où vous étiez absente et qu'il rentrait de Paris. Il était ivre et s'est mis à pleurer dans mes bras parce qu'il avait vu Damien emporté par la mitraille.

André Leguenec en larmes… Sans doute la Matriarche n'avait-elle jamais envisagé cette hypothèse invraisemblable. Une faiblesse… Et Cécile goûta la joie profonde d'avoir percé ses défenses, de voir des fissures déstructurer ce visage si impassible qu'on eût dit un masque de tragédie grecque. Un masque percé d'une bouche à travers laquelle passaient des sons mais aucune parole.

– Et vous ?

– Moi…

– N'avez-vous jamais eu de pressentiments, bons ou mauvais ?

– Ce sont des coïncidences, rien de plus.

– Des coïncidences… Je ne parle peut-être pas beaucoup mais je sais écouter et observer. Alors expliquez-moi ce qui s'est passé le jour où Anna est venue ici pour la première fois et qu'elle a prononcé ce nom devant vous, le nom de ce village en Pologne. Tout le monde a pu voir votre trouble. Ensuite vous avez gardé le silence pendant toute la fin du repas. Pensiez-vous que je n'avais rien remarqué ?

– Ça suffit ! l'interrompit brutalement Mélanie Leguenec.

Ses paupières s'étaient soudain abaissées et, au centre de ses yeux de porcelaine, on ne voyait plus que deux fentes rétrécies où passaient des orages.

– Tu as peut-être lu des ouvrages de médecine, dit-elle sèchement, mais je ne suis pas un sujet d'analyse.

Cécile s'était levée et Mélanie observa qu'elle paraissait plus solide sur ses jambes tout à coup, que ses gestes étaient moins hésitants que lorsqu'elle était entrée dans la pièce.

Sur ses traits fins et lisses, l'apathie avait même cédé la place à un frémissement d'orgueil.

– Je ne sais, dit-elle, si je suis ou si vous êtes un sujet d'analyse. Mais je crois que c'est toute notre famille qui devrait être analysée. Peut-être saurions-nous enfin pourquoi nous n'arrivons pas à nous parler franchement et à nous dire si nous nous aimons ou si nous nous détestons... pourquoi nous sommes des îles que rien ne parvient jamais à rapprocher.

24

Mathilde Tréguier était au second étage lorsqu'elle entendit un brouhaha monter jusqu'à elle. Des bruits de tables et de chaises qu'on déplaçait et dont les pieds raclaient le plancher, de brefs éclats de voix, puis celui de talons qui martelaient les marches de l'escalier.

Un bref instant, son cœur tressauta dans sa poitrine. Damien ? Mais sa fièvre retomba aussitôt et, avec elle, le sourire qui se dessinait déjà sur ses lèvres frémissantes. C'étaient des talons de femme dont le vieil escalier lui renvoyait l'écho.

Il n'y avait guère que l'arrivée de Mélanie Leguenec dans les bureaux pour susciter un tel remue-ménage rue Carnot. Chacun y allait alors de sa flatterie et les attitudes se faisaient aussi empesées qu'un col d'amidon. On redressait son nœud de cravate, on enfilait sa veste, on lissait sa jupe et c'étaient des sourires de façade, crispés, qui n'étaient pas de bienvenue mais de circonstance.

Mélanie Leguenec n'était pas dupe mais elle réagissait à ces manifestations empruntées avec l'hypocrisie des puissants qui savent que leur entourage n'est composé que de flagorneurs et ne peuvent malgré tout s'en passer.

Sa visite ce matin-là prenait un caractère d'autant plus solennel que l'absence du « patron » donnait depuis quelques semaines à l'atmosphère des bureaux des airs de vacances.

Venait-elle pour s'en plaindre et remettre de l'ordre ?

Mathilde, en voyant sa silhouette droite et élancée surgir en haut des marches, n'en douta pas un instant. Le sang battant à ses tempes, elle se précipita au-devant d'elle et la salua avec déférence.

– Madame Leguenec !

– Mathilde...

Elle évitait de la regarder en face à cause de ses yeux clairs à fleur de globes qu'elle comparait volontiers à deux sphères d'agate et qui la mettaient mal à l'aise.

– Mathilde... Je ne suis pas là en tournée d'inspection. Inutile de trembler comme les autres scribouillards.

Mélanie n'éprouvait aucune sympathie pour le personnel de la Compagnie. Mathilde s'en était rendu compte le jour où elle avait pénétré dans le bureau de Damien pour lui remettre des documents à signer et où elle l'avait entendue parler de ces « gens que nous employons et qui nous rendent des services ». Mme Leguenec, hautaine et froide, presque désincarnée, possédait l'art d'élever entre elle et les autres une muraille infranchissable. Le genre humain relevait sans doute à ses yeux d'une espèce à part, qui n'occupait guère sur terre de place plus significative que celle des coléoptères. Excepté qu'à l'intérieur de ce genre mineur il y avait les Leguenec, une rareté pour magasin de curiosités, une élite au sein de l'élite, choisie par des puissances cosmiques pour incarner l'excellence.

Mélanie Leguenec, à sa manière discrète et imprévisible, était une femme de pouvoir. Entièrement dévouée à son clan et à la réputation de sa famille. Capable de tuer pour préserver la parfaite intégrité de ce noyau dur.

La Matriarche s'était d'ailleurs installée dans le fauteuil de Damien et contemplait les livres de la petite bibliothèque qu'il s'était constituée depuis qu'il passait le plus clair de ses soirées et de ses nuits rue Carnot. Puis, lorsqu'elle eut achevé de passer en revue les rayonnages, elle s'avança dans la lumière crue qui tombait de la fenêtre et demanda brutalement :

– Mathilde, mon mari a dû vous parler d'un certain dossier qui ne devait à aucun prix sortir d'ici. Un dossier qui remonte à bien longtemps.

Le regard de la secrétaire se troubla.

– Un dossier... Je ne vois pas de quoi vous voulez parler.

– Cherchez bien !

– Vraiment...

– Il a plus de trente ans.

– Plus de trente ans ! Et sur quelle affaire ? C'était un contrat d'affrètement, d'assurance ? Un dossier relatif à la mise en chantier d'un navire ?

– Un dossier concernant un membre du personnel.

Mathilde eut un sourire crispé.

– Dans ce cas, je suis désolée, madame Leguenec, mais nous ne conservons ces archives que dix ans après que nos employés ont quitté leur service. Celui-là a dû être détruit avec les autres.

– Je ne pense pas. Mon mari n'aurait jamais fait ça. Le nom de Solowitz vous dit-il quelque chose ?

Mathilde Tréguier eut un léger haussement d'épaules.

– Non, je vous assure... Pourquoi ne pas attendre le retour de votre fils et le lui demander ?

Le visage de Mélanie Leguenec s'était durci. Les yeux de porcelaine se faisaient plus pâles en même temps que son grand corps sec se retirait dans la zone d'ombre qui entourait son fauteuil.

– Mathilde, je sais que mon fils vous apprécie énormément et qu'il peut vous faire confiance. Vous êtes une employée modèle, ce qu'on appelle « une personne honnête et compétente » et c'est pour cela qu'il vous a confié avant de partir de lourdes responsabilités puisque son frère n'a pas voulu s'en charger. C'est vous qui servez de coordinatrice au sein du pôle auquel il a confié les affaires de la Compagnie en son absence. Vous êtes même en relation directe avec M. Westwood aux États-Unis. Nous n'avons d'ailleurs qu'à nous en féliciter. Alors, de grâce, s'il vous plaît, ne me prenez pas pour une imbécile.

– Madame Leguenec…

La Matriarche leva une main curieusement juvénile aux ongles manucurés.

– Je sais également que mon mari vous estimait beaucoup… vraiment beaucoup.

Cette fois, Mathilde Tréguier ne put retenir un mouvement d'humeur.

– Madame, depuis que je suis entrée chez vous, j'ai servi M. Leguenec du mieux que j'ai pu tout comme votre fils et je crois…

– Ce que vous croyez ne m'intéresse pas, trancha Mélanie. Les gens croient tous en quelque chose et surtout ils veulent tous croire qu'ils ont raison. Moi, je ne m'intéresse qu'à ce qui est. Il en va dans l'existence comme dans les affaires, seul ce qui est possible existe, rien d'autre.

Un silence lourd plana pendant quelques instants sur le bureau aux étagères chargées de livres, aux cuirs patinés où la lumière, en raison de la course du soleil, ne pénétrait plus avec la même violence. Au fil des minutes, des parties entières de la pièce avaient été successivement plongées dans la pénombre en dépit de l'heure matinale : onze heures et quart à la petite pendule posée sur le bureau de Damien.

– Alors, mademoiselle Tréguier, ce dossier ?

Mathilde sentit l'angoisse la gagner, donnant à tout son corps une raideur disgracieuse.

– S'il s'agit bien du même dossier, il n'est plus ici depuis longtemps.

– Et où se trouve-t-il aujourd'hui ?

– Monsieur Leguenec m'avait fait jurer…

– André Leguenec est mort et je suis sa veuve. Quant à la Compagnie, vous savez que j'en suis, avec mes fils et ma fille, la principale actionnaire. Vos promesses sont donc devenues caduques. Nous perdons du temps Mathilde !

Cela sonnait comme une mise en demeure.

Mathilde hésita encore un bref instant mais la Matriarche ne la quittait pas des yeux et elle savait que jamais elle ne sortirait de ce bureau sans avoir obtenu gain de cause.

– Je crois qu'il avait un coffre…

– Un coffre ?

– À la Société Générale.

– Ici, à Lorient ?

– Non, à Paris, dans une agence de l'avenue La Motte-Piquet.

– Ce coffre existe toujours.

Nouvelle hésitation.

– Monsieur Leguenec m'avait donné une procuration.

Mélanie Leguenec ne sembla pas choquée par cette preuve de confiance.

– Mon fils est au courant ?

– Non madame.

– Très bien.

Mélanie Leguenec s'était levée et Mathilde la trouva plus imposante encore qu'à l'instant où elle était apparue en haut de l'escalier.

– Très bien, répéta la Matriarche. Vous savez ce qui vous reste à faire.

– Ce qui… me reste à faire…, bredouilla la jeune femme.

– Je vous donne vingt-quatre heures pour aller chercher ce dossier et me le remettre en mains propres. Je ne peux laisser ma fille seule en ce moment, et puisque vous avez une procuration… Inutile de vous dire que mon fils ne doit rien apprendre de tout cela et que vous me devez la même fidélité que celle dont vous avez fait preuve envers mon mari.

25

Londres, juillet 1927

Des fenêtres de la chambre ouvrant sur un ciel de grisaille informe, Anna parvenait malgré tout à distinguer Saint-James Square et Piccadilly Circus. Sur Waterloo Place, une foule pressée circulait au milieu du flot des voitures et des tramways. En se penchant un peu, elle aperçut de petits groupes compacts et dont les évolutions ressemblaient à celles de colonies d'insectes disciplinés. Des colonies qui s'agrégeaient et se désagrégeaient au gré de courants invisibles, souterrains. Quels desseins mystérieux suivaient-elles ? À distance, il lui sembla qu'elles constituaient des sortes d'entités collectives. Elles n'étaient pas de simples rassemblements d'individus affairés ou nonchalants, elles formaient, sans en avoir pleinement conscience, des unités de pensée et d'action en mouvement.

Du cinquième étage de l'hôtel, elle percevait toute cette agitation avec une acuité plus précise que si elle se fût trouvée au cœur du tumulte. « On dirait une danse, se dit-elle, un peu comme la danse de ces abeilles autour de l'essaim dans le jardin de l'oncle Pavel. »

Derrière elle, comme chaque matin, Pierre paressait au lit, à demi nu, vêtu d'un pantalon de pyjama. Seule sa poitrine maigre et imberbe, dont la plus grande étendue disparaissait sous les feuilles grises d'un quotidien londonien, dépassait des draps et Anna, en se retournant, n'aperçut qu'une petite page blanche et lisse.

– Tu te rends compte, lança-t-il, le préfet de police Chiappe avait réussi tant bien que mal à déloger Léon Daudet des locaux de l'Action française[1]. Eh bien, il y a deux jours un type s'est fait passer pour le ministre de l'Intérieur au téléphone et a obtenu sa libération. Aujourd'hui, Daudet serait en Belgique. Les Anglais se foutent de nous et ils ont bien raison !

Pierre Leguenec éclata d'un petit rire sec. L'insignifiant le rendait heureux, pour quelques instants du moins. Chaque matin, le journal lui apportait sa moisson de faits divers qu'il commentait d'un ton sardonique, persuadé qu'Anna partageait son goût pour l'anecdotique et l'ironie cinglante.

Il se trompait, une fois de plus.

Tout avait pourtant commencé sous les meilleurs auspices. Pierre lui avait promis un long voyage de noces, ils avaient parcouru toute une partie de l'Europe en voiture ou en train suivant les caprices de leur fantaisie. Ils avaient ainsi séjourné à Vienne, à Amsterdam, à Berlin, à Varsovie, à Oslo, à Stockholm, avant de revenir vers Paris et de prendre le bateau pour Londres.

Il n'y avait eu qu'un incident, à Varsovie, lorsque Pierre lui avait proposé de retourner dans son village natal, Solowitz. Anna avait refusé. Pierre avait insisté et ils s'étaient brouillés pendant deux ou trois jours. Pour en finir, Anna avait prétexté qu'elle avait là-bas des souvenirs d'enfance trop pénibles pour qu'elle eût envie d'y retourner.

Partout, ils étaient descendus dans les plus grands hôtels et avaient exploré fiévreusement ces capitales de la vieille

1. Organe de presse du mouvement royaliste du même nom.

Europe qu'une vie convulsive animait depuis la fin de la guerre. Le mot « embrasement » leur était venu à l'esprit. Les Années folles ne symbolisaient pas seulement la France, elles exprimaient une réalité exportable au-delà de ses frontières.

Cependant, il n'avait pas fallu plus d'un mois à Anna pour déchanter et se rendre compte que « les aventures à la Jules Verne » se cantonneraient à la fréquentation des restaurants, des boîtes de nuit, des bars d'hôtels et des casinos. La fête selon Pierre n'était qu'une suite de défis et d'ivresses, celles du jeu et de l'alcool, de la danse et de la musique trépidante des jazzmen noirs américains. Les villes ou les pays traversés ne représentaient à ses yeux que des décors de carton-pâte et, qu'ils fussent somptueux ou sordides, il y attachait moins d'importance qu'à la marque du whisky qu'on lui servait ou qu'au nom du tailleur qui avait confectionné ses complets veston. Le monde extérieur ne l'intéressait pas. Il ne se trouvait bien qu'en vase clos. Il fuyait sans cesse une réalité qui le dérangeait parce qu'elle soulignait les aberrations de son mode de vie et plus encore de son mode de pensée. L'argent, heureusement, était là pour lui donner l'illusion de pouvoir vivre à sa guise, sans souci du lendemain ni de l'opinion d'êtres qu'il jugeait inférieurs et menant une existence dépourvue d'intérêt comme de fantaisie.

Au début, Anna s'était laissé emporter par le tourbillon de folies dans lequel l'entraînait Pierre. Il lui avait tenu la main et elle avait cru naïvement à la possibilité d'une fusion heureuse. Et puis les excès répétés avaient eu raison de ses espérances. Trop d'alcool, trop de bruit, trop de fureur aussi. À Oslo, soûl, Pierre s'était querellé dans une boîte de nuit avec un client qui refusait de boire avec lui. Des coups avaient été échangés qui lui avaient valu de passer une nuit au poste. Le lendemain, mal dégrisé, il en était ressorti en riant et en injuriant les policiers qui, fatigués de ses pitreries, l'avaient laissé partir.

Elle avait vaguement tenté alors de le raisonner, mais il s'en était pris à elle et, ce matin-là, elle l'avait cru capable de la frapper.

Depuis leur arrivée à Londres, c'était encore pire. Il ne quittait plus l'hôtel, déjeunant, dînant et buvant sur place. Chaque jour, Anna passait de longues heures à arpenter la ville. Seule. Pierre lui donnait de l'argent et elle revenait avec des cadeaux utiles ou inutiles qu'elle ne prenait même plus la peine de déballer. Des cadeaux qui s'amoncelaient dans un coin de la chambre en une pyramide de boîtes à chapeaux, d'escarpins et de tailleurs dernier cri qu'elle ne porterait peut-être jamais.

Il lui fallait se rendre à l'évidence : Pierre ne grandirait jamais. Il demeurerait cet adolescent fragile, mal dans sa peau qui, pour se donner des airs de virilité, brandissait des liasses de billets et parfois même le poing. Futile, inconscient, hâbleur, Pierre Leguenec lui apparaissait aujourd'hui comme un être sans dimension, une sorte de surface plane sans aspérités. Son charme ne s'exerçait d'ailleurs que sur les êtres de même nature et elle s'en voulait d'y avoir cédé aussi facilement.

À présent, ce charme avait cessé d'agir. Ils ne faisaient plus l'amour qu'épisodiquement tant l'alcool le laissait dans un état léthargique où il lui était impossible de manifester le moindre élan amoureux.

Leur histoire était devenue pareille à ce ciel de grisaille qu'elle contemplait au-dessus de Saint-James Square de la fenêtre de leur chambre d'hôtel. Ni belle ni laide. Seul l'argent la sauvait de la banalité mais la fortune, elle non plus, ne pouvait préserver indéfiniment de l'ennui ou de l'amertume.

La dernière fois qu'ils avaient fait l'amour, elle s'était surprise à penser à Damien. Dans son petit appartement de la rue des Fontaines, il l'avait étonnée par sa fougue, sa fièvre lente, la douceur respectueuse de ses caresses. Dès leur première nuit, elle avait compris qu'il l'aimait d'une passion violente. Elle en avait éprouvé à la fois de l'orgueil et de l'appréhension. Le feu qui brûlait au fond de ses entrailles n'était pas de ces embrasements expéditifs qui font d'une seule nuit un souvenir de plusieurs mois, il était de ces braises incandescentes qui jamais ne s'éteignent, jamais ne se lassent, toujours prêtes à rejaillir de sous la cendre pour lancer de nouvelles flammes.

Où était-il à présent ? Était-il rentré de sa campagne de pêche ? Sur quelle mer se laissait-il porter ? Pensait-il seulement à elle quelquefois ?

Elle savait à quel point elle l'avait fait souffrir. Mais qu'y pouvait-elle à présent ? Elle n'avait eu en retour que ce qu'elle méritait. Qui ignore trop longtemps le malheur des autres voit souvent le malheur déposé à sa propre porte. Et elle n'était entrée dans la famille Leguenec que pour y semer le malheur.

Mais de cela, la Louve seule était responsable.

La Louve… Lorsqu'elle remontait le fil de sa mémoire, Anna se souvenait des longs, trop longs hivers en Pologne lorsqu'elle n'était encore qu'une enfant. Du froid, de la nourriture trop rare, des corvées épuisantes, des cris des valets de ferme et des coups qui, parfois, pleuvaient dru.

Mais c'était surtout la sensation de froid qui dominait, celle d'un exil intérieur, d'une solitude que rien ne venait jamais rompre. La Louve avait dû affronter les mêmes épreuves et de plus terribles encore. Une même souffrance les avait rapprochées.

Était-ce cependant une raison pour aller répandre cette souffrance ailleurs ? La souffrance était-elle une sorte de virus qu'on porte en soi et qu'il est permis, à l'occasion, de transmettre ? Ou était-elle, comme le bonheur, intransmissible, inexprimable ?

– Tu rêves ? demanda Pierre.

Elle ne répondit pas. Dehors, les petites colonies d'insectes s'agitaient toujours sur Saint-James Square. Elle revint vers le lit pour y prendre sa veste de tailleur qu'elle avait jetée négligemment sur l'oreiller. Au passage, Pierre lui saisit le poignet et l'attira vers lui.

Ses yeux brillaient d'une fièvre maligne.

– Non, Pierre, pas maintenant...

Il plaquait déjà ses lèvres contre les siennes et forçait l'entrée de sa bouche avec sa langue. Anna sentit son haleine encore chargée d'alcool pénétrer sa cavité buccale, chercher le chemin de ses poumons. Elle suffoqua, tenta de le repousser mais il était plus fort qu'elle et il la retourna brutalement sur le ventre pour la maintenir solidement sous lui.

La tête enfouie dans l'oreiller, elle tenta de se redresser pour crier. Sa gorge ne laissa échapper qu'un râle. Empoignant ses cheveux dénoués, il lui tira violemment la tête en arrière, bloquant sa respiration et l'empêchant ainsi d'émettre le moindre son.

– Mon Anna, murmura-t-il à son oreille, laisse-toi faire... Tu vas voir comme c'est bon...

Anna devina qu'il extirpait son sexe du pyjama. Elle l'entendit haleter puis ricaner nerveusement. Il devait avoir du mal à se dépêtrer de son pantalon. Il tirait toujours sur ses cheveux comme il eût tiré sur les rênes d'un animal. Elle essaya de nouveau de se débattre mais il avait glissé un genou au creux de ses reins. Enfin, il se positionna sur elle à califourchon et lui écarta violemment les cuisses.

– Mais bon Dieu qu'est-ce qui te prend, laisse-toi faire !

La première claque visa sa hanche, la seconde l'épaule.

La douleur infligée semblait l'exciter.

Lorsque la brûlure la cloua sur le lit, ce fut lui qui poussa un râle.

Anna ravala ses larmes dans le couloir de l'hôtel. Un client élégant, en croisant son regard, ralentit le pas. Mais Anna passa devant lui sans s'arrêter et dévala l'escalier. Arrivée à la réception, elle avait repris figure humaine. Elle avait retrouvé cette exquise blondeur qui avait tant bouleversé Damien Leguenec et ses yeux couleur de fjord étaient redevenus secs.

Pierre s'était endormi aussitôt après et devait ronfler là-haut, dans la chambre, satisfait de sa lamentable prestation.

Elle se dirigea droit vers la réception et, dans un anglais impeccable, demanda un numéro de téléphone en France, à Paris.

On lui passa la communication quelques instants plus tard.

D'une voix qui trébuchait, Anna dit alors :

– Pourrais-je parler à Mme Agnès, s'il vous plaît ?

26

Mathilde Tréguier n'avait pu partir avant la fin de la matinée à cause d'un rendez-vous prévu de longue date et que Damien avait omis de décommander. Un ingénieur lui avait téléphoné de Nice pour lui parler de nouveaux moteurs Diesel plus performants pouvant équiper des chalutiers. L'homme s'était montré furieux. Il avait fait le voyage depuis la Côte d'Azur dans le seul espoir de rencontrer Damien et de le convaincre d'utiliser son procédé. Il s'était déplacé pour rien.

Confuse, Mathilde s'était proposée de lui rembourser ses billets de train et de prendre en charge sa chambre d'hôtel. La proposition avait suffi à amadouer le petit homme à l'élégance vieillotte dont la main, armée d'un parapluie très londonien, battait la mesure avec agacement. Elle était sûre que Damien l'en remercierait.

Elle arriva par le train de seize heures trente-cinq à la gare Saint-Lazare et se rendit directement à l'agence de la Société Générale, avenue La Motte-Piquet. Elle avait déjà eu l'occasion de faire la connaissance du directeur deux ans plus tôt. Celui-ci se montra affable et prêt à lui donner satisfaction sur-le-champ. Elle remplit le formulaire permettant d'accéder au coffre et retira le dossier. Une somme de vingt-cinq mille francs en bons du Trésor s'y trouvait également. André Leguenec l'avait déposée là à son intention — des bons au porteur enfermés dans une enveloppe scellée à son nom — mais elle n'osa y toucher de peur de commettre un sacrilège.

Quand elle sortit de la banque, le soleil était encore haut dans le ciel. C'était le début de l'été et Paris ronronnait sous la chaleur comme un chat lové contre un poêle. La circulation était fluide. Ceux qui disposaient d'une résidence secondaire devaient déjà avoir quitté la ville et l'on voyait davantage de passants flâner sur les boulevards, profitant d'un espace conquis sur les automobiles.

Mathilde rejoignit l'avenue Duquesne qui longeait l'école militaire, puis obliqua ensuite dans l'avenue de Breteuil. Elle savait pouvoir y trouver un hôtel discret, l'hôtel de Suffren. Elle avait dormi là deux ou trois fois en compagnie d'André Leguenec.

Elle y retrouva le confort et la discrétion qu'elle avait appréciés ces soirs-là, quelques souvenirs aussi.

Des souvenirs plus émouvants qu'heureux. Il ne s'était pas agi entre eux d'une histoire d'amour. Elle ne s'était donnée à lui qu'une seule fois et ils n'avaient fait, en réalité, que se consoler mutuellement de leur solitude respective. Si Mélanie Leguenec avait soupçonné une liaison durable parce que la secrétaire avait la confiance d'André, elle se trompait. Celui-ci chassait sur d'autres terres. Volage, il ne concevait pas de s'attacher à une autre femme que la sienne. Mais qui le connaissait vraiment, à l'exception peut-être de Damien ?

Ce dont elle gardait l'exacte mémoire en revanche, c'était celle d'un homme complexe et plus fragile qu'il n'y paraissait. Il lui avait parlé de sa famille, de ses vies parallèles et du vieillissement qui l'effrayait. Plus que la déchéance physique qui ne semblait guère le menacer, il redoutait l'affaiblissement de ses facultés intellectuelles. Il avait d'ailleurs consulté à plusieurs reprises un médecin de la Salpêtrière au sujet de pertes de mémoire, le docteur Gélinet. Celui-ci avait eu beau le rassurer, André Leguenec avait développé, à compter de ce moment, une sorte d'hypocondrie que sa vie parisienne débridée avait contribué à cristalliser en une terreur panique de la mort.

De cela, il n'avait parlé qu'à Mathilde. Il s'était plus longuement épanché sur Damien en qui il avait toute confiance. Il lui prédisait un destin d'exception depuis qu'il avait réchappé à la tuerie de 14-18. Sur Pierre, le cadet, qu'il aimait tendrement sans être dupe de son manque de caractère et de sa propension à fuir la réalité. Sur Cécile, belle et bonne, mais qui demeurerait sans doute jusqu'à ses derniers jours une sorte « d'oiseau tombé du nid » et qui ne cesserait de vouloir y remonter. Sur Mélanie enfin, en qui il voyait, hormis ses vertus de détermination et de fidélité aux valeurs familiales, une femme aussi dure et tranchante qu'un diamant, inaltérable, dépourvue de toutes ces petites faiblesses humaines qui auraient pu l'inciter à l'aimer davantage.

De sa femme, il lui avait même dressé un portrait si noir que Mathilde en avait été déconcertée. Dès lors, à chacune de ses apparitions au bureau, elle ne pouvait s'empêcher d'éprouver en sa présence un malaise diffus. Car, si André Leguenec s'était montré féroce dans la description qu'il avait faite de sa famille, l'outrance qu'il avait mise dans celle de sa femme pouvait n'être qu'une échappatoire destinée à justifier ses faiblesses extraconjugales. Hélas pour elle, de Mélanie Leguenec émanait une aura sinistre qui décourageait la bienveillance.

« Elle est sèche, lui avait déclaré cette nuit-là André Leguenec. Son ventre a beau être fécond, elle est sèche de l'intérieur. »

Après quoi, il s'était livré à quelques confidences plus intimes desquelles Mathilde avait déduit que faire l'amour avec elle devait s'apparenter à un chemin de croix aux innombrables stations.

Et il avait ajouté, en riant cette fois : « Et pour ce qui est de sa tendresse au lit, cela ressemble à un curieux mélange entre la courtoisie d'un grenadier de la garde impériale et la saveur d'un discours de Savonarole ! »

Mathilde avait ri, encore qu'elle ne sût pas qui était Savonarole. André Leguenec lui avait expliqué qu'il s'agissait d'un moine florentin aussi fanatique qu'intelligent. Il avait tenu la ville sous sa coupe pendant quatre ans, instaurant une dictature théocratique austère en réaction à la corruption des Médicis. Hélas, ses réformes ayant déplu à Rome, le pape Alexandre VI l'avait livré à la bourgeoisie florentine qui l'avait pendu en place de la Seigneurie.

Mathilde, étonnée, avait découvert chez André Leguenec une culture et une curiosité qu'elle ne soupçonnait pas. Il lui avait ainsi avoué que, chaque fois qu'il partait en voyage, il n'oubliait pas d'emmener un ou deux livres d'histoire. C'était pour cette raison aussi qu'il aimait Pierre, pour sa facilité déconcertante à appréhender n'importe quel sujet. Mais il avait aussitôt tempéré son enthousiasme : « Cette facilité le perdra. C'est pourquoi je compte sur Damien. Il a l'expérience et la profondeur. La seule chose qu'il lui manque, c'est le sens du bonheur. Mais peut-on être heureux après ce qu'il a vécu ? »

Cette nuit-là, paradoxalement, Mathilde s'était juré de prouver le contraire. Éprise de Damien, il lui avait fallu faire l'amour avec son père et recueillir ses confidences pour comprendre la faille de cet homme monolithique qui refusait de se laisser aimer. Sa dernière tentative, rue Carnot, lui en avait apporté une nouvelle preuve.

Le souvenir de cet échec cuisant la ramena à la réalité. Elle reprit peu à peu conscience de l'espace autour d'elle.

Elle s'était allongée sur le lit tout habillée et, sur la petite table en bois clair de la chambre d'hôtel, le dossier retiré à la banque semblait la narguer, attendant de sa part une initiative audacieuse.

André Leguenec en avait parlé devant elle à mots couverts. Le dossier contenait un secret douloureux de son existence et elle en serait la gardienne. Les vingt-cinq mille francs n'étaient pas le prix de son silence mais un témoignage de gratitude. Une fois mort, elle devrait le conserver au coffre durant un délai probatoire de cinq années, puis elle le remettrait à Damien qui en ferait ce que bon lui semblerait.

Effrayée par une telle responsabilité, Mathilde avait tout d'abord refusé, puis elle s'était laissée peu à peu convaincre par le plaidoyer d'André. Il lui était déjà pénible de vivre avec cette souffrance au fond de lui, il avait besoin de se protéger et, en se protégeant, il protégeait également l'intégrité de sa famille.

Mathilde avait été sensible à l'argument.

Aujourd'hui cependant les choses se présentaient sous un jour nouveau.

Si Mélanie Leguenec connaissait l'existence du dossier, elle devait être au courant depuis longtemps de cette faille dans la vie de son mari.

Mathilde jeta un regard à la dérobée sur la mince chemise que venait frapper un rayon de lumière poussiéreux. « J'ai donné ma parole, songea-t-elle. Mais Damien n'a-t-il pas le droit de savoir lui aussi ? Après tout, c'est à lui qu'André voulait voir remettre ce dossier… Et si sa mère le détruisait… »

Pourquoi Mélanie Leguenec ne l'avait-elle pas mise en garde ? Pourquoi ne lui avait-elle pas demandé de ne l'ouvrir sous aucun prétexte ? Pensait-elle qu'elle en connaissait déjà le contenu ou avait-elle compté sur ses scrupules ?

Savoir ou demeurer dans l'ignorance : le dilemme la hanta jusqu'à la tombée du soir. Lorsqu'elle dut allumer la lampe, malgré le silence propice de la chambre, sa résolution n'était toujours pas prise. Épuisée, sans appétit, elle décida de dormir en espérant que la nuit lui porterait conseil.

27

Lasse d'attendre, Anna reposa *Le Désert de l'amour* de Mauriac sur la table de chevet et éteignit la lampe. Du couloir de l'hôtel, lui parvenaient de lointains éclats de rire et, par la fenêtre restée entrouverte, les rumeurs plus lointaines encore de la ville écrasée de chaleur.

Elle ferma les yeux et laissa son corps se détendre muscle après muscle, espérant hâter la venue du sommeil. Mais ce soir, le sommeil la fuyait comme un animal craintif.

Le Désert de l'amour… Quel titre eût mieux convenu à sa propre histoire ? Il était près de minuit et Pierre n'était pas encore couché. Elle l'avait laissé au bar de l'hôtel avec deux quadragénaires rubiconds et vulgaires qui travaillaient pour une entreprise de filature au nord-ouest de l'Angleterre. Ils devaient déjà avoir entamé leur troisième bouteille de scotch. Pendant plus d'une heure, elle avait dû subir leur conversation insipide émaillée de propos égrillards tout aussi stupides et, hormis les effets de l'alcool, elle n'avait pas compris que Pierre appréciât leur compagnie. Épuisée, elle avait profité d'une absence momentanée de son mari pour s'éclipser. Un mois plus tôt encore, il l'aurait rejointe aussitôt dans leur chambre. Mais pas cette fois, ni la fois précédente. Ni celle de…

Elle ne savait plus. De toute manière, son absence la soulageait. Elle n'était pas obligée de supporter son haleine ni son élocution boueuse, encore moins ses assauts devenus laborieux du fait de son ébriété.

Ils n'échangeaient plus que des banalités depuis le fameux jour où il l'avait forcée. À table, les silences s'étiraient, interminables, et aucun des deux ne cherchait à combler ce vide. Il arrivait même que Pierre lût son journal à l'heure du déjeuner. Il lançait parfois un mot, une remarque acide, à laquelle Anna ne répondait pas. L'énergie lui manquait. Ainsi s'établissait entre eux une sorte de *no man's land* où ils ne s'aventuraient plus mais qui les protégeait l'un de l'autre.

Pourquoi Pierre s'attardait-il à Londres ? Depuis deux semaines, il ne se passait pas un jour sans qu'elle évoquât leur retour à Lorient. En pure perte. Pierre, chaque fois, éludait la question.

Lorient…

Anna ferma les yeux, puis les rouvrit dans l'obscurité de la chambre que traversait, jusqu'au pied du lit, un rayon de lune bleuâtre. Comme si ce clignement des paupières eût suffi à mettre en branle les subtils rouages de son imagination.

Elle avait fini par aimer Lorient. Ce n'était pas sa ville de naissance mais, d'une certaine façon, c'était la ville qui l'avait vue renaître. Elle s'y sentait bien. Elle aimait l'animation de ses rues, l'activité fiévreuse du port de commerce, la présence rassurante de l'armée au sein des casernes et de l'arsenal. Contrairement à Pierre, elle n'y étouffait pas. Lorient était ouvert sur la mer, sur un ailleurs dont Pierre Leguenec ne soupçonnait pas l'existence, tout occupé qu'il était à voir le monde à travers le miroir déformant de ses excentricités.

Elle ferma de nouveau les yeux et, pendant plusieurs minutes, elle s'efforça de trouver la meilleure position pour s'assoupir enfin. Surtout ne pas rallumer la lumière, ne pas rompre le pacte conclu avec les ténèbres.

Dans l'état d'extrême nervosité qui était le sien, la résonance du moindre bruit était amplifiée et devenait presque douloureuse. Le miaulement d'un chat dans la chambre voisine, un pas saccadé dans le couloir, une pièce de monnaie qu'on laisse tomber et qui roule sur le sol.

Le désert de l'amour…

Quand elle finit par s'endormir, ce fut cette expression qui, la dernière, l'accompagna dans son sommeil.

Tandis que Pierre, assis au bar de l'hôtel, entamait la quatrième bouteille de scotch. Seul.

Ce fut un bruit étrange qui la réveilla sur les quatre heures du matin. Une sorte de clapotis, de frémissement aquatique. Immédiatement, des images de bateaux au mouillage, tanguant sur leur ancre, lui vinrent à l'esprit.

Ses paupières se soulevèrent avec difficulté. Le rayon de lune avait disparu mais une autre source lumineuse l'avait remplacé. Elle mit quelques secondes à la localiser. Elle provenait de la salle de bains.

De la main elle toucha les draps à l'endroit où Pierre aurait dû dormir. Ils étaient froids.

Le corps engourdi, elle se leva et alla tourner le bouton de la porte. La salle de bains était fermée de l'intérieur. Elle appela d'une voix ensommeillée :

– Pierre !

Pas de réponse. Le clapotis venait de derrière la porte.

– Pierre, ouvre-moi s'il te plaît.

Hargneuse, elle décida d'aller se recoucher lorsqu'elle entendit enfin la clé tourner dans la serrure. L'instant d'après, elle perçut comme le bruit d'une glissade suivi d'un son mat et d'un cri bref. Puis le silence retomba brutalement.

Prise de panique, Anna se rua dans la salle de bains. Pierre Leguenec était immergé dans la baignoire. Il avait ôté sa chemise et ses chaussures mais pas son pantalon et flottait dans l'eau telle une bouée de corps-mort. Derrière sa tête, une large tache rouge s'étiolait en larmes fluides sur le mur de faïence.

Anna poussa un cri. Pierre lui souriait d'un air extatique. Son visage était inondé de sueur. Elle tomba à genoux près de la baignoire et vérifia s'il respirait encore. Sa poitrine se soulevait faiblement. Vivant malgré tout.

Soulagée, elle se mit à haleter d'une voix douce.

– Pierre, mon chéri… réponds-moi… Que se passe-t-il ? Réponds-moi s'il te plaît…

Dans sa chute, son crâne avait heurté le mur et ses cheveux étaient tout poisseux d'un beau sang vermeil qui ne tarderait pas à coaguler. Pourtant, il ne paraissait ressentir aucune douleur. Son regard était vague, ses pupilles dilatées mais ses paupières bougeaient par intermittence, le temps d'un battement de cils.

C'est alors qu'elle remarqua la lanière de cuir qui ceignait son biceps, juste au-dessus du creux de l'avant-bras. Une petite tache bleuâtre en occupait le centre qui s'étirait légèrement de chaque côté, semblable à cet œil protecteur que l'on voit dessiné à l'étrave des sampans en Asie. Mais cet œil-là fixait Anna avec une indifférence absolue.

Reprenant son sang-froid, elle jeta un regard nerveux aux alentours de la baignoire. Une fiole minuscule traînait sur le sol. Vide. Elle ne fut pas longue à trouver la seringue ainsi qu'un morceau de coton gorgé de sang. Elle les ramassa et glissa le tout dans sa trousse de toilette.

Pierre s'était mis à scander son nom à la manière d'une prière.

– Anna… Anna…

Elle ne l'écoutait pas. Elle saisit une serviette de bain et l'enroula autour de sa tête.

– Aide-moi s'il te plaît, lève-toi !

Il parut faire un effort immense pour se redresser. Puis lentement, très lentement, il finit par se mettre debout. Ses jambes maigres, entortillées dans le pantalon qui collait à sa peau, se mirent à trembler comme s'il était pris de convulsions. Il faillit tomber. Mais Anna le rattrapa au dernier moment et réussit à le maintenir en équilibre.

Le ramener jusqu'au lit lui prit plusieurs minutes. Par deux fois, ils chutèrent lourdement sur le sol. Par deux fois, elle parvint à le relever.

Enfin, le grand corps maigre bascula sur le lit.

Épuisée et en larmes, Anna revint dans la salle de bains chercher une serviette pour frictionner son corps et le réchauffer. Il frissonnait à présent de tous ses membres et se recroquevillait sur lui-même, chien battu, enfant sans défense saisi par la peur du noir.

Anna ramena le drap et la couverture sous son menton. Puis elle se coucha contre son corps glacé.

Aucun médecin ne viendrait à cette heure de la nuit. Pierre était conscient. Elle dénoua la serviette pour vérifier que l'hémorragie était bien enrayée. Elle attendrait le petit matin. Elle expliquerait au médecin qu'il avait fait une chute dans la baignoire à cause d'un excès d'alcool. Tout plutôt que de parler de cocaïne ou d'héroïne.

Avant de plonger dans le sommeil, elle se surprit à murmurer une vieille prière que lui avait apprise sa grand-mère durant son enfance en Pologne.

À Solowitz…

28

Mathilde Tréguier referma le dossier d'une main précautionneuse. Il ne comportait aucun titre précis, seulement un prénom : Danuta.

Elle avait eu raison, songea-t-elle, de laisser passer la nuit avant d'ouvrir cette boîte de Pandore. L'insomnie aurait été le prix à payer pour avoir pris connaissance du lourd secret d'André Leguenec. Un secret qui était de nature à bouleverser l'existence d'une famille comme le lui avait laissé entendre André.

La dernière décision qui lui restait à prendre serait plus difficile encore. Fallait-il remettre le dossier à Mélanie Leguenec ? Lui apprendrait-il quelque chose ? Se contenterait-elle de le détruire ? Ses scrupules la portaient à respecter la promesse faite à un mort, son intérêt à l'obéissance envers sa veuve, l'amour à la franchise envers son fils.

Durant une bonne partie de la matinée, Mathilde s'efforça de trouver une solution équitable. Sa désobéissance à l'égard de Mélanie Leguenec signifiait son renvoi. La Matriarche ne tolérerait aucune résistance de sa part et Damien n'était pas là pour faire barrage à ses exigences.

Il y avait bien les vingt-cinq mille francs que lui avait laissés André. Ils lui permettraient de vivre confortablement en attendant de retrouver du travail.

Il y avait aussi la parole donnée et, plus grave encore, l'amour qu'elle portait à Damien. Un amour qui, bien avant l'arrivée d'Anna Kowalski, était déjà sans espoir.

En proie au doute, elle rouvrit le dossier, disposa tous les documents devant elle, les triant par ordre chronologique et ensuite par ordre d'importance. Il y avait quelques lettres et quelques copies manuscrites de réponses, des certificats médicaux, plusieurs photographies, un extrait de journal d'André, deux ou trois courriers du directeur de la brigade mondaine et une confession bouleversante.

En relisant tous ces papiers, en mesurant la profondeur du désespoir d'André Leguenec, Mathilde se dit que la trame d'une vie tenait à peu de chose, qu'un événement insignifiant pouvait à lui seul en rompre le fil ténu. Combien d'événements, en réalité, dans l'immense banalité de l'existence ordinaire, orientaient réellement un destin vers le bonheur ou le chagrin ? Quels étaient ceux que notre mémoire choisissait de conserver afin de bâtir ce canevas que l'on appelait un destin ?

Sa dernière tentative auprès de Damien en avait été l'exemple le plus probant. Elle entendait encore le son exténué de leurs voix. Elle se revoyait posant sa main sur son avant-bras, avançant ses lèvres vers les siennes. Et lui, indifférent, se dégageant vivement comme sous l'effet d'une brûlure. Il lui eût pourtant suffi de fermer les yeux et de prononcer ce simple mot : « Oui. » Le plus beau mot qu'on pût entendre de la bouche d'un être dont on attend l'essentiel.

Il n'avait pas prononcé ce « oui ». Il avait pris ses distances. Il y avait eu un malaise à la place de l'abandon qu'elle espérait.

Hormis son geste, Damien n'avait pourtant rien dit non plus de blessant ou de définitif. Il s'était montré courtois jusque dans son silence. Et même, au plus fort de « l'outrage », il avait refusé de la renvoyer.

De quel bois était-il donc fait ? Quelle étrange alchimie génétique avait présidé à sa naissance ?

Elle lui en voulait presque de sa passivité. Elle eût préféré soulever chez lui une tempête indignée, le voir abandonner tout contrôle, manifester bruyamment son aversion par des cris ou des paroles mortifiantes. Au lieu de cela, il avait conservé un calme exaspérant, une neutralité aseptisée. Damien Leguenec n'était pas de ces hommes pour qui les passions les plus brûlantes exigent fatalement une mise à nue. Le mot « calme » en grec signifie d'ailleurs « chaleur brûlante », une sorte d'énergie latente, terrible, une lame de fond, mais qui n'éprouve pas le besoin d'un jaillissement. Damien Leguenec mettait ses sentiments en réserve comme on ensile des grains en vue d'une période de famine. Il s'épargnait, peut-être pour mieux se donner tout entier le moment voulu.

S'il fallait en croire André Leguenec, il avait toujours été ainsi. À l'école primaire, au collège ou lors de son passage à l'école des apprentis mécaniciens de la flotte, il ne s'était pas fait d'amis. C'était un garçon solitaire et studieux. Il ne s'intégrait à aucun groupe. Il ne se montrait ni inamical ni hostile, il demeurait simplement à l'écart, parlant peu et souriant beaucoup. Impossible de le faire sortir de ses gonds. Lorsqu'on lui posait une question, il trouvait toujours un moyen de l'éluder. Il ne se livrait pas. Ce comportement lui avait d'ailleurs valu un jour d'être pris à partie par un élève plus âgé que lui. Bousculé, humilié devant ses camarades, il avait tranquillement rossé le garçon puis s'en était allé avec le même masque impassible sans prononcer un mot. Son agresseur gisait sur le sol, le visage tuméfié, la lèvre fendue. Damien s'était seulement penché sur lui un court instant pour vérifier qu'il respirait à un rythme régulier. Ensuite, il s'était éloigné. Dès lors, on l'avait laissé tranquille. Il n'en demandait pas davantage. Il ne voulait surtout pas devenir un chef de bande. Il laissait cela aux autres.

Mathilde en avait déduit que sa faille se situait précisément là. Damien ne pouvait trouver son âme sœur parce qu'il se suffisait à lui-même. Ce n'était pas qu'il se désintéressât des autres, il pouvait même se montrer à l'occasion d'une générosité rare. Non, Damien constituait un univers à lui seul. Il invitait à y entrer qui voulait. Il n'en chassait personne, il ne retenait personne. Son existence était un jardin ouvert et sans frontières où le maître des lieux eût été absent. Les plus chanceux apercevaient quelquefois sa silhouette à contre-jour, les autres repartaient en s'interrogeant sur ce jardin si bien entretenu. Certains se perdaient avec délices dans ses allées ombragées, d'autres se fourvoyaient dans un labyrinthe, désireux de trouver au plus vite une issue pour échapper à l'étouffement.

Damien ne cherchait pas non plus à diriger la vie des autres. Les employés de la Compagnie ne se souvenaient pas qu'il n'eût jamais humilié personne. S'il devait réprimander l'un d'entre eux, il le prenait à part. Cela durait quelques minutes à peine et tout rentrait dans l'ordre. Il ne s'agenouillait devant personne, ne forçait personne à s'agenouiller devant lui. Attitude singulière et chevaleresque qui paraissait d'un autre âge mais qui suscitait le respect de ceux qui travaillaient avec lui.

Il ne fallait pas espérer davantage. Mathilde l'avait compris deux ans plus tôt. Un jour de mauvais temps, lors d'une campagne de pêche en Islande, un marin de Lorient était tombé à la mer. En dépit des efforts de l'équipage, on n'avait pu le sauver. En plein hiver et dans ces latitudes, le temps de survie maximal était estimé à quelques minutes. Les contrats d'engagement prévoyaient des indemnités pour la veuve. L'affaire avait fait la une des journaux, puis le souvenir de Jean-Baptiste Garrec s'était estompé dans les mémoires. Jusqu'au jour où Mathilde, rue Carnot, avait ouvert un courrier par erreur. La veuve de Jean-Baptiste Garrec remerciait Damien de ses « bontés ». Avec l'argent qu'elle venait de recevoir, elle pourrait vivre dignement, élever ses enfants et, qui sait ? leur faire faire des études au collège. Excepté que Jean-Baptiste Garrec n'appartenait pas à la Compagnie…

Lorsqu'elle avait dû s'excuser auprès de lui pour cette indiscrétion involontaire, Damien l'avait seulement regardée dans les yeux en disant : « Je compte sur vous, Mathilde ! »

« Je compte sur vous… Pour ne pas le dire. Pour ignorer ce geste que, j'en suis sûr, vous avez déjà oublié… »

Elle ne l'en avait aimé que davantage.

Là était sans doute la clé. Il ne fallait pas chercher à comprendre Damien, seulement à l'aimer.

Mais qui pouvait accepter d'aimer sans comprendre ?

Mathilde ferma les yeux. Il lui restait encore une carte à jouer. Le dossier d'André Leguenec, par l'éclairage qu'il jetait sur sa vie, lui offrait peut-être même une occasion inattendue.

Elle rassembla les documents et, après réflexion, décida de conserver la pièce la plus décisive : la confession d'André. Puis elle nota un nom et une adresse dans son carnet, referma le dossier, le rangea dans son sac de voyage et attendit le soir.

Si Mélanie Leguenec s'étonnait du fait qu'elle eût prolongé son séjour de vingt-quatre heures, elle pourrait toujours prétexter une fermeture exceptionnelle de la banque ou une absence temporaire du directeur d'agence, seul interlocuteur habilité à lui autoriser le retrait du dossier.

Ensuite de quoi, elle se demanda à quoi elle allait pouvoir occuper son après-midi.

29

Mathilde avait flâné sur les boulevards une bonne partie de l'après-midi. Elle avait pris l'autobus plutôt que le métropolitain, profitant du soleil et de la douceur de l'air. Elle s'était promenée dans les allées du jardin des Tuileries, dans les galeries du Louvre et la nuit s'installait peu à peu, claire et chaude, lorsqu'elle était arrivée rue du Faubourg-Saint-Martin. Une nuit d'été comme les Parisiens qui détestaient la campagne ne pouvaient en rêver de plus agréable pour s'attabler à la terrasse des cafés, déguster une glace ou dîner en plein air avant d'aller au théâtre.

La rue Alexandre-Parodi, perpendiculaire à la rue du Faubourg-Saint-Martin, était calme mais à proximité de lieux suffisamment animés pour drainer vers elle une clientèle en goguette. Mathilde s'y engagea afin de repérer l'endroit indiqué sur la fiche rédigée par André Leguenec.

C'était au numéro 14, au fond d'un passage donnant sur une petite cour intérieure. Une sorte d'hôtel particulier sur quatre étages. Sur la lourde porte de chêne s'inscrivait une étoile d'argent. Elle passa devant la loge du concierge, se glissa entre deux voitures de livraison et fit une rapide inspection de la façade. Murs d'une blancheur de craie qui, le jour, devaient réfléchir la lumière, hautes fenêtres, balconnets de fer forgé. Tout ici respirait le confort bourgeois des grandes maisons. Pourtant, en marge de l'adresse de Danuta

Zajaczek, André Leguenec avait crûment inscrit le mot : « bordel ».

Elle ne s'attarda pas et revint vers la rue du Faubourg-Saint-Martin. Il n'était encore que neuf heures et demie du soir. Elle décida d'aller prendre un chocolat en terrasse et resta un long moment à observer la foule qui s'écoulait tel un fleuve paresseux dont les lents tourbillons se délitaient comme les volutes d'un bâton d'encens. Non loin d'elle, une grosse fille un peu vulgaire embrassait un homme à pleine bouche tandis que le couple qui les accompagnait pariait sur la longueur de leur baiser. Des rires fusèrent un peu plus loin parce qu'un clochard ivre se querellait avec l'un des serveurs de la brasserie qui tentait de l'éloigner de la clientèle. Les voitures à cette heure étaient moins nombreuses et le calme de la circulation donnait au quartier un petit air de province.

– Et si on allait chez Agnès ? Qui m'aime me suive !

Mathilde se tourna légèrement de côté. L'homme qui avait prononcé ces mots se levait déjà, en entraînant deux autres à sa suite. Ils avaient un peu bu mais ne titubaient pas encore. Une femme âgée aux lèvres maquillées et aux cheveux dénoués protesta mollement. Ils parurent s'en moquer et attendirent d'être de l'autre côté de la rue pour lui adresser un signe de la main.

Mathilde décida de les suivre à distance, puis changea de trottoir.

L'un d'eux, arrivant à hauteur du 14, l'aperçut cependant et lui cria d'une voix qui s'empâtait :

– Mademoiselle veut peut-être nous accompagner ?

Ses deux acolytes éclatèrent de rire.

– T'as vu sa dégaine ? fit l'un d'eux. À mon avis, elle travaille pour la concurrence.

Ils sonnèrent longuement à la double porte donnant sur le passage par lequel elle était entrée une heure plus tôt.

On leur ouvrit et les trois silhouettes disparurent, avalées par la lumière d'un jaune sale en provenance de la loge du concierge.

La lourde porte se referma et elle resta seule dans la rue à peu près déserte.

Elle se retira prudemment dans l'ombre d'une porte cochère. Elle n'avait qu'un petit sac à la main et, n'eût été son tailleur un peu trop sage, elle eût pu aisément passer pour une « vénus de trottoir ».

Durant l'heure qui suivit, elle vit une douzaine d'hommes frapper à la porte du 14. Certains arrivaient à pied, d'autres en voiture. Leur point commun était l'élégance et une apparence de respectabilité. La clientèle de Mme Agnès appartenait visiblement à la bourgeoisie parisienne, voire à la haute bourgeoisie. Tous semblaient des familiers de l'endroit car on leur ouvrait immédiatement et ils s'engouffraient dans le même filet de lumière étroit comme par une faille donnant accès à un autre monde. Puis la faille se refermait derrière eux, aussi lisse et compacte que si elle n'avait jamais existé.

Mathilde ne vit personne ressortir en revanche.

Surtout pas la femme qu'elle attendait.

Et dont elle ignorait jusqu'à la silhouette.

Une femme en tout cas.

– Anna m'a téléphoné, dit Danuta Zajaczek.

– Je croyais que ce n'était pas dans vos accords.

La Louve haussa ses épaules droites aux clavicules saillantes.

– Nos accords n'auront bientôt plus aucun sens. Je touche au but. D'ici à quelques semaines, je partirai pour Lorient. D'ailleurs, l'air de la mer me fera du bien. J'ai l'impression que la mondaine s'intéresse un peu trop à moi ces temps-ci.

– Vous ne pensez tout de même pas à…

– Raccrocher ? Et pourquoi pas… J'ai soixante-trois ans. Il serait temps que je profite un peu de mes dernières années. La police me laissera tranquille dès que je cesserai mes activités. Elle me doit des services. Elle m'oubliera. Tous ceux qui viennent ici d'ailleurs m'oublieront. Les putains, à l'exception des maîtresses royales, ne laissent jamais de traces.

Ingrid Letellier grava la phrase dans sa mémoire tout en regardant la femme aller et venir à travers la pièce, effleurant d'un pas de ballerine les épais tapis de laine rouge qui recouvraient le sol. Malgré la solidité des murs on entendait des éclats de voix en provenance des deux premiers étages, des lambeaux de musique, des rires étouffés. La soirée promettait d'être aussi chaude à l'abri de ces murs qu'au-dehors. L'affluence, ce soir, était telle qu'il avait même fallu commander en catastrophe plusieurs caisses de champagne et battre le rappel de quelques occasionnelles. La chaleur encore. La chaleur qui énervait, exacerbait les sens et poussait les hommes vers *L'Étoile d'argent* comme s'ils avaient répondu à l'appel de la Louve.

Danuta Zajaczek marchait les reins légèrement cambrés, ne perdant pas un pouce de sa haute taille, et Ingrid ne put s'empêcher de penser qu'elle avait dû être, trente ans plus tôt, une femme d'une beauté exceptionnelle.

– Et que vous a dit Anna ?

– Ce que tu ne pouvais plus me dire depuis que Pierre Leguenec t'a laissé choir…

– Choir ? Ce n'est pas…

– Anna avait visé l'aîné, elle a eu le cadet, poursuivit Danuta. Mais qu'importe ! Seule la finalité m'intéresse. Je sais que je ne rivaliserai jamais avec leur fortune, mais ce n'est pas là leur point faible. La famille aujourd'hui est divisée, les deux frères se détestent à cause d'Anna, leur réputation en a souffert à Lorient, la mère et la fille restent terrées dans leur trou comme des rats, Damien Leguenec a repris la mer… Quant à Pierre, il est sur une mauvaise pente. Anna m'a appris qu'il était dépressif, qu'il buvait et même qu'il se droguait depuis quelque temps. Je voudrais voir la tête que fera sa mère lorsqu'elle constatera que leur mariage est un échec. Très franchement, j'espère qu'elle en crèvera.

Ingrid Letellier s'efforçait de suivre son raisonnement, mais les origines de cette haine obsessionnelle lui échappaient. Tout ce qu'elle savait à ce sujet, c'est qu'elle appartenait au passé de la Polonaise, à un passé lointain qui remontait au moins à une trentaine d'années. Or la maquerelle ne se livrait jamais. Son passé était un livre scellé, lui poser des questions l'assurance d'une fin de non-recevoir.

– Anna m'a annoncé qu'elle passerait probablement par Paris avant de regagner Lorient. Je suppose qu'elle voudra venir aux nouvelles.

– Pour son fils ?

– Je ne pouvais pas lui en parler par téléphone.

– Comment va-t-il ?

– État stationnaire.

Le constat était froid, clinique, et Ingrid ne décela aucune trace d'émotion dans sa voix. D'ailleurs, cette femme avait-elle jamais été capable du moindre sentiment ? Ou sa capacité à en éprouver s'était-elle émoussée avec le temps ? Même la vie d'un enfant semblait lui être, comme toutes choses, égale.

– Son fils est tout ce qui lui reste, observa Ingrid. S'il lui arrivait quelque chose, elle ne lui survivrait pas.

La maquerelle eut un sourire de commisération.

– Ne t'en fais pas pour elle. Elle est plus dure que tu ne l'imagines.

– Mais elle n'a pas votre expérience ni votre...

Elle cherchait ses mots. La Louve vint à son secours.

– Mon inhumanité ? Tu serais étonnée, ma belle, du nombre de choses auxquelles on peut survivre. Si tu savais par quoi je suis passée depuis soixante ans... Quoi qu'il en soit, j'irai jusqu'au bout, et seule s'il le faut. Après tout, je leur dois bien ça.

Tout à coup son visage se modifia. Une douceur inhabituelle se fraya un chemin dans son regard glacial. De qui parlait-elle ? Cette métamorphose ne dura toutefois qu'un très court instant mais Ingrid en fut si saisie qu'elle balbutia :

– Si je comprends bien, je... je ne vous sers donc plus à rien.

Danuta Zajaczek parut sortir d'un long rêve éveillé.

– Plus vraiment.

Puis, d'une voix redevenue martiale :

– Cherche-moi quand même un pied-à-terre à Lorient. Un appartement confortable et discret. Prends-le à ton nom. Je ferai faire un virement sur ton compte.

– C'est tout ?

– Le reste me regarde à présent. Même Anna n'a plus guère de rôle à jouer dans cette histoire.

– Vous en êtes sûre ?

– Que veux-tu dire ?

– Elle peut avoir changé, éprouver des remords, aimer vraiment son mari...

– Des remords, Anna ? Tu plaisantes !

– Moi-même avec Pierre...

– Es-tu idiote ? Il ne t'aimait pas. Il te frappait quand l'envie lui en prenait et tu l'acceptais. Anna t'en a débarrassée ! Tu peux lui dire merci.

– Je l'aimais bien quand même, dit Ingrid avec une voix de petite fille.

– Tu es stupide, dit Danuta. Anna, elle au moins, n'aime personne !

Ingrid faillit ajouter : « Comme vous », mais se retint de justesse. Qu'en savait-elle d'ailleurs ? À plusieurs reprises, elle l'avait surprise en flagrant délit de mimétisme à rebours. La Louve tenait à son rôle de pygmalion. Elle avait modelé Anna comme on modèle une figurine de cire et il n'était pas concevable à ses yeux que la créature pût échapper à sa maîtresse.

– Vous ne comptez tout de même pas revivre à Lorient ?

– Et pourquoi pas ?

– Mais…

Ingrid Letellier sentit un fluide glacial se répandre le long de sa colonne vertébrale et en souder une à une les vertèbres, la raidissant sur son siège.

Que projetait-elle en retournant là-bas ? Danuta avait obtenu ce qu'elle voulait ou presque. Pourquoi ne laissait-elle pas les événements suivre leur cours ? Elle avait frappé les Leguenec en plein cœur. Que lui fallait-il de plus pour assouvir sa vengeance ?

Quelque chose échappait à Ingrid dans cette volonté implacable de faire cause commune avec le malheur.

La Louve dut d'ailleurs s'en apercevoir car elle interrompit sa marche et la scruta longuement sans rien dire. Puis sa voix s'éleva de nouveau en un lent ressac tandis qu'elle reprenait son va-et-vient à travers la pièce.

– Tu te demandes pourquoi je m'acharne contre les Leguenec n'est-ce pas ? Tu ne comprends pas. À ma place, je sais que tu laisserais tomber. La preuve ! tu ne t'es guère battue pour garder Pierre. Tu as subi.

– Ce n'était pas le but que nous nous étions fixé.

– Ce n'est pas le but que je t'avais fixé !

Ingrid Letellier ne comprenait pas.

– Ton explication n'est qu'un prétexte. Tu aurais pu me désobéir. Mais pour cela il t'aurait fallu en avoir le cran !

– Ce n'était pas une question de cran.

– Oh si ! trancha Danuta. Et tu le sais bien. Tu vois Ingrid, comme ma mère, j'ai appris qu'il y avait deux sortes d'êtres dans l'existence. Il y a ceux qui vont jusqu'au bout, qui ne renoncent jamais, quel que soit le prix à payer. Et puis il y a les autres, l'immense majorité des anonymes qui trouvent que la vie est une chose qui va de soi, du berceau à la tombe. Ceux-là sont faits pour rêvasser. Ils imagineront que leur vie va changer, qu'ils pourront enfin réaliser leurs désirs les plus chers. Mais jamais ils ne s'en donneront les moyens. Ils iront picorer ici et là, comme des poules qui pataugent dans le fumier d'une cour de ferme en attendant que le coq les baise. Ils entreprendront quelque chose, puis quelque chose d'autre et ensuite autre chose encore. Sans jamais l'achever, sans jamais rien approfondir. Parce que leur désir n'est pas assez fort ou que leur haine n'est pas assez concentrée. Ils font tout à moitié. Même cirer des chaussures, ils ne savent pas le faire correctement ! Quant à faire l'amour, n'en parlons pas. S'ils se voyaient de l'extérieur, leur gymnastique leur semblerait si grotesque qu'ils n'oseraient plus jamais entrer dans un bordel.

C'était bien la première fois que la Louve faisait allusion à sa mère et Ingrid se demanda de quel ventre Danuta Zajaczek pouvait bien être sortie.

La vieille femme reprit sa respiration un court instant.

– Trente ans à faire la putain m'en ont plus appris sur les hommes que si j'avais été m'asseoir sur les bancs d'une université. Veux-tu que je te dise ? À quelques rares exceptions, toutes les filles que j'ai connues et qui sont passées dans leur lit m'ont dit qu'ils savaient aussi bien s'y prendre avec elles qu'un bébé qui se servirait pour la première fois d'une cuillère... Ils pensent beaucoup, ils ont des rêves troubles, des phantasmes comme on dit aujourd'hui, mais ils n'agissent pas.

Fascinée, Ingrid vit briller dans les yeux de la maquerelle une lueur inquiétante. Son intelligence n'avait rien à voir en effet avec les élucubrations légères et brillantes d'un Pierre Leguenec, c'était une intelligence sauvage et lourde, animale. L'une possédait le côté brillant du mica, l'autre sentait le gibier, l'humus, le charnier sur lequel la nature, compatissante, faisait pousser des fleurs et des herbes aromatiques.

– Un bon conseil ! acheva Danuta. Si tu veux un ami, prends-toi un chien et nourris-le. Il ne te mordra jamais... Et si tu veux un amant, fais-le payer ! Voilà pourquoi j'irai jusqu'au bout. Les Leguenec pensent être d'une essence supérieure mais ils ne valent pas mieux que quiconque sur cette terre. Je suis là pour le leur rappeler.

Puis elle ajouta d'un ton définitif :

– Ne cherche pas trop à comprendre. N'use pas ta cervelle à ce petit jeu. Écoute ton corps. Écoute tes tripes !

Ingrid Letellier s'était levée. Elle était blême Une petite nappe de sueur humectait les cheveux qui bouclaient sur ses tempes. Jamais la Louve ne lui avait parlé ainsi et une curieuse impression de vide intérieur s'imposa à elle, comme si elle venait de vivre un événement qui ne se reproduirait jamais. Danuta Zajaczek venait de lui confier son testament. En quelques phrases, elle avait résumé toute une expérience de vie.

Ingrid se dirigea vers la porte, convaincue que chaque mot resterait gravé à tout jamais dans sa mémoire.

Mais Danuta Zajaczek l'arrêta d'une voix impérieuse :

– Attends !

Elle avait ouvert le tiroir de son bureau et farfouilla un moment à l'intérieur avant d'en tirer une enveloppe qu'elle lui tendit du bout des doigts.

– Pour toi ! Ce n'est pas parce que tu as laissé Pierre Leguenec t'échapper que tu as quelque chose à te reprocher. Tu m'as aidée, il est juste que tu reçoives une récompense.

– Je l'ai déjà reçue, dit Ingrid en tirant sur la chaînette qu'elle portait autour du cou.

– Prends-la ! ordonna la maquerelle.

– Pour solde de tout compte ? hasarda Ingrid.

– Nous verrons. Je te l'ai dit, trouve-moi cet appartement et attends mes instructions.

Ingrid lui serra la main en signe de gratitude. Pas plus qu'on ne la tutoyait, personne n'embrassait jamais la Louve. Une légende courait même à ce sujet, une légende qu'elle laissait circuler, peut-être parce qu'elle servait ses intérêts et lui assurait une aura de cruauté toujours utile dans un métier où la douceur était un signe de faiblesse, où la générosité comptait pour rien. On disait qu'elle avait rossé le premier client qui avait essayé de l'embrasser… Et que le second elle l'avait tué !

La police aussi connaissait cette histoire et n'y ajoutait pas foi.

Mais les cadavres que semait la Louve derrière elle ne laissaient pas de traces.

30

Mathilde Tréguier commençait à s'impatienter. Il était une heure et demie du matin et les rires et les éclats de voix qui la maintenaient jusque-là dans une relative atmosphère de sécurité allaient s'estompant. Déjà, plusieurs clients de *L'Étoile d'argent* avaient quitté l'immeuble de la rue Alexandre-Parodi.

Elle s'apprêtait à regagner son hôtel lorsqu'elle vit enfin sortir une jeune femme en robe légère à volants. Elle tenait d'une main son chapeau et de l'autre une pochette lamellée d'or.

Mathilde lui emboîta le pas. Peut-être n'avait-elle pas attendu pour rien.

Elle la suivait depuis quelques instants dans la rue du Faubourg-Saint-Martin lorsqu'elle décida d'en avoir le cœur net.

– Mademoiselle !

La femme brune se retourna, puis s'immobilisa sur le trottoir d'où montait, par vagues imperceptibles, la chaleur sèche emmagasinée depuis l'aube. En s'approchant, Mathilde remarqua qu'elle scrutait les alentours, explorant le moindre recoin d'ombre à la recherche d'une menace.

– Mademoiselle !

– Oui…

– C'est bien de chez Mme Agnès que vous venez ?

– Vous m'avez épiée ?

– Je passais devant l'immeuble quand vous êtes sortie… Vous…

Elle fit semblant d'hésiter. C'était un mensonge si évident qu'elle ne pouvait envisager que l'échec immédiat et la fuite. Elle persista malgré tout.

– Vous travaillez bien au 14 ?

– Qui vous a parlé du 14 ?

– Un ami qui est entré tout à l'heure. Assez grand, corpulent, avec des favoris. Il portait un costume clair et de belles chaussures en daim.

Elle décrivait l'un des hommes de la terrasse, celui qui avait suggéré aux deux autres d'aller au bordel de la rue Alexandre-Parodi.

– Ah oui, fit la brune, François Martignac.

– C'est ça…

Elle lui tendit la main.

– Je m'appelle Mathilde.

– Et moi Ingrid… Je peux faire quelque chose pour vous ?

Mathilde prit un air embarrassé.

– En fait, j'avais espéré que nous pourrions faire quelques pas et parler un peu… J'arrive de province et je cherche une place.

– D'où venez-vous ?

Cette fois, mieux valait ne pas mentir.

– J'ai longtemps vécu à Nantes, rue Crébillon.

– Près de la Bourse ?

Cherchait-elle à la piéger ou avait-elle posé cette question au hasard ?

– Non, tout près de la place Graslin.

Cette fois, Ingrid Letellier la dévisagea des pieds à la tête, s'attardant sur ses chaussures. L'examen dut lui paraître concluant car elle lança d'une voix insouciante :

– Je dois aller boulevard de Magenta, mais si vous m'offrez un verre en route...

Une heure et deux fines plus tard, elles avaient sympathisé au point qu'elles riaient sous l'auvent d'une terrasse de brasserie encore ouverte en échangeant des adresses de boutique de mode. L'alcool tournait un peu la tête de Mathilde sans lui ôter sa lucidité. Qu'Ingrid fût originaire de Nantes était un hasard singulier mais sans doute heureux. Presque un présage.

Mathilde en profita pour ramener la conversation sur le 14 de la rue Alexandre-Parodi.

– Tu crois que je pourrais trouver du travail là-bas ?

Ingrid pouffa de rire.

– Il ne t'a rien dit, Martignac ?

– Qu'aurait-il dû me dire ?

– Oh bien sûr, tu peux peut-être te faire embaucher comme femme de ménage ou cuisinière si tu as des dons. Mais avec le physique que tu as, tu peux espérer mieux.

– Mieux ?

Ingrid Letellier secoua la tête, aussi désarmée qu'amusée par tant de candeur.

– Mme Agnès, dit-elle, ce n'est pas une boutique de mode qu'elle dirige, c'est un bordel !

Mathilde feignit la surprise sans toutefois aller jusqu'à mimer une pruderie offusquée.

– Ah oui... Je comprends maintenant pourquoi...

– Martignac est un salaud. Il a flairé le bon gibier. Il aurait pu te mettre au courant.

– Et toi... tu...

La jolie brune avait l'air aux anges.

– Tu me demandes si je travaille pour Agnès… Non, moi je travaille à Nantes chez Emma. Remarque bien, ça se pourrait que la Louve cherche à renouveler son personnel.

– La Louve ? s'étonna Mathilde.

– C'est son surnom. Tout comme Mme Agnès. Ça, c'est pour la clientèle. En réalité, elle s'appelle…

Elle s'arrêta net et son visage se glaça en dépit de ses yeux où l'alcool continuait de lancer des pétillements d'impatience.

– T'es pas de la mondaine au moins ?

– De la quoi ?

Elle dut paraître si abasourdie qu'Ingrid Letellier enchaîna presque aussitôt :

– Laisse tomber ! Son vrai nom c'est Danuta Pachek, Zachek… Enfin, je ne sais plus, un nom comme ça. Elle est d'origine polonaise. Elle a débarqué à Paris après la guerre, venant d'on ne sait où et maintenant elle a trois bordels mais c'est *L'Étoile d'argent* qu'elle préfère. Elle y passe sa vie. Tu te rends compte trois maisons closes dans Paris au bout de huit ans, et pas n'importe lesquels… La classe ! Une réussite comme celle-là, ça fait rêver.

Mathilde, bien qu'elle eût déjà l'estomac chaviré, commanda deux autres fines à l'eau.

– Elles sont nombreuses à travailler pour Da… enfin Agnès ?

– Une bonne vingtaine en temps normal, un peu plus quand il y a de l'affluence. Et je te parle seulement de celles qui travaillent à *L'Étoile d'argent* !

– Pourquoi ce nom, *L'Étoile d'argent* ?

Ingrid Letellier leva une main veinée de bleu et la laissa retomber sur la table en signe d'ignorance.

– Ça, personne ne le sait. C'est un mystère et mieux vaut ne pas lui poser la question. Mais tiens, regarde !

Elle extirpa de dessous son caraco une chaînette à laquelle pendait une petite étoile en argent.

– Elle les donne à qui elle veut. C'est une sorte de porte-bonheur.

Mathilde eut un sourire faussement admiratif. L'alcool commençait d'altérer légèrement sa vision et, si l'animation du boulevard s'atténuait peu à peu, la résonance du brouhaha autour d'elle, en revanche, augmentait en proportion inverse.

– Et ça marche ? demanda-t-elle.

– Tu parles si ça marche. Rien que l'an dernier, trois de ses filles se sont mariées avec des types pleins aux as.

Le garçon, un long jeune homme osseux aux oreilles décollées et au regard vague, apporta les fines. Ingrid en avala une longue gorgée tandis que Mathilde y trempait à peine les lèvres.

– Tiens, cette année encore, au mois de mai... Une de mes amies, Anna, une Polak elle aussi... Eh bien elle a épousé le fils Leguenec à Lorient. Une des plus grosses fortunes de l'ouest.

Tout à coup le regard de la jolie brune se fit nostalgique.

– Cela dit, je ferais mieux de me taire... Parce que je l'ai bien connu, Pierre. Il était client chez Emma. Il ne voulait que moi... On s'entendait bien. C'est un chic type... C'est moi qu'il aurait dû épouser et pas cette... garce !

Au prénom d'Anna, Mathilde avait reçu un électrochoc et sa lucidité lui revint d'un seul coup tandis qu'Ingrid, au contraire, voyait manifestement baisser le seuil de sa vigilance.

– Ton amie Anna, glissa Mathilde, elle a également travaillé pour Mme Agnès ?

– Pour la Louve ? Bien sûr. C'est même elle qui l'a ramassée dans la rue peu de temps après son arrivée en France. Anna venait de se faire larguer par un type de chez elle, un Polak. Danuta l'a accueillie comme si c'était sa propre fille.

Elles venaient du même village, je crois... Alors forcément, ça crée des liens.

Dans un bref éclair de lucidité, Mathilde crut se souvenir qu'elle avait vu Anna avec la même chaînette et la même étoile d'argent autour du cou.

– Elle travaillait... comme quoi ?

Ingrid haussa les épaules.

– Il faut que je te fasse un dessin ? Ah, elle a fait un beau mariage Anna ! Elle peut lui dire merci. Sans Danuta, elle en serait encore aujourd'hui à faire des passes pour quelques francs sur les quais du Havre et à s'user la santé dans les bars à matelots.

Mathilde Tréguier sentit sa poitrine se serrer. Elle songea à Damien Leguenec et à l'amour exclusif qu'il portait à Anna Kowalski. À toutes les illusions qu'il s'était faites sur elle. À toutes celles que Pierre Leguenec devrait un jour affronter. Quand elle-même, pour une simple main posée sur son avant-bras...

– Alors tu vois, conclut Ingrid en brandissant sa chaînette, l'étoile d'argent ça se mérite !

– Et toi qu'as-tu fait pour la mériter ?

– Oh moi !

Elle ne paraissait pas désireuse d'en dire davantage. Elle commanda deux autres fines. Mathilde crut qu'elle allait vomir et profita du fait qu'Ingrid lui tournait le dos pour répandre discrètement le fond de son verre sur le sol.

– Moi ! acheva-t-elle, moi aussi elle m'a aidée. J'étais dans une mauvaise passe. J'étais à Grenoble où j'étais partie à dix-neuf ans parce que j'en avais assez de Nantes. Là-bas, je suis tombée sur un sale type, un marchand de ferraille qui me considérait comme sa... régulière... Elle est venue et puis...

Elle s'interrompit brutalement et leva vers Mathilde deux yeux sombres chavirés d'alcool. L'ivresse la gagnait à présent.

– Enfin voilà, j'ai rendu des services. Et cette étoile, c'est une sorte de récompense. Une médaille si tu préfères ! Il n'y a que la Louve qui peut t'en donner une. Comme à la guerre !

31

Au moment où leur parvenaient de Londres quelques nouvelles de Pierre et d'Anna, Mélanie et Cécile Leguenec reçurent enfin un télégramme laconique de Damien leur annonçant son retour à Lorient. Il n'indiquait rien d'autre qu'une date approximative, ce qui laissa les deux femmes dans un état de perplexité plus profond encore que lorsqu'elles étaient dans l'ignorance totale du sort du *Charmitière II*, le chalutier dont Damien avait souhaité faire le fleuron de sa flottille de pêche lorientaise.

Ce n'est que quelques jours plus tard qu'elles apprirent la nouvelle par des journaux canadiens et américains expédiés de Boston par Brian Westwood. Celui-ci précisait que Damien et son équipage feraient le voyage de retour sur l'un des cargos de la Compagnie.

Comme à son habitude, Damien n'avait pas souhaité affoler sa famille et, peu désireux de narrer les événements, il avait laissé ce soin à son ami américain. Ainsi, parvenu à Lorient, ne serait-il pas obligé de répéter indéfiniment le récit du naufrage.

Le Charmitière II avait coulé au large de Terre-Neuve. Le bateau avait été violemment heurté par un autre chalutier naviguant sous pavillon danois. Trois hommes étaient morts dans l'accident. Le brouillard était la cause de la collision. *Le Charmitière II* avait pris feu et sombré en quelques minutes. Il avait fallu mettre tous les doris à la mer en catastrophe.

Damien, conservant son sang-froid, s'était assuré que tout l'équipage avait pu prendre place à leur bord tandis que le navire danois, de plus fort tonnage et moins gravement touché, se déroutait pour récupérer les naufragés. Il avait été le dernier à quitter le navire. Lorsqu'il s'était aperçu que l'un de ses hommes manquait à l'appel, un saleur du nom d'Hervé Gouliker, il était parti à sa recherche. Il avait fini par repérer un corps. Fortement commotionné, le saleur dérivait près d'un tronçon de mat qui s'était brisé sous la violence de l'impact. En dépit de la houle et du brouillard, Damien avait sauté à l'eau et nagé jusqu'à lui pour le ramener à bord d'un doris. Les hommes, à cause de la brume, avaient failli les perdre tous les deux. Les Danois avaient jugé la performance inutilement risquée. Les Français, eux, l'avaient trouvée héroïque.

Le bateau danois avait ramené tout le monde à Saint-Jean de Terre-Neuve, quelques jours plus tard, et c'est de là que Damien avait expédié un télégramme à Brian Westwood, lequel s'était chargé d'en envoyer une copie à sa famille.

Damien débarqua le 8 août dans le port de Brest mais ne reparut à Lorient que trois jours plus tard sans qu'on sût à quoi il avait consacré ce laps de temps. Conformément à son caractère, il refusa de laisser la municipalité s'emparer d'un événement tragique, qui n'avait cessé de le hanter durant tout le trajet de retour, pour célébrer l'acte héroïque dont la presse s'était faite l'écho.

La mairie de Lorient et la chambre de commerce lui en gardèrent rancune. Lorient, au contraire de Paimpol ou de Fécamp, n'étant pas un port traditionnel pour la pêche à la morue, sans doute espéraient-elles se faire à l'occasion une publicité à peu de frais.

Le 11 août au soir, Damien dormit pour la première fois depuis plusieurs mois à Kernevel. Il n'y revint que huit jours plus tard pour un tardif dîner de retrouvailles. Il avait d'autres priorités.

Était-ce à cause du naufrage du *Charmitière II* ? Il n'éprouva rien en retrouvant le berceau de sa famille. Rien en traversant la grande salle encombrée de souvenirs, rien en ouvrant la porte de sa chambre, rien en s'asseyant à la table où il avait vu trôner son père, imposant le silence ou laissant s'installer le chahut lorsqu'il revenait d'un long voyage et voulait briser l'ordre établi que s'efforçait de maintenir la Matriarche.

Cécile l'avait accueilli avec une exubérance inhabituelle, Mélanie avec sa maîtrise coutumière. Aucune des deux, en revanche, ne se risqua à lui demander ce qui s'était passé. Elles devraient se contenter longtemps encore des récits lus dans les journaux.

– Tu vois bien que tes rêves étaient absurdes ! se contenta seulement d'observer sa mère, à la fin du repas, en s'adressant à Cécile.

Damien demanda pourquoi. Cécile lui parla alors de ses cauchemars et de ses prémonitions. Damien lui confirma qu'en ramenant Hervé Gouliker à bord du doris, il avait manqué se noyer et que les sensations qu'elle avait éprouvées en rêve correspondaient exactement à ce qu'il avait vécu. Mélanie Leguenec se rembrunit sous l'affront.

Ce ne fut qu'au salon, devant une tasse de café et une bouteille de cognac ouverte pour la circonstance, qu'elle prononça les noms de Pierre et d'Anna.

Le visage de Damien se ferma aussitôt et un lourd silence pesa pendant une ou deux minutes sur la pièce dont les fenêtres ouvertes laissaient entrer des parfums de fleurs salées.

– Que tu le veuilles ou non, c'est tout de même ton frère, fulmina alors Mélanie.

Damien leva à peine les yeux de son verre et demanda d'une voix mourante :

– Que deviennent-ils ?

Il n'avait pas dit : « Que devient-il ? » Dans sa question, il avait d'emblée associé Anna à Pierre et cette façon subtile d'éluder le problème eut le don d'agacer Mélanie Leguenec.

– Ils sont à Londres. Anna m'a annoncé qu'ils passeraient sûrement quelques jours à Paris, mais qu'ils ne tarderaient pas à rentrer à Lorient.

Rentrer à Lorient ! Comme on rentre au bercail. Pierre en avait-il seulement envie ?

Damien écoutait en silence, alternant l'amertume du café avec la saveur ambrée d'une gorgée de cognac. Puis il alluma un cigare fin et odorant qui répandit un brouillard d'un brun terne à travers le salon.

– Anna m'a dit que Pierre avait été sérieusement malade en Angleterre, poursuivit Mélanie, et même qu'il avait fait une chute dans l'escalier de l'hôtel. Sans gravité heureusement. Le médecin a certifié qu'il s'en remettrait vite. Anna avait l'air inquiète malgré tout. Je ne sais pas où en sont leurs relations, mais…

Il ne disait toujours rien et Cécile le fixait du regard sans rien dire elle non plus. Il esquissa un sourire. Cécile le comprenait parfois à demi-mot. Qu'elle fût inadaptée à la vie du monde extérieur ne l'empêchait nullement de posséder une forme d'intelligence intuitive qu'elle exerçait parfois de manière inattendue, comme lors de ces rêves qu'elle venait d'évoquer.

L'hostilité de la Matriarche envers tout ce qui n'entrait pas dans le cadre précis et délimité de la raison était une preuve supplémentaire de leur incompréhension mutuelle.

Ils vivaient dans des mondes sans références communes. Son monologue au sujet de Pierre en était l'exemple parfait. Elle s'obstinait à vouloir les rapprocher et comptait surtout sur lui, l'aîné, pour faire le premier pas. En vain. Ces derniers mois n'avaient cessé de creuser l'abîme qui les séparait. L'indifférence qu'il éprouvait envers cette maison, à laquelle il était autrefois le plus attaché de tous peut-être, s'étendait peu à peu aux êtres qui l'habitaient, à l'exception sans doute de Cécile pour laquelle il continuait d'éprouver une tendresse fraternelle.

À présent, ils s'éloignaient de son horizon. Il les aimait toujours, mais à distance. Il ne les voyait plus comme des proches par le sang ou même par les gènes. Il n'apercevait plus que des petites taches de plus en plus claires, des silhouettes informes qui s'agitaient au loin et dont les voix lui parvenaient à travers un brouillard aussi cotonneux que celui qui baignait la côte sud de Saint-Pierre. Leurs préoccupations lui étaient devenues étrangères. La mort d'André Leguenec avait été l'événement déclencheur de ce processus. La trahison d'Anna, celle de Pierre, et cette campagne de pêche, qui devait être un temps de rédemption, n'avaient fait que l'accélérer.

Certes, il s'était toujours suffi à lui-même. Mais le clan Leguenec avait tout de même longtemps signifié quelque chose d'important à ses yeux. Plus aujourd'hui. Il n'y avait plus de clan, plus de famille, plus de tribu, seulement un agrégat temporaire dont il n'était qu'un élément périphérique.

– Tu m'écoutes ?

La voix de sa mère le rattrapa dans sa fuite.

– Si tu veux mon avis, à en juger par le ton d'Anna, les choses ne vont pas si bien que ça. J'ai bien peur que leur mariage ne soit un échec.

Le mot « échec » se prolongea en une vibration sourde, faisant trembler les murs du salon.

– Mais peut-être cela te réjouit-il ! ironisa Mélanie Leguenec.

– Maman ! protesta Cécile.

Damien ne s'en réjouissait pas. À ce moment précis, il ne savait plus s'il aimait encore Anna ni s'il détestait son frère pour lui avoir volé son bonheur. Il avait beau faire des efforts, il ne parvenait même plus à se les représenter. Du moins lorsqu'il cherchait à les imaginer ensemble. Il ne se souvenait que très vaguement du jour de leurs noces. Il n'était pas entré dans l'église. Il ne voulait pas les voir assis côte à côte devant l'autel. Il s'était posté dehors à l'écart. Sa dernière vision, celle des épaules nues d'Anna se dirigeant vers la voiture, s'estompait elle aussi.

C'était étrange. On pense conserver toute une vie des images précises de certains moments privilégiés, de certains êtres qu'on a aimés et l'on s'aperçoit que le temps, inexorablement, efface tout. Non comme un tampon effacerait la craie sur un tableau noir, mais comme une gomme à peine appuyée fait lentement disparaître les traits les plus marqués d'un dessin pour n'en laisser subsister que les ombres, puis un espace en creux.

– J'avais donc raison, insista la Matriarche, ça te réjouit.

Damien leva la tête. Il était si absorbé par ses réflexions qu'il avait laissé son cigare s'éteindre et que des cendres surnageaient dans son verre de cognac.

– Je ne m'en réjouis pas, dit-il enfin.

Cécile lui sourit.

– Qu'avez-vous tous les deux ? demanda Mélanie, agacée.

– Rien maman, s'empressa aussitôt de la rassurer la jeune femme.

– Que veux-tu m'entendre dire ? poursuivit Damien.

– T'entendre me demander par exemple mon avis sur ce qui ne va pas ?

– Eh bien, donne-le-moi !

– Je crois qu'Anna s'ennuie et que le mariage n'a rien changé à l'état d'esprit de ton frère. Il est toujours aussi léger. Elle a été éblouie au début par ses discours sur la liberté, l'indépendance, le goût des voyages, la vie de bohème. Mais tout ça a fait long feu. En fait…

Mélanie Leguenec s'était interrompue brusquement.

– En fait, reprit-elle, je crois qu'elle aurait dû t'épouser.

Damien ne perçut le sens de la phrase qu'après un temps de latence, tel une lumière en provenance d'une lointaine galaxie.

– Moi ?

Il la regarda tout à coup au plus profond de ses yeux de porcelaine et il ne lui fallut que quelques secondes pour comprendre qu'elle perdait progressivement de l'assurance.

– Moi…, répéta-t-il. Mais je croyais que tu n'en voulais pas, de cette union, qu'il s'agissait dans tous les cas d'une mésalliance. Dois-je te rappeler la conversation que nous avons eue ici même ? Tu te moquais bien alors de ce que je pouvais ressentir. Tu défendais encore Pierre. La seule chose qui t'importait était que nos sociétés ne tombent pas sous la coupe d'une petite ambitieuse qui ruinerait la famille. Te souciais-tu alors de ce que j'éprouvais pour Anna ?

Il la tutoyait désormais. Sans doute cela lui arrivait-il de temps à autre dans un moment de négligence. Mais ce soir, il n'avait pas employé une seule fois le mot « vous ». La Matriarche avait blêmi. Elle prit cependant le parti de n'en rien laisser paraître.

– Je sais, reconnut Mélanie, je sais que tu es parti en mer pour l'oublier et oublier ce que ton frère t'avait fait. Mais vois le résultat !

Cette fois, Damien se leva et marcha vers l'une des fenêtres du salon. Du jardin, s'élevaient des crissements d'insectes et le hululement d'une effraie. Il commençait à perdre son sang-froid. Il ralluma nerveusement son cigare dont la cape, une fois embrasée, se détacha pour tomber sur le tapis.

– Le résultat est que j'ai perdu mon bateau et surtout trois de mes hommes d'équipage. Que, dans les semaines qui viennent, je vais devoir rendre visite à leurs familles, régler cette histoire avec les assurances, résoudre quantité de problèmes et faire le bilan de tout ce qui s'est passé en mon absence. Et tu attends de moi que je m'inquiète pour quelqu'un qui fait la fête depuis des mois dans les palaces au bras de la femme que…

Il faillit se trahir et s'arrêta à temps. Mais ce fut Mélanie qui acheva la phrase pour lui :

– Que tu aimes toujours, c'est bien ça ?

– Maman, intervint de nouveau Cécile dans un soupir.

– Ne te mêle pas de ça ! la rembarra Mélanie Leguenec. D'ailleurs, tu devrais déjà être dans ta chambre à cette heure.

Cécile fit le geste de se lever pour prendre congé, mais Damien, d'un geste de la main, lui commanda de se rasseoir.

– Non, reste, Cécile ! Tu es largement en âge de tout entendre.

Cette usurpation d'autorité, succédant au tutoiement ininterrompu, anéantit la Matriarche. Blessée dans son orgueil, elle se rencogna dans son fauteuil.

Il y eut ensuite quelques interminables secondes de silence outragé. Puis Damien vint se planter devant sa mère.

– Et vous, maintenant, écoutez-moi !

D'instinct, il avait repris le vouvoiement. Pourtant, Mélanie Leguenec n'interpréta pas ce « retour à l'ordre » – son ordre – comme un signe encourageant.

– Je me moque de ce que pensent Pierre et Anna, je me moque de ce qu'ils peuvent vivre ou ne pas vivre, s'ils vont bien ou si leur couple bat de l'aile. La vie a tranché. Ce n'est pas ma vie. Pierre a voulu sa part d'héritage, nous la lui avons donnée. Il a épousé Anna avec votre consentement. Que voulez-vous que je fasse de plus ? Cela fait des années que je porte sur mes épaules le poids de la Compagnie Leguenec, des années que je fais ce que mon père refusait de faire : s'asseoir à un bureau chaque matin et assumer les tâches les plus rébarbatives pour que nos sociétés restent aussi florissantes que possible. En plus de cela, je dois gérer mes propres affaires. Tout cela sans un remerciement ni une once de compréhension. Alors Pierre et Anna, Anna et Pierre…

Dans sa colère, son regard accrocha celui de Cécile par mégarde. La jeune femme souriait, la bouche fermée. Que pensait-elle de cette altercation ? En d'autres temps, elle en eût sans doute souffert, mais ce soir elle semblait y voir les prémisses d'une révolution. Une part d'elle-même n'attendait que ça, elle aussi : remettre en question ce *statu quo* hypocrite qui empêchait « un air neuf de circuler entre les colonnes du Temple » !

– Tu vas trop loin, dit Mélanie.

– Trop loin ?

– Ton père n'aurait jamais accepté que tu me parles ainsi. Tu as décidément beaucoup changé ces derniers mois.

– Mon père ! ironisa Damien.

– Tu oublies un peu vite que c'est lui qui a donné à la Compagnie sa puissance actuelle. Par son travail, par ses sacrifices, par son dévouement à sa famille. Oui, il s'est sacrifié. Il nous a peut-être négligés de temps à autre mais c'était pour notre bien à tous.

Damien en resta médusé. Est-ce qu'elle plaisantait ? Ou croyait-elle vraiment à ce discours emphatique ? Relevait-il de la bêtise ou de la profession de foi ? « Je crois en Dieu, en l'Église catholique, apostolique et romaine, en la Compagnie Leguenec et en saint André, notre sauveur ! Amen ! » La messe était dite.

– Notre bien à tous, enchaîna-t-il. Je ne pense pas que s'il s'était soucié de notre bien à tous, il aurait passé son temps à...

– Ça suffit ! s'écria la Matriarche. Je ne veux pas en entendre davantage.

Mélanie Leguenec s'était extraite avec peine de son fauteuil et redressa son corps mince pour toiser son fils.

– Nous ferions mieux de monter nous coucher, dit-elle. Mais si tu préfères dormir dans ta chambre de la rue Carnot, je ne te retiens pas !

Elle ne lui tendit pas, comme à l'ordinaire, sa joue sèche. Elle quitta la pièce et s'engagea dans le vaste escalier menant aux étages. Saisissant son manteau et son chapeau au vol, Damien ouvrit alors la porte d'entrée et, debout dans le vestibule, lança dans sa direction :

– Je comprends mieux maintenant pourquoi mon père avait un besoin si vital de voyager... Mais vous avez l'âme trop étroite pour comprendre !

32

La première tâche de Damien avait été de rendre visite aux familles des trois marins disparus et de leur expliquer comment les choses s'étaient passées là-bas sur le Grand Banc de Terre-Neuve. Puis il avait fallu veiller à l'indemnisation de l'équipage. Restait à régler la question du remboursement avec la société nantaise d'assurance qui avait accepté de prendre en charge le chalutier et son fret. À l'heure où *Le Charmitière II* avait coulé, ses cales renfermaient plusieurs dizaines de tonnes de poisson. La perte sèche était importante.

C'était surtout avec l'assureur que se posaient les problèmes les plus aigus. Une compagnie – L'Alliance nouvelle – que Pierre lui avait recommandée parce que son directeur fréquentait les mêmes établissements nantais que lui : hôtels, restaurants, salles de billard, d'autres lieux peut-être... Damien avait eu la faiblesse de suivre son conseil.

Le choix, hélas, ne s'était pas révélé judicieux. En 1920, le gouvernement, par arrêtés des 8 janvier et 10 février, avait institué une commission chargée de définir une charte-partie[1]. Et si le directeur de L'Alliance nouvelle, Antoine Lepront, en avait accepté les bases, il avait exigé quelques modifications que Damien, pressé de prendre la mer, avait

1. Acte constituant un contrat d'affrètement.

lues hâtivement. C'étaient elles qui, aujourd'hui, créaient des difficultés.

Le naufrage du *Charmitière II* n'avait pas seulement entraîné de cuisants déboires financiers, il avait contraint la Compagnie à entreprendre une véritable refonte de ses contrats juridiques et à envisager une modernisation radicale de sa flottille de pêche. Ce qui signifiait la rénovation de plusieurs chalutiers, l'abandon des plus vétustes et la mise en chantier de nouveaux bateaux.

Heureusement, en réintégrant ses bureaux de la rue Carnot, Damien avait retrouvé l'appui chaleureux et secourable de Mathilde Tréguier. Celle-ci, trop heureuse du retour de son patron, ne comptait plus ses heures et les lumières brillaient parfois très tard aux fenêtres des bureaux de la Compagnie.

Lorsqu'il ne dormait pas à son bureau, Damien louait une chambre au Grand Hôtel moderne où Stendhal avait séjourné durant l'été 1837. Parfois même, il couchait à bord du *Kerléano*, un sloop d'une douzaine de mètres avec lequel il lui arrivait de naviguer en solitaire. Sitôt qu'il avait quitté la rue Carnot, il ne parlait d'ailleurs plus à personne. Le naufrage du *Charmitière II* et la mort de ses trois hommes d'équipage l'avaient si profondément blessé qu'il s'enfermait dans un mutisme placide. Il ne cherchait pas à se punir d'une quelconque faute commise. Il n'avait tout simplement pas envie de fréquenter le monde de ses semblables.

Quel était d'ailleurs cet étrange diktat qui incitait les hommes à rechercher systématiquement la compagnie d'autres hommes ? Comme si le goût de la solitude était un péché. Il se souvenait vaguement d'une phrase de Diderot qui l'avait frappé au collège : « Il n'y a que le méchant qui soit seul. » Pourquoi jeter l'opprobre sur celui qui aspirait à demeurer face à lui-même ? L'érémitisme était admis, et même loué, par la plupart des religions. Mais dès qu'il s'agissait d'un comportement social, celui qui se tenait à l'écart était montré du doigt.

Au bout de quelques jours, Cécile lui téléphona. Elle chuchotait. Sans doute avait-elle attendu que Mélanie quitte la villa. Elle voulait être rassurée. Elle n'avait pas fait d'autres cauchemars, mais elle s'inquiétait pour lui. Elle pressentait un malheur. Elle avait repris un peu d'appétit. Elle dormait beaucoup. Mais elle n'allait pas mieux pour autant.

Sa voix précipitée renseigna Damien sur son seuil de fébrilité. Depuis qu'il avait repris ses distances, la Matriarche était devenue exécrable avec tout le monde. Guillaume Rohou, qui s'était fait vertement réprimander pour quelques rosiers mal taillés, avait même menacé de quitter son emploi. Les deux domestiques qui servaient à la villa étaient à bout de nerfs. L'atmosphère était électrique.

Damien ne pensait pas que leur querelle suffît à expliquer ce changement d'attitude. Il y avait autre chose. Cécile devait avoir raison. Lui-même se sentait parfois dans un état d'extrême tension nerveuse sans qu'il sût vraiment pourquoi. Même Mathilde le ressentait qui s'efforçait de le soulager des tâches les plus ingrates et, bonne fille, acceptait de faire des heures supplémentaires sans se soucier de sa rémunération. Du matin au soir, sa machine à écrire crépitait. Mais même ce martèlement agaçait Damien au point qu'elle devait fermer les portes de leurs bureaux respectifs et que, pour préserver sa tranquillité, il lui arrivait d'alterner sur son clavier les rythmes rapides et les frappes plus lentes.

Le 22 août, Damien apprit qu'Antoine Lepront, en raison de clauses annexes concernant la sécurité du navire, dénonçait la charte-partie du *Charmitière II* et portait l'affaire devant les tribunaux.

33

Damien pénétra dans l'immeuble où régnait une fraîcheur agréable qui contrastait avec la chaleur humide du dehors. Un brouhaha en provenance des étages s'échappait par les spires de l'escalier. Il alluma une cigarette et resta un bref instant au bas des marches à respirer les effluves de tabac blond et de parfums qui s'entremêlaient dans le hall. Des voix chuchotaient sur le palier du premier étage. Tout d'abord, il ne perçut que quelques mots, des bribes de phrases, mais en grimpant de quelques marches, la discussion devint intelligible. Deux voix masculines derrière lesquelles on entendait le crépitement assourdi d'une machine à écrire.

– Tu sais, toi, pourquoi la vieille est venue la dernière fois ? demandait la première.

– Je suppose que c'était pour fourrer son nez dans les comptes. Comme le patron n'était pas là, elle en a profité. Tu parles d'une salope ! Elle n'en aura jamais assez. Quelquefois je me demande si ce n'est pas elle le vrai directeur de la Compagnie.

– Ne dis pas de bêtises, c'était le vieux qui en avait dans le pantalon, pas elle.

– Ça pour en avoir dans le pantalon !

Damien entendit deux rires brefs, suivis d'un ricanement désagréable. Un troisième interlocuteur venait de se glisser dans la conversation.

– Tu crois qu'il a couché avec la petite ?

– Ça ne m'étonnerait pas. Il avait plutôt la bougeotte, le père Leguenec.

– C'est pas comme le fils.

– Va savoir !

– Tu sais qu'il dort ici depuis son retour...

– C'est ce que m'a dit Lepoultier. Il s'est fait aménager une pièce à côté de son bureau.

– On doit rudement l'emmerder chez lui !

– N'empêche, je n'aurais pas voulu être à la place de la petite Tréguier quand la vieille est venue. Je crois qu'elle lui a passé un savon. Elle était toute chamboulée... Quand elle est partie, je l'ai croisée dans le hall, on aurait dit qu'elle avait pleuré.

Les voix se déplacèrent et Damien n'entendit bientôt plus que des échos de plus en plus lointains. Une porte venait de claquer sur le palier. Il monta lentement les marches.

Il avait beau chercher, il ne parvenait pas à identifier ces hommes. Il gagna directement le deuxième étage et appela Mathilde Tréguier dans son bureau. Elle était déjà à pied d'œuvre et Damien la vit surgir un bloc-notes à la main, vêtue d'un élégant chemisier bleu pâle et d'une longue robe noire unie.

– Bonjour, monsieur !

– Mathilde, pourriez-vous m'apporter les registres s'il vous plaît ?

Elle s'exécuta sans hâte et revint avec deux gros cahiers noirs où elle notait les rendez-vous, les absences du personnel et tout ce qui concernait la marche quotidienne de l'entreprise, jusqu'aux incidents les plus anodins.

Damien les feuilleta d'une main négligente. Puis son doigt s'arrêta sur une page.

– Je vois que ma mère est venue en mon absence.

Il avait posé la question de telle façon qu'elle ne crut pas nécessaire d'éluder. Une bonne partie de ses collègues avait pu voir ce jour-là Mélanie Leguenec monter s'entretenir avec elle. Oublier de consigner sa visite sur le registre eût été inutile.

– Oui.

– Que voulait-elle ?

– Elle souhaitait consulter un dossier.

– Lequel ?

– Le dossier d'un employé.

Damien laissa transparaître sa mauvaise humeur par un haussement de sourcils.

– Quel dossier ?

– Je n'ai pu le retrouver. C'était une personne qui avait quitté la Compagnie il y a longtemps. Depuis plus de dix ans… Or vous savez bien que…

– Vous vous souvenez du nom de cette personne ?

Mathilde Tréguier hésita. Comment avait-il su ? Ce n'était certainement pas Mélanie Leguenec qui lui avait parlé de sa venue. Pendant une fraction de seconde, elle eut l'impression de basculer dans un abîme, un trou noir. Puis elle s'entendit répondre :

– Danuta Zajaczek !

– Jamais entendu parler !

– Je crois qu'elle a travaillé autrefois avec votre père.

– À quel poste ?

– Je l'ignore.

Elle disait la vérité. Sa fonction exacte ne figurait pas dans le dossier qu'elle avait été chercher à la banque. À son retour de Paris, elle avait bien tenté de fouiller dans d'autres registres conservés rue Carnot. Sans résultat.

– Une Polonaise ?

– En effet ?

Un silence, puis :

– De Solowitz ?

– Peut-être bien… Je ne me souviens pas.

Cette fois, elle mentait.

Debout devant lui, son carnet à la main, Mathilde semblait figée dans une attitude martiale. Avec ses cheveux ramenés strictement en arrière, son visage mince et sa longue robe noire, on eût dit quelque institutrice de province officiant dans une école confessionnelle.

Damien réfléchissait tout en la fixant avec une insistance dérangeante. Solowitz, Solowitz… toujours Solowitz. Un mystère planait autour de ce nom qui revenait comme un leitmotiv sans qu'on connût l'origine de la curiosité, voire de la crainte, qu'il suscitait. Solowitz, il en était persuadé, constituait une sorte de sésame. Mais quel passage ouvrait-il ? Et vers quelle vérité inavouable ?

– Que cherchait ma mère, vous vous en souvenez ?

– Je n'en sais rien.

Il la dévisageait toujours, sondant son regard noir qui tentait de se faire le plus opaque possible, se dérobait par intermittence, fuyait alors vers le cadre de la fenêtre dans lequel la lumière vive du jour semblait se trouver à l'étroit.

– Écoutez Mathilde, ma mère ne serait pas venue ici pour demander ce dossier si ce n'était pas important, elle a bien dû vous dire quelque chose. Je vois par ailleurs que vous vous êtes absentée presque aussitôt pendant deux jours.

– Oui monsieur, une forte fièvre.

Damien, incrédule, répéta en écho :

– Une forte fièvre… Depuis que vous travaillez avec moi, vous n'avez jamais été malade et vous n'avez jamais manqué une seule journée, excepté pour l'enterrement de votre mère. Quant à vos trous de mémoire, laissez-moi vous dire qu'ils me laissent perplexe. Vous n'oublieriez pas une liste de trente noms après l'avoir consultée une seule fois.

Le téléphone posé sur un coin du bureau se mit alors à grésiller et Mathilde, soulagée, décrocha avant qu'il n'eût le temps d'avancer la main vers l'appareil.

Elle lui tendit le combiné.

– C'est pour vous, monsieur.

– Allô ?

Mathilde en avait profité pour se retirer et fermer la porte.

– Damien ?

C'était Anna. Instantanément, il sentit sa gorge se nouer et la chimie de son corps se dérégler, passer par toutes les étapes d'un processus de transformation qui le ramenait immanquablement plusieurs mois en arrière. Elle parlait d'une voix sourde, sans hâte mais en articulant chaque mot avec précision.

– Nos sommes à Paris depuis quelques jours, annonça-t-elle.

Pierre était à l'Hôtel-Dieu, sur l'île de la Cité. Il avait été transporté là-bas la veille au soir.

– Que se passe-t-il ?

– Un accident, un terrible accident…

Il écoutait. Il entendait d'abord sa voix, puis les mots venaient, et enfin leur signification finissait par l'atteindre, comme si leur impact sur son cerveau avait été différé. Pierre avait voulu, par jeu, se mêler aux cortèges de communistes protestant contre l'exécution aux États-Unis de Sacco et Vanzetti. Anna avait bien essayé de l'en dissuader mais il s'était obstiné. Des émeutes avaient éclaté sur les boulevards Poissonnière et Sébastopol. Des manifestants s'étaient rués sur les forces de police, avaient saccagé des cafés et profané la tombe du Soldat inconnu sous l'Arc de Triomphe. Les forces de l'ordre avaient riposté. Pierre, pris dans la mêlée, séparé d'Anna, était tombé sous les sabots d'un cheval. Il avait été piétiné et avait été transporté à l'hôpital le plus proche dans un état inquiétant.

– Je vous en prie Damien, venez ! Je sais bien que vous et Pierre… enfin tout cela…

Elle avait éclaté en sanglots.

– Je sais que c'est à cause de moi…

Il ne lui laissa pas le temps de se ressaisir. Il en savait assez.

– Je prends le premier train pour Paris, dit-il.

Il raccrocha et rappela Mathilde Tréguier. Celle-ci réapparut, les traits cireux. Un voile assombrissait son visage, une sorte de mantille qui l'enveloppait du front jusqu'au menton.

– Des ennuis monsieur Leguenec ?

– Mon frère ! Il est à Paris, à l'hôpital.

– Rien de grave ?

– Je l'ignore. Anna ne m'a rien dit de très précis.

Il n'avait pas envie de perdre de temps en lui donnant le peu de détails dont il disposait.

– Réservez-moi un billet de train pour cet après-midi et prévenez ma mère.

– Vous ne croyez pas que vous devriez l'appeler vous-même ? suggéra la jeune femme.

– Faites ce que je vous dis !

Mathilde disparut.

Resté seul, Damien passa dans la petite pièce qui lui servait de chambre où il avait fini par installer un simple lit de camp en plus d'une armoire à linge. Il ramassa un livre de droit maritime qui traînait sur le plancher. Puis il prépara son sac de voyage.

Cela ne lui prit que cinq minutes. Il aimait avoir l'impression d'être libre de partir à tout instant, de ne pas s'encombrer du superflu. Il avait beau être riche, il n'attachait, contrairement à Pierre, aucune importance aux signes extérieurs de sa réussite. Ni à la coupe de ses costumes, ni à la valeur marchande de la montre qu'il portait au poignet, ni à la puissance de sa voiture. Les objets, de son point de vue, ne représentaient que des outils. Ils se devaient d'être fonctionnels. Ainsi, un livre était fait pour être lu et annoté, non pour être revêtu d'une somptueuse reliure et finir sur l'étagère poussiéreuse d'une bibliothèque.

Il fréquentait pourtant nombre d'hommes qui se soumettaient volontiers à l'esclavage des apparences. Ils aimaient « épater ». Ils faisaient tout pour se singulariser. Lorsqu'ils entraient dans une pièce, on se devait de les remarquer immédiatement. Quand ils s'asseyaient à une table, ils donnaient des leçons d'œnologie au maître d'hôtel. Pendant des heures, ils pouvaient parler d'automobiles, de grands prix, des progrès de l'aviation, de leur dernier voyage en Amérique au cours duquel ils avaient rencontré tel ou tel homme important. Certains d'entre eux poussaient même la vanité jusqu'à sortir de leur portefeuille une photographie où ils figuraient au côté de l'un de ces personnages d'exception et l'exhibaient devant leurs invités pour que l'on sache à quel point ils occupaient une place privilégiée sur le grand théâtre du monde. Une place qui les situait au-dessus des autres, oubliant par là même qu'ils étaient mortels et donc aussi insignifiants que le clochard qu'ils ignoreraient quelques instants plus tard lorsque le chasseur de l'hôtel leur aurait ouvert la porte.

Damien n'avait pas de ces fatuités. La puissance réelle, selon lui, ne pouvait se concevoir sans secret. Qu'il maîtrisât son métier d'armateur, qu'il eût plus d'argent que ces gens-là, qu'il connût de grands financiers de Wall Street et disposât d'une liberté d'action, que beaucoup lui enviaient, ne le grisait pas. Il avait toujours su qu'il pouvait tout perdre du jour au lendemain. Mais il savait aussi que rien ne l'abattrait jamais. Il ressemblait à ces poupées japonaises, malléables en apparence et qui plient à la première impulsion mais dont la souplesse même est garante de leur résistance. Quoi qu'il arrivât dans sa vie, il était sûr de pouvoir tout recommencer.

Il revint vers le bureau. Il n'aurait su dire s'il était vraiment inquiet. Il se sentait simplement fébrile. Mais était-ce à l'idée de découvrir son frère étendu sur un lit d'hôpital ou à celle de revoir Anna ? Il reconnaissait bien là son frère et sa stupidité désarmante. Il avait toujours aimé se mêler aux foules anonymes. La foule, à ses yeux, n'était pas un rassemblement d'individus en mouvement, c'était une masse informe qui, paradoxalement, mettait sa propre singularité en valeur.

– Vous avez un train à trois heures dix, monsieur, dit la voix de Mathilde Tréguier sur le seuil. Vous serez ce soir à Paris. Avez-vous besoin d'autre chose ?

– Oui.

– De quoi, monsieur Leguenec ?

– Que vous répondiez à une question.

Elle lui adressa un sourire crispé, angoissée à l'idée qu'il revînt sur la visite de Mélanie Leguenec et sur le dossier de Danuta Zajaczek. Certes, il avait le droit de savoir, mais était-ce à elle de lui en parler ?

– Mathilde…

– Oui ?

Damien la regardait comme s'il la découvrait pour la première fois. Sa taille bien prise, la beauté de ses yeux noirs, l'ourlet de ses lèvres, la finesse de ses mains. Il l'avait toujours trouvée jolie sans vraiment s'attarder sur ces détails qu'il prenait le temps d'observer aujourd'hui d'un œil neuf.

Mathilde Tréguier appartenait sans nul doute à ce type de femmes auprès desquelles on devait trouver du plaisir à s'abandonner. Pourquoi dès lors ne l'avait-elle jamais attiré ?

– Mathilde, dit-il enfin, avez-vous couché avec mon père ?

34

Il était arrivé dans la soirée à Paris. Il avait trouvé un hôtel non loin de la gare Montparnasse. Il y avait déposé ses bagages et s'était même autorisé à prendre une tasse de café dans une brasserie avant de gagner l'Hôtel-Dieu. Il avait eu beau penser durant tout le trajet à ce qu'il éprouverait en se retrouvant face à eux, il avait encore besoin de se mettre en condition.

Il n'aimait pas l'idée de « retrouvailles ». Il n'était pas doué pour cela. Pas plus qu'il ne l'était pour les jours de liesse, les mariages, les bains de foule et toutes ces réjouissances obligées où chacun s'avance masqué, paré de tous les atours du bonheur.

Il était faux cependant de dire qu'il n'était doué ni pour l'amour ni pour l'amitié. Il avait eu un ami. Il s'appelait Simon. Ils s'étaient côtoyés durant deux années au collège, partageant tout, des jeux jusqu'aux rêves les plus intimes. Ils avaient également commencé de lorgner les filles en même temps. Et puis Simon avait quitté Lorient pour une institution privée à Paris.

La rupture avait été pénible. Ils avaient promis de s'écrire toutes les semaines, puis les lettres s'étaient espacées. Qui des deux avait cessé d'écrire le premier ? Damien ne s'en souvenait plus. Mais il avait dû se détacher progressivement jusqu'à devenir indifférent lorsqu'on prononçait devant lui le nom de Simon Lachenal.

Bien des années plus tard, après l'hécatombe, ils s'étaient croisés à Brest. Lachenal avait paru heureux de le revoir, lui tapant sur l'épaule et évoquant des anecdotes que Damien avait pour la plupart oubliées. Son père était un grand avocat du barreau parisien et lui-même se destinait à la magistrature. Il lui avait proposé de se revoir. Mais la magie avait cessé d'opérer. Damien avait promis de le rappeler. Il n'en avait rien fait. La distance entre eux s'était irrémédiablement creusée. Ils n'avaient plus que des souvenirs de collège et d'anciens combattants à partager.

De ce jour-là, Damien avait compris qu'une part de lui-même s'était toujours défendue contre la souffrance de la séparation. Comme après la mort de Flora. Quelques années après le départ de Simon pour Paris, il avait espéré que son frère le remplacerait. Il avait aimé Pierre autant que cela lui était possible. Mais Pierre n'avait pas joué le jeu. Autre désillusion.

Lorsqu'il entra dans la chambre d'hôpital, il ne vit d'abord qu'un lit spartiate et son frère étendu, le crâne ceint d'épais bandages. Puis les murs d'un blanc crémeux qui s'écaillaient par endroits, une petite table sur laquelle étaient posées une bouteille d'eau minérale et une canule.

Il ne vit Anna qu'après. Elle se tenait devant la fenêtre et la dernière lumière du soir venait caresser ses épaules, créant un halo autour d'elle au point qu'il ne distingua pas tout de suite ses traits, comme la première fois qu'il l'avait aperçue.

Combien de fois depuis leur mariage s'était-il figuré cette scène de retrouvailles ? Combien de fois s'était-il imaginé ce qu'il éprouverait, s'il pourrait la regarder sans frémir, sans impatience, sans avoir envie de la prendre immédiatement dans ses bras ? Et maintenant qu'elle était en face de lui, toutes ses belles résolutions s'effondraient. Il redevenait l'homme du cimetière le jour de l'enterrement de son père, l'homme fragile qui avait été frappé par la blondeur de cette femme au visage pur, au sourire délié. Mon Dieu qu'il l'aimait ! Il n'avait jamais cessé de l'aimer. Il ne ressentait pas de désir particulier cependant, aucun sursaut du bas-ventre, mais un sentiment à l'état brut, ce feu intérieur qu'elle s'entendait si bien à ranimer au premier regard, au premier élan de ses hanches.

Pierre, immobile, l'observait de ses yeux mi-clos. Il avait l'air de l'épier à travers des persiennes. Du couloir provenaient de rares éclats de voix. Tout était silencieux, à commencer par cette chambre où son frère était encore plongé dans le coma quelques heures plus tôt.

– Il vient tout juste de se réveiller, lui souffla Anna.

Damien s'approcha du lit. Était-il conscient ? Pierre clignait des paupières. Un lent battement de cils de loin en loin. Son frère le regardait et il ne ressentait rien. Ni haine ni compassion, simplement une immense et tragique indifférence.

Il ne parvenait pas à se le reprocher. Il songeait seulement à l'ironie de l'existence. La vie n'avait jusque-là été clémente avec Pierre que pour mieux le broyer. Elle avait endormi sa vigilance, l'avait précipité dans un tourbillon de sensations euphorisantes avant de le précipiter brutalement dans le malheur le plus sournois.

– Il a subi un traumatisme crânien, poursuivit Anna, sa jambe a été sérieusement touchée. Le médecin espère qu'il n'y aura pas de séquelles au niveau cérébral. Il pense malgré tout qu'il devra marcher avec une canne jusqu'à la fin de ses jours.

Elle dressait un constat clinique. Damien ne décelait aucune émotion dans sa voix. Parfois seulement, une baisse d'intensité peut-être due à la fatigue.

Ils sortirent de la chambre et firent quelques pas dans le couloir.

Alors Anna éclata en sanglots et vint se blottir dans ses bras. Désarmé, Damien osa à peine les refermer sur ses épaules. Il ne savait quelle contenance adopter. Il avait une envie furieuse de l'embrasser malgré la présence de son frère blessé à deux pas. Heureusement, elle sécha rapidement ses larmes, lui épargnant d'avoir à se défendre contre ses scrupules.

– Tout s'est passé si vite !

– Où étiez-vous ? demanda Pierre pour prononcer quelques mots.

– À une vingtaine de mètres. Quand la police a chargé, nous nous sommes retrouvés séparés… Je lui avais pourtant dit… Mais il n'a pas voulu m'écouter. Il n'écoute jamais personne, vous le savez bien.

Il savait. Mais le fait de savoir ne changeait pas toujours le cours des choses. Encore une leçon qu'il avait apprise à ses dépens.

– Que comptez-vous faire ?

– Je l'ignore. Dès qu'il sera en état de voyager, je pense que le mieux serait de le ramener à Lorient. Mais…

– Mais ?

– J'ai peur qu'il ne veuille pas rentrer à La Charmitière. Pourtant, je suis persuadée que cela vaudrait mieux pour lui. Avec votre mère et votre sœur, je pourrais veiller sur lui.

Veiller sur lui… Trois femmes veilleraient sur Pierre Leguenec et dépenseraient leur temps et leur énergie au service du cadet dont le mérite principal avait été, dans une manifestation stupide, de se jeter à la tête d'une escouade de policiers.

Damien passa une main sur son front et essuya la pellicule de sueur aigre qui s'étendait entre ses rides, les reliant l'une à l'autre en un film gras. Il transpirait. La chaleur, l'émotion, la rage aussi. Des odeurs d'éther et de médicament saturaient l'air confiné. Il eut brusquement envie de vomir. Il regarda Anna qui semblait le supplier du regard et l'interroger – « Je vous en prie, Damien, au nom de l'amour qui nous a unis, dites-moi ce que je dois faire ! » – puis détourna les yeux vers les murs pâles. Une fois de plus, on cherchait à le piéger. Une fois de plus, on faisait appel à son ridicule sens du devoir.

– J'ai fait prévenir ma mère, annonça-t-il en espérant de sa part une réaction qui pût lui laisser le temps de réfléchir.

– Je sais. Elle a déjà appelé. Elle sera là demain, avec Cécile.

L'étau se refermait sur lui. Des infirmières passèrent en laissant échapper des gloussements. L'une d'elles avait des yeux pervenche et souffrait d'un léger strabisme. Elle sentait l'eau de Cologne ou un quelconque produit antiseptique.

– Je crois que je vais retourner auprès de lui. Et vous ? Enfin… toi ?

– J'ai pris une chambre à l'hôtel, près de la gare Montparnasse. J'y passerai la nuit. Je reviendrai demain avant de rentrer à Lorient.

Elle sourit, l'embrassa au coin des lèvres.

– Merci d'être venu aussi vite.

Il s'était attendu à quelque chose de plus mélodramatique mais rien n'avait changé au fond. Tout était exactement semblable aux semaines qui avaient précédé son départ pour Terre-Neuve. Il n'avait rien oublié. Il avait eu beau chercher à se détacher d'elle, à la haïr, à s'endurcir, elle avait toujours pouvoir sur lui.

Il allait partir en se persuadant que le temps ferait son œuvre, de même qu'il l'avait fait pour Simon Lachenal, lorsqu'une voix, derrière lui, demanda :

– Vous êtes le frère de M. Leguenec ?

Il se retourna.

Un petit homme rondouillard à la calvitie précoce lui tendait la main en souriant d'un air grave.

– Je suis le docteur Labarre. Je pourrais vous parler ?

Damien le suivit jusqu'à son bureau, un étage au-dessous. Une sorte d'antre crépusculaire où les revues médicales voisinaient avec des piles de dossiers, des photos de famille, des gâteaux secs émiettés et une cafetière en métal blanc qui devait dater du siècle dernier.

Le médecin commença par lui exposer la situation : les circonstances de l'accident, les risques liés au traumatisme crânien, la jambe broyée que les chirurgiens étaient parvenus à sauver *in extremis*.

– Vous-même boitez légèrement, monsieur Leguenec ? demanda-t-il. Malformation ?

– Blessure de guerre. 1918, deux mois avant d'être démobilisé.

– Évidemment, murmura-t-il, évidemment…

Il paraissait gêné d'avoir envisagé une autre hypothèse que celle-là.

– Vous connaissez les habitudes de votre frère, monsieur Leguenec ?

– Ses habitudes ?

– Je veux parler de son mode de vie.

– Mon frère et moi ne sommes plus très proches depuis quelque temps. Mieux vaudrait demander à sa femme.

– Je préférais vous en parler avant.

Damien soupçonna quelque révélation pénible. Le médecin toussota. Son bureau devait être un nid à poussière et à insectes en tous genres.

– Voilà ! J'ai de bonnes raisons de penser que votre frère se drogue.

Damien n'en fut pas vraiment surpris. Il entrait bien dans la personnalité de Pierre d'essayer toutes sortes de paradis artificiels.

– La cocaïne étant de plus en plus rare, je pencherais pour l'héroïne. La législation actuelle est beaucoup plus rigoureuse en ce qui concerne les opiacés mais il n'est pas très difficile de s'en procurer.

– À quoi voyez-vous cela ?

– Il y a les signes cliniques et puis ces traces de piqûres sur les avant-bras. J'ai bien peur, hélas, que ce ne soit pas un consommateur occasionnel mais plutôt régulier.

Le ton sur lequel il disait cela n'avait rien d'inamical ni de dramatique. Il se contentait de faire son métier et Damien lui sut gré de ne pas entrer dans des considérations morales.

– Mais ce n'est pas tout malheureusement, insista le docteur Labarre. Votre frère fréquente-t-il des prostituées ?

Damien hésita une seconde. Pierre avait ses habitudes dans un bordel de Nantes, il l'avait appris incidemment trois ans plus tôt. Mais les filles étaient soumises à un suivi médical. Lui-même, au cours de son existence, n'avait-il pas eu parfois recours à des professionnelles ?

– Entendons-nous bien, monsieur Leguenec, je ne suis pas là pour le juger. Je ne cherche qu'à comprendre pour l'aider. La syphilis, je suppose que vous en avez déjà entendu parler, ne serait-ce qu'à l'armée…

Damien lui dit ce qu'il croyait savoir. Quant à affirmer où et avec qui il avait pu contracter une telle maladie…

– La syphilis se manifeste généralement très rapidement, expliqua le médecin. Environ un mois après la contamination, et ses symptômes secondaires dans les trois à dix semaines qui suivent. Mais son développement peut également prendre plusieurs mois. Votre frère en présente tous les signes : ulcération de la verge, adénopathie, roséole, petites plaques d'alopécie au niveau du cuir chevelu.

Damien l'écoutait sans chercher à décrypter ce jargon.

– Avez-vous remarqué des changements dans son comportement ? Des sautes d'humeur, des malaises inexpliqués ?

– Je vous l'ai dit…

– Excusez-moi ! Je ne veux pas vous affoler mais si la maladie est installée, elle peut engendrer des troubles neurologiques graves, des bouleversements psychiques.

– Ne pouvez-vous le soigner ?

Le docteur Labarre leva les mains à plat au-dessus de son bureau.

– Nous sommes assez mal armés face à cette maladie. Il y a quelques années, l'Institut Pasteur a mis au point un médicament : le stovarsol. Il permet d'endiguer certaines diarrhées infectieuses ou d'origine tuberculeuse… ainsi que la syphilis. Il y a aussi l'arsphénamine, un composé arsénical.

– Ces traitements sont efficaces ?

– Ils le sont, mais pas pour tous les patients.

Damien accusa le coup. Moins par peur ou par pitié que par résignation. Lorsque soudainement lui vint une question à l'esprit :

– Et sa femme ?

– C'est pour cela que je voulais vous voir avant. Elle aussi peut très bien avoir été infectée… À moins que ce ne soit elle qui…

Il ne finit pas sa phrase et reprit d'une voix égale :

– Je ne lui ai encore rien dit. Mais il faudra que je l'examine.

– Alors docteur, dit Damien, vous devrez m'examiner par la même occasion.

Le médecin fronça ses sourcils, deux petites barres touffues qui surplombaient ses paupières rougies par la fatigue et le manque de sommeil, et Damien crut voir bouger sa calotte crânienne qui luisait doucement dans la pénombre.

– Vous voulez dire que vous et votre belle-sœur…

– Je l'ai connue avant mon frère… S'il s'agit d'elle, je peux donc avoir été contaminé moi aussi !

– Tout à fait, confirma le médecin. Le mieux serait que vous passiez ici demain, dans la matinée.

– C'est entendu.

Damien s'était levé et se faufilait entre les pyramides de livres et de revues qui lui barraient l'accès à la porte. Le médecin l'accompagna jusque dans le couloir et lui serra chaleureusement la main.

– Pour votre frère, ne vous inquiétez pas trop. Il est jeune, il peut arrêter de se droguer. Un bon accompagnement, un sevrage, quelques semaines de convalescence à la montagne… Il peut aussi bien réagir au traitement contre la syphilis et s'en sortir sans trop de casse.

Cela faisait beaucoup de « il peut ». Damien prit congé et repassa par la chambre du cadet. Mais au lieu d'entrer, il se contenta d'entrebâiller la porte.

Durant quelques secondes il eut alors cette vision d'une beauté pathétique : celle d'Anna tenant la main immobile de Pierre et lui parlant doucement comme on parle à un enfant fiévreux qu'on espère endormir.

35

Damien avait dîné dans un restaurant bondé où l'on servait des fruits de mer et il s'était livré à une véritable orgie d'huîtres avant d'engloutir deux parts de sole.

Il avait un peu bu aussi. Sans être soûl, il avait, à la fin du repas, renversé son verre de vin sur la nappe, ce qui l'avait embarrassé. Il n'aimait pas se faire remarquer et il avait eu la désagréable impression, pendant quelques secondes, que toute la salle avait les yeux rivés sur lui.

Est-ce qu'il avait des raisons de se sentir coupable ? Il avait quitté Lorient dès qu'il avait reçu le coup de fil d'Anna. Une fois de plus, il s'était comporté en homme responsable. N'était-ce pas ce qu'on attendait de lui ?

Il rentra à son hôtel aussitôt après. Il n'avait pas envie, comme l'eût fait André Leguenec, de flâner dans le Paris des boîtes de nuit, de boire un verre ici et là, encore moins de rencontrer une femme. Depuis qu'il connaissait Anna, l'idée de se retrouver dans un lit de hasard le dégoûtait vaguement.

Même la perspective d'une véritable relation ne l'excitait plus. La séduction était affaire de routine. C'étaient toujours le même jeu, les mêmes vieilles ficelles, le même intérêt hypocrite pour quelqu'un dont on espérait seulement qu'il ne s'épancherait pas trop dès le premier soir. On parlait d'amour à tort et à travers, on faisait des projets irréalistes ou d'une banalité navrante. On s'étourdissait avec des mots dépourvus de sens. Avant de se réveiller, quelques mois ou même quelques années plus tard, la bouche pâteuse, amer, désabusé, comme au sortir d'un long sommeil trop arrosé.

Lui-même n'avait plus envie de se raconter, d'expliquer, de recommencer une fois de plus à se mettre à nu. Dans quel but ? Chacun racontait ce qu'il voulait et, même si l'on disait la vérité, l'autre ne tarderait pas à la trahir en réécrivant sa propre version des faits.

En dépit de sa fatigue, Damien demeura un long moment éveillé à se repasser le film de la journée, oubliant d'éteindre la lampe de chevet. Le corps de Pierre étendu sur son lit d'hôpital, les larmes d'Anna et ce médecin somme toute sympathique qui, dans son impossible jargon, lui avait révélé l'affection de Pierre, cette syphilis dont lui-même, comme Anna, pouvait souffrir…

Ce furent pourtant d'autres images qui glissèrent paisiblement, à ses côtés, dans son sommeil.

L'image de Mathilde debout sur le seuil du bureau, incapable de répondre à la question fatidique qu'il lui avait posée : « Mathilde, avez-vous couché avec mon père ? »

Elle s'était défendue longtemps avant d'avouer avec une espèce de naïveté touchante : « Une fois seulement ! »

Damien avait encaissé le choc sans réagir. Puis il avait pensé qu'en dépit de la grâce qui émanait d'elle, il ne pourrait jamais faire l'amour avec Mathilde Tréguier. C'était pour lui désormais quelque chose d'inconcevable. André Leguenec l'avait possédée et, par-delà la mort, son empreinte subsisterait à jamais dans sa chair. Une sorte de parfum criminel qui ferait de lui, s'il osait la toucher, un transgresseur.

C'était un peu ridicule, il en était conscient. Car Mathilde, elle, n'avait fait preuve d'aucun romantisme. Elle avait parlé de solitudes réunies, d'abandon tendre. Elle lui avait décrit son père comme un être plus subtil, plus complexe qu'on ne l'imaginait au premier abord. Damien avait écouté sans vraiment attacher d'importance à ses propos. Elle n'avait vu que l'une de ses facettes et encore dans des circonstances si particulières qu'elle ne pouvait en tirer de conclusions.

La discussion avait tourné court en revanche lorsqu'il s'était agi du dossier. Mathilde s'était abritée derrière l'autorité de Mélanie Leguenec. Elle s'était contentée de remettre les pièces à sa mère. Elle en ignorait le contenu.

Damien ne l'avait pas crue bien entendu. De son propre aveu, Mathilde ne connaissait que le nom du principal protagoniste, Danuta Zajaczek, une ancienne employée de la Compagnie que, sans doute, son père avait fréquentée. Elle avait insisté sur le mot « fréquentée ». Il en avait déduit une banale affaire d'adultère.

Danuta Zajaczek vivait désormais à Paris.

Pourquoi Mélanie avait-elle prêté plus d'attention à celle-là ? Car la Matriarche ne pouvait l'ignorer, il y en avait eu d'autres, beaucoup d'autres au cours de toutes ces années.

Et puis, il y avait eu ce nom : Solowitz. Ce ne pouvait être une coïncidence. Danuta Zajaczek était originaire de Solowitz et Anna Kowalski était née à Solowitz.

Pourquoi ce seul nom faisait-il remonter tant de souvenirs terrifiants à l'esprit de Mélanie Leguenec ?

Avant de partir à Paris, Damien avait téléphoné de Lorient à une relation d'André, Paul Fargeon, commissaire du 11ᵉ arrondissement, en le priant de bien vouloir le recevoir. Fargeon lui avait donné rendez-vous pour le lendemain.

36

Paul Fargeon s'était montré courtois. Il l'avait reçu dans son commissariat du quartier de la Roquette. Il avait paru affecté par la mort de son père. Ils se connaissaient de longue date. Hélas, il n'avait pu se déplacer pour l'enterrement. Il s'en était excusé auprès de Damien.

Comme il s'était excusé de ne pouvoir lui être d'un grand secours au sujet de cette Danuta Zajaczek.

Damien n'était pourtant pas reparti bredouille. Fargeon avait téléphoné à son collègue, Mesnardier, inspecteur à la brigade des mœurs que tout le monde continuait d'appeler « la mondaine ». Mesnardier avait accepté de le rencontrer le jour même, eu égard au prestigieux nom de Leguenec et aux relations que Fargeon prêtait à son père.

C'était un homme moins affable que le commissaire, moins tiré à quatre épingles, de petite taille, au physique banal, aux cheveux brillantinés et au visage ingrat. Mais, à sa décharge, on pouvait invoquer le fait que ses fonctions l'amenaient à fréquenter des gens moins recommandables que son collègue du 11e arrondissement.

Le nom de Zajaczek ne lui était nullement inconnu en revanche.

– Zajaczek dite Mme Agnès, encore appelée la Louve, énonça l'inspecteur. Pourquoi un homme comme vous, monsieur Leguenec, s'intéresse-t-il à cette femme ? Si vous étiez l'un de ses clients, je suppose que vous ne seriez pas dans ce bureau.

– L'un de ses clients ?

– Agnès est l'une des maquerelles les plus connues de Paris.

Damien ne manifesta ni surprise ni incrédulité.

– Elle ne l'a pas toujours été, dit-il.

Sa remarque eut le don d'intriguer l'inspecteur.

– Elle a travaillé pour mon père à Lorient, précisa-t-il. Il y a de cela pas mal d'années.

Visiblement, il lui apprenait quelque chose. Cela parut avoir pour effet de mettre l'inspecteur en confiance.

– Mais vous, que pouvez-vous me dire sur elle ? reprit Damien.

Mesnardier alla chercher un dossier dans une armoire métallique et l'ouvrit sous ses yeux.

– Elle tient trois bordels dans Paris, le plus sélect étant *L'Étoile d'argent* rue Alexandre-Parodi. Elle y reçoit une bonne partie du gratin parisien et dispose de « protections », comme on dit chez nous. Elle a commencé juste après la guerre. On sait qu'elle s'est prostituée auparavant dans plusieurs villes : Paris, Marseille, Le Havre, Grenoble. Elle est originaire de Pologne, d'un petit village nommé Solowitz. Il semble qu'elle soit arrivée en France vers 1880 avec sa mère. Sa mère est morte quand elle était très jeune et c'est comme ça qu'elle est tombée dans la prostitution. Le reste est un mystère. D'où tient-elle les fonds qui lui ont permis d'acheter les immeubles où sont installées ses maisons ? Nous l'ignorons. Récemment, elle a été entendue dans une affaire de drogue. Une fille serait morte chez elle d'après le témoignage anonyme d'un client mais on n'a jamais retrouvé de corps. Vous voulez voir sa photo ?

Mesnardier lui tendit un cliché. Prise de face et de profil, Danuta Zajaczek ne souriait guère sur sa photographie anthropométrique. Dans ce visage taillé dans le marbre qui était le sien, d'une beauté froide et énigmatique, on ne voyait que les yeux. Son regard avait quelque chose d'animal, de félin, et n'exprimait qu'une sorte de macabre indifférence.

– Une cinquantaine de filles au moins travaillent pour elle. Elles sont régulièrement suivies par des médecins. Elle y tient. C'est ce qui fait sa réputation et ce qui rassure sa clientèle. On ne connaît pas son chiffre d'affaires réel mais il est considérable.

– Et les filles ?

– Jolies et plutôt bien éduquées.

– Elles sont toutes fichées ?

– Les régulières, oui. Les occasionnelles, non évidemment.

– Vous avez des photographies ?

Le regard de l'inspecteur hésita un moment entre le doute et l'agacement. Puis il repoussa sa chaise et se dirigea de nouveau vers l'armoire tandis que Damien demandait :

– Vous avez parlé de protections ?

– On pense qu'il s'agit d'un ministre en fonction.

– Et ses clients ?

– Des notaires, des avocats du barreau, des assureurs, des députés, des écrivains, des notables de province. C'est très… éclectique.

Au mot « assureur », Damien avait réagi par un spasme de l'estomac.

– Inspecteur, je ne vous demande pas de noms bien entendu… Mais c'est peut-être important pour moi… Vous avez parlé d'assureurs et de gens de province.

Mesnardier se taisait et Damien le regardait sans humilité ni arrogance. Le fait qu'il eût besoin de lui donnait à l'inspecteur une importance qui flattait sa vanité. Pourtant, il tergiversait. À la mondaine, on pouvait se faire beaucoup de relations et aussi beaucoup d'ennemis. Mais avec un assureur de province…

Pourquoi Damien pensait-il au directeur de L'Alliance nouvelle ?

– Allez-y ! dit Mesnardier en revenant s'asseoir avec une petite boîte en carton.

– Antoine Lepront ?

Silence.

– C'est possible.

Le ton était sans équivoque et Damien se laissa porter par une onde de jubilation.

L'inspecteur avait refermé le dossier de Danuta Zajaczek. Il déposa la boîte sur le bureau.

– On a quelques clichés. Du moins de celles qui ont été arrêtées pour des délits mineurs ou pour racolage avant de travailler chez Agnès.

Il sortit une petite pile de photographies et la lui tendit comme on tend un jeu de cartes. Lentement, Damien les examina les unes après les autres. Jusqu'au moment où son regard s'arrêta sur celle d'une très jeune femme blonde aux cheveux bouclés, aux yeux bleus, aux pommettes piquetées de taches de rousseur.

Son visage était plus mince, son regard plus farouche. Mais il n'y avait aucun doute possible, c'était bien Anna Kowalski.

Damien eut le sentiment étrange qu'une partie de son être lui échappait et qu'il devenait inconsistant et mou de l'intérieur. Le sang lui monta au visage. Mesnardier dut le remarquer car il lui proposa un verre d'eau.

– Cette chaleur, dit-il. Je ne sais pas ce que je donnerais pour aller pêcher sur les bords de Marne.

– Celle-ci, dit enfin Damien en désignant Anna, vous avez des renseignements à son sujet ?

L'inspecteur des mœurs soupira mais consulta sa fiche.

– Anna Kowalski, née à Solowitz en Pologne comme Zajaczek. Date de naissance inconnue. A travaillé pendant trois ans avec elle. Arrêtée le 7 juin 1922 pour complicité dans une affaire de cambriolage. Ce n'était pas clair. Elle n'a fait qu'un an et demi de prison puis on l'a relâchée. Depuis, elle aurait quitté le milieu de la prostitution. Je n'ai pas d'autres renseignements… Ah si, elle aurait eu un enfant, un fils, avec un ouvrier, polonais comme elle, dont elle se serait très vite séparée.

Un enfant ? Le détective engagé par Mélanie avait parlé d'un enfant qu'aurait invoqué Anna pour justifier sa tentative de vol chez Gelder.

– On sait ce que l'enfant est devenu ?

Mesnardier secoua la tête.

– Nous avons déjà bien du mal à suivre ces filles à la trace sans nous occuper en plus de leur progéniture. D'ailleurs ce genre de filles, vous savez, elles ne s'embarrassent pas d'un gosse, elles aiment avoir les coudées franches. Peut-être l'a-t-elle abandonné ou confié à une parente, une amie. Peut-être même continue-t-elle de l'élever seule. Allez savoir !

Il n'aurait su dire pourquoi mais Damien ne parvenait pas à imaginer Anna abandonnant son enfant.

L'inspecteur poursuivait sa tirade sur ces « filles de rien » qui, dans le meilleur des cas, trouvaient un protecteur qui les « installait » en ville. Il en avait même connu un qui avait payé les études du gamin. Celui-ci était devenu un notaire assez en vue dans le 7e arrondissement de Paris.

Damien l'écoutait à peine. Il ne savait plus s'il devait rire ou pleurer, blâmer l'inspecteur ou le remercier pour cette délivrance. Il s'était fourvoyé et Pierre plus encore que lui.

Seule Mélanie avait vu clair dans le jeu d'Anna mais ils n'avaient pas disputé cette partie sur un pied d'égalité, elle avait plusieurs longueurs d'avance. Anna, une ancienne fille de maison close ! « Une traînée », aurait dit sa mère. Voilà qui expliquait ses mensonges ! Son passé n'était qu'un leurre, une architecture en stuc édifiée par degrés à la façon d'une trompeuse pâtisserie.

Était-ce elle qui avait infecté Pierre du virus de la syphilis ?

Il ferma les yeux. Les sensations douloureuses se succédaient à présent sans qu'il parvînt à les maîtriser. Il souffrait et se sentait en même temps animé par une énergie mauvaise, une envie de la salir pour mieux s'en détacher comme le faisaient certains hommes lorsqu'ils n'étaient pas parvenus à conquérir la femme qu'ils convoitaient.

– De toute façon, poursuivait Mesnardier, Agnès a des soucis à se faire. Une fille passe encore, mais on vient d'en repêcher une autre dans la Seine, du côté de Nogent. Les deux travaillaient rue Alexandre-Parodi. On sait qu'elles étaient consommatrices de cocaïne ou d'héroïne. Ce qu'on ignore, c'est le nom de leur fournisseur. Si c'est Agnès, ses protections ne joueront plus. Je sais en outre qu'on envisage depuis quelque temps, en haut lieu, de fermer sa boutique et de lui demander des comptes.

Damien s'était mis à transpirer et l'inspecteur, en face de lui, parut inquiet. Craignait-il qu'il ne fasse une syncope dans ses bureaux ? Damien se sentait pourtant plus euphorique qu'abattu. Mais ce n'était là encore que faux semblant. Très vite, sa pression artérielle retomba et il faillit s'effondrer sur lui-même. Mobilisant ses dernières forces, il parvint à se lever, à remercier l'inspecteur pour sa précieuse collaboration et à quitter les bureaux de la Mondaine.

Une fois à l'air libre, il marcha longuement au hasard. Il avait promis de repasser par l'Hôtel-Dieu mais il n'en avait pas le courage. Il verrait un médecin à Nantes. Pierre devait être définitivement sorti du coma à présent. Peut-être parlait-il avec Anna ? Damien revoyait leurs mains réunies et le visage angélique d'Anna penché sur lui. Se pouvait-il qu'elle eût changé au point que son passé ne comptait plus ? Était-il possible à un être de vivre plusieurs vies ? Ou les apparences ne faisaient-elles que masquer une réalité toujours présente ?

Autour de lui, les passants semblaient des corps-morts enracinés dans le dur revêtement de la chaussée. Tout était figé, irréel. Il circulait entre des obstacles qui ralentissaient sa trajectoire. Il ne percevait plus les bruits de moteurs des voitures, ni les appels, ni les cris, ni les mille et une rumeurs de la ville. Il se contentait d'avancer en aveugle, évitant tout contact avec une réalité qui ne cessait de le fuir.

Lorsqu'il sortit enfin de ce rêve éveillé, une heure s'était écoulée depuis qu'il avait quitté le bureau de Mesnardier. Une heure qui lui avait paru hors du temps. Il ne lui restait plus qu'à passer prendre ses affaires à sa chambre d'hôtel et attendre le prochain train pour Lorient.

Il se moquait bien de ce que sa famille penserait de lui. Il se moquait même de rater son rendez-vous avec le docteur Labarre. Savoir si, oui ou non, il avait contracté la syphilis ne le concernait plus.

En réalité, ni Pierre ni Anna n'avaient besoin de lui. Personne n'avait besoin de lui. C'était même l'erreur la plus magistrale qu'il ait commise depuis qu'il avait atteint l'âge d'homme : croire qu'il était indispensable et trouver normal de devoir souffrir en conséquence. Il ne l'était pas. Pas davantage à sa famille qu'à la Compagnie. Il était remplaçable. Il avait assumé des problèmes qui n'étaient pas les siens et on lui en voulait. Ceux qui l'accompagnaient depuis tant d'années avaient obéi à un double mouvement : se reposer sur lui de leurs attentes et le haïr de porter le poids de leurs propres faiblesses.

Un sentiment de liberté extraordinaire le submergea. Toute sa vie, il avait été comme un voyageur qui, dans un train, se serait encombré de ses valises au lieu de les laisser dans le filet à bagages. La crainte d'être écrasé par la lourdeur de sa charge n'était qu'un leurre. La vérité était qu'il avait toujours voyagé léger et qu'il ne le savait pas. Il n'y avait même aucun fardeau à déposer, car le fardeau n'avait jamais existé que dans son imagination.

Damien pressa le pas. Il se sentait aussi alerte qu'au début de sa liaison avec Anna. C'était la même sensation d'espace et de liberté souveraine. Tout lui paraissait facile. Il suffisait d'accepter et de ne plus se poser de questions : accepter la sécheresse de Mélanie et l'égoïsme d'André Leguenec, l'inconséquence de Pierre et la trahison d'Anna. Pourquoi s'interroger à leur sujet ? Pourquoi les mettre au centre de ses réflexions et construire tout autour d'eux une structure mensongère au lieu d'accepter les faits ?

Il prit le métropolitain et regagna la gare Montparnasse. Il avait un train en milieu d'après-midi.

Il ne téléphona même pas à l'Hôtel-Dieu pour prévenir Anna de son départ.

37

Damien ne reparut pas à La Charmitière durant tout le mois de septembre. Une seule fois, Mélanie Leguenec lui téléphona pour lui annoncer le retour de Pierre et d'Anna à Lorient et surtout lui dire tout le mal qu'elle pensait de son indifférence envers la maladie de son frère. Damien écouta à peine et ne répondit rien.

Incidemment, il apprit au cours de la même conversation qu'Anna ne souffrait pas de la même affection que son mari. Il en fut rassuré pour elle.

Pierre et Anna avaient finalement décidé de s'installer à Kernevel. Damien prévint qu'il ne s'y rendrait peut-être pas avant des semaines et mit un terme à la discussion en prétextant un rendez-vous avec ses avocats en vue du procès qui allait opposer la Compagnie à son assureur nantais.

« Tu es vraiment comme ton père », avait persiflé Mélanie Leguenec.

Damien n'avait su comment interpréter cette remarque. Puis elle avait ajouté avant de raccrocher : « J'ai vraiment honte pour toi. Lorsque le malheur frappe une famille le moins que l'on puisse faire est de rester auprès des siens. Mais tu préfères ton sale petit orgueil à la vie de ton frère ! »

Il avait cru qu'elle dirait « auprès de ceux qu'on aime » mais « les siens » avaient suffi. Elle était en colère mais pas au point de faire aveu de faiblesse.

Peu à peu, les éléments du puzzle se mettaient en place : les mystères de la vie d'André Leguenec, les secrets inavoués de Mélanie, l'apparition d'Anna à Lorient, sa liaison avec lui puis son mariage avec Pierre, le rôle encore énigmatique de Danuta Zajaczek, les liens troubles entre Mme Agnès et Anna…

Bien des ombres subsistaient malgré tout, nocives, toutes imprégnées encore d'un magnétisme négatif dont la charge continuait d'émettre et sans doute faudrait-il encore du temps pour les neutraliser.

Au mois d'octobre, Damien décida de faire mettre en chantier à Nantes un yacht d'une quinzaine de mètres pour remplacer son sloop dont les membrures s'étaient mystérieusement mises à prendre l'eau de toutes parts. Puis il rendit visite à Antoine Lepront. Celui-ci, surpris, accepta malgré tout de le recevoir.

En quelques minutes, Damien le convainquit de renoncer à son procès. Le bordel de Mme Agnès était sans nul doute accueillant mais il allait bientôt fermer et mieux valait que son nom ne soit pas associé à l'affaire sordide qui en résulterait. Antoine Lepront, fervent catholique, marié et père de six enfants, connu à Nantes pour ses œuvres caritatives, comprit très vite où était son intérêt. Il n'en remercia pas moins Damien pour les informations privilégiées dont il lui avait fait part et le raccompagna en affirmant que les poursuites contre la Compagnie pour manquement au contrat d'affrètement seraient prochainement abandonnées.

Soulagé de n'avoir plus à lutter sur ce front, Damien regagna Lorient avec le sentiment d'avoir accompli son dernier devoir envers la société Leguenec. Son nom ne serait pas livré à la vindicte populaire pour avoir délibérément mis en danger la vie des marins du *Charmitière II*. Le vice de forme qu'avaient trouvé les avocats de L'Alliance nouvelle dans le contrat était peut-être réel mais l'accusation d'imprudence n'en restait pas moins fausse et il comptait sur Antoine Lepront pour désamorcer les éventuelles campagnes de presse qui viseraient la Compagnie.

Au mois de novembre, alors que la Chambre des députés votait une nouvelle loi électorale et que la France se félicitait de la victoire de Cochet, Lacoste, Borotra et Brugnon dans la coupe Davis, Damien Leguenec envisageait sérieusement, une fois qu'il aurait fait place nette, de quitter Lorient.

La ville où tout avait commencé et où tout allait finir pour lui.

38

Tout était tranquille ce matin-là lorsque Mathilde Tréguier pénétra dans les bureaux de la rue Carnot. Il était sept heures et quart. Les employés n'étaient pas encore arrivés et le silence qui régnait dans les étages, dans les vastes pièces où crépitaient d'ordinaire les machines à écrire et grésillait la sonnerie des téléphones, répondait au calme de la rue déserte et noyée de pluie.

Damien Leguenec avait-il dormi sur place comme il le faisait depuis des mois ? Elle jeta un coup d'œil à l'intérieur de son bureau. Son manteau et son chapeau étaient jetés négligemment sur une chaise et l'on pouvait voir, sur le parquet, de minuscules flaques d'eau où surnageaient de petits filaments laineux.

Un bref instant, elle fut tentée de pousser la porte de la pièce attenante. Elle aurait voulu le surprendre dans son dernier sommeil, avant qu'il n'ouvre les yeux et n'abandonne, en une fraction de seconde, cette innocence qui donne à tous les dormeurs ce visage apaisé impossible à imiter à l'état de veille. Elle avança la main vers la clenche et commença de peser doucement sur elle. Mais un toussotement derrière la porte l'arrêta net.

Elle revint sans faire de bruit vers son bureau et sortit le dossier « Alliance nouvelle » pour y mettre de l'ordre et le classer définitivement aux archives. Quelques instants plus tard, elle entendit de l'eau couler dans le cabinet de toilette, puis tous les bruits familiers du matin, l'écho rassurant de tous ces rituels auxquels un homme se livre avant d'affronter une journée ordinaire.

Damien sortit de sa chambre un quart d'heure plus tard. Il était en pantalon et en bras de chemise. Par la porte entrouverte, Mathilde le vit s'asseoir à son bureau et passer une main dans ses cheveux. Il avait l'air à la fois calme et harassé.

Lorsqu'il s'aperçut enfin de sa présence, il l'appela d'une voix presque tendre.

Elle le laissa répéter une seconde fois « Mathilde » pour le simple plaisir d'entendre le son de sa voix prononçant son prénom.

– Oui, monsieur ?

– Vous pouvez venir un moment, s'il vous plaît ?

Damien embrassa sa silhouette d'un seul coup d'œil. Elle avait fait couper ses cheveux assez court selon la mode en vigueur. La jupe de son tailleur pastel frôlait le dessus du genou. Elle ne ressemblait plus du tout, dans cette tenue, à une institutrice de province un peu apprêtée.

– Vous êtes très matinale, observa-t-il.

– J'avais du mal à dormir et comme j'avais du travail en retard…

– J'aimerais que tous les employés de cette maison soient aussi consciencieux que vous.

Il avait envie de lui faire un compliment car il n'avait, en vérité, à se plaindre d'aucun de ses salariés, même de ceux qui chuchotaient sur le palier.

– Je peux faire quelque chose pour vous, monsieur ?

– J'ai envie de prendre un café. Vous m'accompagnez ?

Ils se rendirent place Bisson et entrèrent au café de l'Espérance. Cela faisait bien longtemps qu'il n'y était pas revenu ; il associait l'endroit à sa rencontre avec Anna. La salle était presque déserte. Il faisait encore nuit et la chaleur accueillante contrastait avec le froid nerveux du dehors.

Pendant un long moment, ils restèrent silencieux à boire leur café et à déguster leur croissant. Mathilde évitait de croiser son regard et, de temps à autre, elle fixait le sien sur un client ou le laissait suivre les allées et venues du serveur pour se donner une contenance.

Sans doute, autrefois, Damien se fût-il senti mal à l'aise en pareille situation, mais plus aujourd'hui. Peut-être eût-il hésité à prononcer ces mots, mais pas ce matin-là.

– Mathilde, cela fait des années que nous travaillons ensemble. Il faut que je sache : êtes-vous amoureuse de moi ?

La question figea le bas de son visage tandis qu'elle mastiquait un croissant. Son regard s'affola, puis ses mains se refermèrent autour de la grande tasse de café encore brûlante comme si elle cherchait à son contact une source de chaleur supplémentaire qu'elle transmettrait à sa voix.

– Depuis le premier jour..., dit-elle enfin. Depuis le premier jour, Damien...

C'était la première fois qu'elle l'appelait Damien sans rougir ni chercher d'échappatoire.

– Pourquoi ?

Il savait bien que la question était absurde. Il cherchait seulement à la déstabiliser. Elle avait répondu avec tant de franchise qu'il se dit que les choses n'allaient sans doute pas être aussi simples qu'il ne l'avait supposé.

– Je ne sais pas, dit-elle, et je ne tiens pas à le savoir. C'est arrivé naturellement.

– Vous n'avez personne dans votre vie.

– Ça ne compte pas !

– Que voulez-vous dire ?

– Rien d'autre que : « Ça ne compte pas. »

Ce fut son tour de rester pétrifié l'espace d'un instant. Il croyait la connaître, il faisait fausse route. Il avait prêté à Mathilde une existence lisse et sans nuances. Mais ce « ça ne compte pas » révélait à l'évidence qu'il n'en était rien. Il lui avait imaginé une vie asexuée, dénuée de toute fantaisie. Elle se révélait plus complexe qu'il ne l'imaginait. Mathilde Tréguier n'avait pas seulement une belle âme, elle avait aussi un corps, des exigences. Pourquoi ne l'avait-il pas compris le jour où elle avait posé la main sur son bras dans son bureau ?

Les êtres qui nous paraissent les plus familiers sont très souvent ceux que l'on connaît le moins. Ils finissent par occuper un espace, représenter une sorte de décor dont on ne remet jamais la réalité en question. Quelques éléments de caractère suffisent à composer leur personnage et ils demeurent à tout jamais figés dans un rôle. Par paresse autant que par confort, on ne veut voir que ces éléments isolés, oubliant tout ce qui peut nous choquer, tout ce qui pourrait altérer l'image soigneusement entretenue que nous nous faisons d'eux.

– Alors, si vous m'aimez vraiment, murmura Damien, dites-moi ce qu'il y a dans le dossier que vous avez remis à ma mère sur Danuta Zajaczek ?

Le regard de Mathilde Tréguier s'assombrit. Elle se mit à balbutier :

– Pourquoi… pourquoi me demandez-vous ça ?

– Je dois savoir. André Leguenec était mon père. Que vous ayez couché avec lui ne me regarde pas. Mais, dans ce dossier, il y a sûrement des réponses à certaines questions que je me pose depuis longtemps. Vous me devez la vérité !

Elle avait espéré un aveu, à tout le moins des confidences. Elle voulait l'entendre parler d'eux, quitte à souffrir. Au lieu de cela, il l'avait attirée dans ce café uniquement pour lui arracher des secrets. Un court instant, l'ombre d'Anna

Kowalski plana sur l'Espérance, au point que Mathilde crut la voir entrer quand une jeune femme blonde poussa la porte de l'établissement, chassant devant elle une vague de froid et d'humidité.

Par les larges vitres du café, on apercevait l'effigie d'Hyppolite Bisson, statufié pour avoir dynamité en 1827 son brick, *Le Panayotti*, afin qu'il ne tombe pas entre les mains des pirates. Et, chacun de son côté, Mathilde et Damien songeaient que c'était un bien mince fait d'armes pour mériter d'occuper le centre de la place depuis un siècle.

– Vous ne voulez pas me répondre ?

– J'ai promis à votre père. En fait, je devais vous remettre le dossier cinq ans après sa mort.

– Cinq ans !

Pourquoi ce délai ?

– Et vous auriez attendu ?

– J'essaie toujours de tenir mes promesses.

Il n'avait aucun argument à opposer à cela. Il savait ce que signifiait avoir une parole pour la plupart des marins qu'il avait rencontrés, pour ceux qu'il commandait encore. Il eût cependant aimé qu'elle fît une exception.

– Et s'il nous était arrivé quelque chose pendant ces cinq années, je n'aurais donc jamais su ?

– Non. J'étais la seule à connaître le nom de la banque et à pouvoir retirer le dossier.

– Pourquoi l'avoir remis à ma mère alors ? Et comment a-t-elle appris son existence ?

– Je l'ignore. Peut-être a-t-elle bluffé !

Elle en était capable. Sous ses dehors policés, Mélanie Leguenec était en mesure d'employer les procédés les plus tortueux pour obtenir satisfaction.

– Vous en avez fait une copie ?

– Non !

– Pas même d'une lettre ou d'un papier quelconque ?

– Non.

Elle omit volontairement de parler de la confession. Sa dernière arme.

Damien, agacé, alluma une cigarette sans lui en offrir une. Il eût d'ailleurs été incapable de dire si elle fumait ou non. De mémoire, il ne se souvenait pas d'avoir jamais senti une odeur de tabac rôder autour d'elle.

– Vous ne voulez vraiment rien me dire ?

– Madame Leguenec...

– Je sais, coupa Damien. Vous allez me dire que je n'ai qu'à aller voir ma mère. Mais ma mère se taira. Il n'y a plus que Pierre qui l'intéresse depuis son accident. Déjà que je comptais pour rien auparavant... Répondez-moi au moins par oui ou par non. Danuta Zajaczek était-elle la maîtresse de mon père ?

– Oui.

– Pendant longtemps ?

– Trois ans !

– Ma mère le savait, je suppose.

– Oui.

– Ils ont eu un enfant ensemble ?

Mathilde Tréguier eut un moment d'hésitation.

– Oui...

Damien sentit monter en lui une colère sourde. Le secret d'André Leguenec se limitait à une banale histoire d'alcôve.

– Cet enfant, c'est...

– Ce n'est pas Anna si c'est ce que vous voulez savoir...

Sa pression sanguine reflua. Au moins n'existait-il aucun lien de parenté entre eux, ni entre Pierre et Anna. Mélanie y avait-elle songé elle aussi ? Ou le savait-elle depuis le début ?

– Et l'enfant est la clé, n'est-ce pas ? demanda-t-il encore.

– Oui…

Une stupide affaire d'adultère : voilà à quoi on aurait pu résumer le mystère des Leguenec s'il n'y avait eu Anna Kowalski. Était-elle simplement la créature de Danuta Zajaczek ? Jouait-elle son propre rôle ? Mais dans les deux cas pourquoi avoir attendu aussi longtemps avant de faire ressurgir une histoire vieille de trente ans ?

Damien Leguenec interrogeait Mathilde du regard. Mais celle-ci n'en dirait pas davantage. Elle n'espérait qu'une chose : qu'ils retournent au bureau et qu'il aille demander lui-même des explications à la Matriarche.

– Vous savez, Mathilde, que je pourrais vous renvoyer ?

– Je le sais. Mais vous ne le ferez pas.

– Pourquoi en êtes-vous si sûre ?

– Parce que vous avez besoin de moi et que vous pensez que je vais finir par tout vous dire. Parce que…

Elle s'interrompit, et là, pour la première fois, à ses traits tendus, à ses épaules légèrement penchées en avant, elle vit qu'il attendait quelque chose d'elle.

– Parce que vous commencez à m'aimer en dépit de votre père…

39

– Anna ! Bon Dieu, Anna !

Pierre Leguenec tournait en rond, tel un lion énervé. Il avait mis toute la chambre sens dessus dessous, vidé les étagères de la bibliothèque, fouillé sous les matelas et même éparpillé ses vêtements sur le sol. Sans résultat. Et l'amoncellement, au centre de la pièce, de livres, de vêtements, de literie et d'objets divers inspirait une sensation étrangement désagréable semblable à celle qu'on éprouve en découvrant qu'on a été victime d'un cambriolage.

Anna Kowalski pénétra précipitamment dans la chambre.

– Pierre ! Qu'est-ce que tu fais ?

Il était agenouillé près du lit.

– Il y avait une arme… Je suis sûr qu'il y avait une arme dans la table de nuit. Où est-elle ?

– Mais Pierre, il n'y a jamais eu d'arme dans cette chambre. Et puis que voudrais-tu faire d'une arme ?

La chambre était plongée dans la pénombre. Les doubles rideaux avaient été tirés, et le premier réflexe d'Anna fut d'aller entrouvrir une fenêtre pour chasser les relents de tabac qui empoissaient les tissus.

– Comment veux-tu retrouver quelque chose dans le noir ? demanda-t-elle.

Il y avait bien eu une arme autrefois. Comme il y avait eu aussi un couteau de chasse accroché au mur. On s'était empressé de les soustraire à la vue de Pierre Leguenec de peur qu'il ne voulût s'en servir lors d'une nouvelle crise. Depuis, il les cherchait partout.

– Allez, Pierre, viens m'aider à ranger.

Il clignait des yeux face à la lumière trop vive, s'exécutait malgré tout. À présent, elle lui parlait et agissait comme si elle eût affaire à un enfant. Elle le surveillait en permanence et, dès qu'elle s'absentait, Mélanie et Cécile prenaient le relais. D'un commun accord, elles avaient tenu à éviter l'hospitalisation ou la maison de santé. Mais la situation empirait chaque jour un peu plus. La syphilis progressait inexorablement, occasionnant des désordres psychiques de plus en plus flagrants.

À bout de nerfs, Anna rassemblait les livres pour les remettre en place sur les étagères tandis que Pierre ramassait ses vêtements épars et les examinait d'un air soupçonneux avec le sentiment évident qu'ils appartenaient à quelqu'un d'autre. Il les tenait du bout des doigts comme s'il avait craint de se salir à leur contact et les jetait pêle-mêle dans un tiroir de la commode.

Parfois, de brusques accès de lucidité lui laissaient quelques heures de répit. Il se plaignait alors de sa maladie, s'excusait de ce qu'il fallait bien maintenant appeler sa « démence ». Puis il replongeait dans son monde onirique où alternaient les ombres, les couchers de soleil et les ténèbres les plus profondes.

Chaque jour cependant, la nuit gagnait du terrain. Deux jours plus tôt, il avait brandi un couteau devant Cécile. Il était resté là, debout devant elle, et chacun s'était demandé pendant un court instant s'il avait l'intention de la frapper ou s'il retournerait l'arme contre lui. Le pire danger pour Anna restait la cigarette. Il les fumait l'une après l'autre avec une sorte d'avidité maladive, ne s'arrêtant que pour dormir d'un sommeil bref et agité. N'allait-il pas un jour déclencher un incendie par imprudence ?

Anna n'en pouvait plus. Aujourd'hui, elle eût donné son accord pour l'enfermement mais Mélanie continuait de s'y opposer. Le combat qu'elles menaient était pourtant perdu d'avance. Pierre ne réagissait plus aux traitements.

La veille, Anna avait surpris une conversation au téléphone entre Damien et sa mère. Celle-ci lui reprochait de fuir La Charmitière. Elle l'accusait de se protéger et d'abandonner sa famille. Damien avait dû répondre qu'il pouvait faire venir un spécialiste de Paris et que ce dernier les aiderait à prendre une décision. Mais Mélanie Leguenec avait littéralement explosé au téléphone : « Moi vivante, Damien, jamais ton frère n'ira dans un asile, même un asile de luxe ! »

Elle avait raccroché et Anna l'avait entendue pleurer pendant plusieurs minutes à côté de l'appareil.

Le seul « bénéfice » de la syphilis était que Pierre n'avait pas eu besoin de sevrage. Il avait abandonné la drogue sans même s'en apercevoir. Elle ne lui était plus utile. Il l'avait remplacée par d'autres paradis artificiels, se débattant dans un monde où la réalité se confondait avec des fictions nées de son imagination, des phantasmes compliqués entremêlés de souvenirs d'enfance. Il perdait la notion du temps. Son existence n'était plus qu'un flux d'images sans cesse décomposées et recomposées. Les objets et les êtres y perdaient de leur matérialité. Il n'y avait plus de formes stables, plus d'entités définies. Il avançait la main vers un vase de porcelaine et s'étonnait de rencontrer une résistance. Il touchait le visage d'Anna du bout des doigts, puis les retirait précipitamment comme sous l'effet d'une brûlure.

Tout en reclassant les livres de la bibliothèque, Anna le surveillait du coin de l'œil. Que faisait la Louve à cette heure ? Sa vengeance, depuis le début, s'exerçait à distance.

Elle n'avait pas sous les yeux, comme elle, l'effroyable spectacle de la déchéance quotidienne de Pierre. Parmi les ouvrages jetés ici et là, elle ramassa une bible. Un instant, elle fut tentée de l'ouvrir et, comme autrefois, d'y choisir un psaume au hasard. Elle n'alla pas jusqu'au bout de son geste. Elle était damnée de toute façon. En acceptant de servir la vengeance de Danuta, elle s'était faite la messagère du malheur. Elle avait répondu au mal par le mal. Mais, cette fois, son rôle était bien terminé. Les forces de l'enfer pouvaient bien se déchaîner contre elle, elle n'irait pas plus loin. La Louve la laissait d'ailleurs en paix depuis son retour de Londres. Elle n'aurait bientôt plus qu'à réclamer son dû et à se faire oublier.

Que pourrait bien penser Pierre de tout cela si les ténèbres ne l'avaient déjà englouti ?

Tantôt il apparaissait menaçant, tantôt aussi faible qu'un nouveau-né. Les expressions de son visage changeaient aussi vite que ses humeurs ou ses envies. Il écoutait de la musique, puis lisait un livre qu'il reposait au bout de quelques minutes, incapable d'en suivre le récit, demandait à sortir dans le jardin puis à rentrer presque aussitôt parce qu'il faisait trop chaud ou trop froid. Il ne voyait plus personne. Seule une infirmière venait chaque jour lui administrer ses calmants. Mélanie Leguenec l'avait choisie pour son mutisme et Anna ne se souvenait pas, en effet, de l'avoir entendue prononcer plus de trois ou quatre phrases en sa présence.

Pour le moment, il avait l'air calme et elle se dit qu'elle pourrait en profiter pour descendre à la cuisine, demander une tasse de café fort. Elle fit quelques pas vers la porte. Mais, au moment de passer près de Pierre, celui-ci lui agrippa les poignets.

– Le pistolet Anna ! Où est le pistolet ?

Elle essaya de se libérer.

– Le pistolet ! hurla-t-il.

Tout en se débattant, elle cria :

– Il n'y a pas de pistolet ! Tu entends, espèce de cinglé !

Il était trop tard pour ravaler ses mots. Elle aurait voulu ne les avoir jamais prononcés. Mais la fatigue avait raison d'elle, un peu plus chaque jour.

Exaspéré par sa résistance, il la projeta violemment sur le lit et vint se coucher sur elle. Depuis que sa maladie s'était aggravée, il alternait les périodes d'impuissance et les crises de délire sexuel.

Il remonta sa jupe et força un genou entre ses cuisses. Anna revit la scène de l'hôtel à Londres défiler dans son esprit.

– Tu me fais mal ! cria-t-elle.

Une gifle s'abattit sur son visage, puis une autre, une autre encore.

Pierre Leguenec ne se contrôlait plus. Le médecin avait beau augmenter sa dose de calmants depuis deux semaines, cela ne changeait rien. Lorsqu'il était dans cet état, rien ne pouvait l'arrêter et, plusieurs fois, elle avait craint qu'il ne la tue.

Pierre éclata d'un rire sardonique et s'acharna sur elle, serrant ses poignets entre ses doigts tétanisés. Dans ces moments-là, il déployait une force peu commune en dépit de sa maigreur. Le souffle court, Anna se débattait sous lui avec des tortillements de salamandre. Elle cherchait à lui échapper mais il la maintenait de tout son poids. Il souriait. Il bougeait à peine les muscles du visage, presque en extase. Alors, Anna gonfla ses poumons et hurla le premier nom qui lui vint à l'esprit :

– Damien !

Tétanisé, Pierre finit par lâcher prise. Désemparé, il se redressa puis, hébété, recula, contourna le lit et traversa la pièce pour s'adosser au mur en gémissant :

– Damien… Damien…

Anna reprenait lentement sa respiration. D'un bond, elle se remit sur ses pieds, défroissa sa robe et porta la main à sa poitrine, secouée par une quinte de toux. Les larmes aux yeux, elle le chercha alors du regard.

Il s'était blotti dans un coin de la pièce, le coin le plus sombre, juste derrière une armoire rouge et noire aux portes laquées recouvertes d'esquisses extrême-orientales. Il avait l'air terrorisé. En quelques minutes, il était passé de la folie furieuse à l'abattement le plus complet.

Anna s'approcha doucement.

– Pierre…

Il sanglotait. Il avait plongé son visage entre ses mains et elle voyait son corps tressaillir sous les hoquets.

– Pierre…

Les doigts s'écartèrent puis les mains glissèrent le long de son visage avant de se rejoindre à l'aplomb du menton dans un geste suppliant.

– Damien, murmura-t-il. Je veux voir Damien…

Anna recula d'un pas. La porte s'ouvrit à la volée et Mélanie Leguenec entra, hors d'haleine, décoiffée et portant une chemise de nuit d'un rose vif un peu ridicule. Cécile surgit juste derrière elle.

– Que se passe-t-il ?

Mélanie Leguenec s'était élancée sans réfléchir et, déjà, elle bousculait Anna pour l'écarter de son chemin.

– Ne touchez pas à mon fils ! s'écria-t-elle.

Elle s'agenouilla, lui passa une main sur la figure comme une nouvelle Marie-Madeleine essuyant le visage d'un nouveau Christ.

– Pierre… mon Pierre…

Elle aussi lui parlait comme à un petit enfant.

Pour la première fois, Anna la vit prendre son fils dans ses bras et ramener sa tête contre sa poitrine dans un geste maternel inattendu.

Les yeux de porcelaine étaient noyés de larmes.

– Là… Tout va bien, chuchotait-elle d'une voix de berceuse. Tout va bien… C'est fini…

Tout à coup, Anna eut le sentiment insupportable de ne plus être à sa place. Elle ne l'avait jamais été d'ailleurs. Elle n'était restée auprès de Pierre ces dernières semaines que par sentiment de culpabilité. Mais aujourd'hui, tout cela n'avait plus le moindre sens. Elle avait fait ce que la Louve attendait d'elle. Elle était allée jusqu'au bout de son œuvre destructrice. Elle avait un fils elle aussi. Il avait six ans. Elle ne l'avait pas revu depuis plus de huit mois. Elle lui écrivait. Danuta s'était occupée de tout. Mais à présent, c'est auprès de lui qu'elle devait être.

Elle referma doucement la porte. Puis elle descendit l'escalier en silence, prit son manteau sur la patère du vestibule et sortit tête nue de la villa. La température était fraîche, le temps sec. Elle remonta l'allée et se retourna une dernière fois vers La Charmitière. L'édifice évoquait l'image d'un escargot trapu qui, en rétractant ses antennes, eût cherché à se confondre avec le ciel gris en une masse plus compacte.

Elle n'y reviendrait pas.

Sa décision était prise. Elle prendrait une chambre en ville en attendant l'arrivée de Danuta. Ensuite, elle dirait adieu à Lorient.

À tout jamais.

40

Vide de toute présence, *L'Étoile d'argent* offrait une impression étrange : celle d'un palais des mille et une nuits abandonné ou celle d'un navire que l'équipage eût subitement déserté.

Danuta Zajaczek avait donné congé à tout le personnel pour la journée. Ne restait que Maritza, la cuisinière.

Et depuis l'aube, la Louve passait les chambres en revue, explorait les armoires, sondait les literies. À la recherche du moindre indice. Elle avait ordonné aux femmes de chambre de ne pas refaire les lits ni de nettoyer les cabinets de toilette. Et, à chaque fois qu'elle ouvrait une porte, soulevait un drap, remuait un oreiller, les parfums de l'amour tarifé assaillaient ses narines. Comment, depuis tout ce temps, ne s'était-elle pas écœurée de ces odeurs ?

Elle ne les supportait que parce qu'elles étaient l'émanation naturelle de son « commerce », un commerce lucratif qui avait constitué sa revanche sur la vie après qu'elle eut quitté Lorient.

Elle-même ne percevait plus vraiment sa chair comme une matière organique douce ou rêche, souple ou rigide. Aucune odeur d'ailleurs ne s'en exhalait. Son corps, au fil des années, s'était étrangement aseptisé.

Quel était le dernier homme qui avait posé les mains sur elle ? Cela devait remonter à une bonne quinzaine d'années.

Depuis, rien. Le temps s'était arrêté. Elle n'embellissait ni ne se desséchait. Elle semblait coulée dans un marbre rare. Il lui arrivait, les bons jours, d'en plaisanter en disant qu'il serait inutile, à sa mort, de l'embaumer. Elle se conserverait toute seule pour l'éternité.

La dernière chambre du premier étage, au bout du couloir, ressemblait à la salle d'une forteresse médiévale avec sa cheminée, son coffre à lourdes serrures, ses armoiries et un lit si large qu'on aurait pu y dormir à plusieurs. Yvonne l'appréciait particulièrement. Elle y emmenait souvent un homme d'une cinquantaine d'années à la silhouette longiligne, au visage grêlé, doux et aimable mais dont on devinait qu'il pouvait vous trancher la gorge avec le même sourire tranquille.

Danuta s'en méfiait. Elle avait connu un souteneur qui lui ressemblait, à Marseille dans les années 1902-1903. Il avait l'air inoffensif jusqu'à ce qu'on découvre qu'il avait défiguré trois filles à l'acide sur le Vieux-Port. Elles avaient refusé de le payer pour sa protection.

Comme dans les chambres précédentes, elle remua les draps et les taies d'oreiller, regarda sous le matelas, fouilla l'armoire, la salle de bains, scruta tous les interstices où l'on aurait pu dissimuler un sachet de poudre, oublier une seringue, un élastique. Mais rien.

Des tapis recouvraient la quasi-totalité de la surface de la chambre. Elle les replia l'un après l'autre. Les parquets semblaient en parfait état. Seule une lame présentait quelques irrégularités. Danuta s'agenouilla et tira sur l'extrémité. La latte céda sans difficulté.

Son ventre reçut alors une sorte de choc mou qui lui arracha à peine un soupir. On avait évidé le sol de manière à aménager une petite cache. Elle plongea la main à l'intérieur et en retira une sorte de grosse bourse en cuir noir.

La bourse renfermait une vingtaine de sachets de poudre blanche. Elle en ouvrit un. Elle n'aurait pas su faire la différence entre de la cocaïne ou de l'héroïne, mais c'était bien de la drogue. Yvonne ? Deux filles étaient mortes d'une overdose et la police commençait de s'intéresser d'un peu trop près à *L'Étoile d'argent*. Pourtant, elle avait bien pris soin d'interdire l'usage de drogue dans tous ses établissements. Avait-on voulu la piéger ? Le petit magistrat, contre la certitude de ne pas être inquiété, s'était-il confié à la mondaine après la mort de Christine ?

Ses « protecteurs » lui avaient parlé d'une prochaine descente de police. Avant huit jours. On passerait les trois bordels au peigne fin et qui sait si on ne trouverait pas plus compromettant encore dans l'un des deux autres. D'autant que le ministre, l'autorité la plus haut placée à laquelle elle puisse faire appel en cas d'urgence, venait d'être remercié par le président du Conseil !

Elle revint vers son bureau et se donna vingt-quatre heures pour trier ses papiers. Avant de prendre le large. Les dernières relations qu'elle possédait, elle n'en doutait pas, la lâcheraient au premier vent de panique. Ce serait la curée, chacun cherchant à sauver sa réputation. Ils nieraient avoir fréquenté l'une de ses maisons, ils nieraient même l'avoir connue, et plus encore qu'elle leur eut prêté de l'argent ou versé des pots-de-vin.

Sans doute ne pourrait-elle éviter la saisie de ses biens. Du moins pouvait-elle espérer, par des intermédiaires, récupérer une partie du produit de la vente.

Hormis l'idée d'aller en prison, elle n'éprouvait toutefois aucune peur, pas même un sentiment d'échec à l'idée de perdre tout ce qu'elle avait patiemment construit depuis dix ans. Elle avait de l'argent, un compte bancaire à Lausanne. Il lui suffirait de passer en Suisse avant que la police n'eût l'idée saugrenue de l'arrêter. Elle avait de quoi vivre confortablement jusqu'à la fin de ses jours. Elle pourrait même aider Anna comme elle s'y était engagée.

La sonnerie du téléphone l'arracha à ses réflexions. Elle attendit avant de décrocher, légèrement anxieuse malgré tout à l'idée que la police eût décidé d'intervenir plus tôt.

– Oui ?

C'était la voix d'Anna. Épuisée. On entendait un léger brouhaha à l'arrière-plan. Un café ? Elle était toujours à Lorient. Elle avait quitté Pierre Leguenec. Elle voulait la voir.

– J'ai fait ce que vous attendiez de moi. Maintenant, il faut en finir. Je veux revoir mon fils.

Danuta Zajaczek sentit qu'elle paniquait. Elle lui donna l'adresse de l'appartement qu'Ingrid venait de louer à son nom à Lorient, rue du Maréchal-Foch. Elle n'aurait qu'à l'y attendre.

– Ne me demandez plus rien, ajouta Anna Kowalski.

– Je serai là-bas dans deux jours. Attends-moi. Je te donnerai ce que je t'ai promis.

La Louve raccrocha et resta un long moment à réfléchir. Elle avait déjà connu ce genre de situation. Elle savait désormais identifier les signaux d'alerte. Par deux fois déjà, cette faculté lui avait sauvé la vie. Anna était-elle également sensible aux coïncidences et aux symboles ?

Elle se remit au travail avec un sentiment d'urgence. À Lorient, elle n'aurait besoin que de deux ou trois jours pour tout régler avant de prendre le chemin de la Suisse. Anna pourrait l'accompagner. Deux femmes voyageant ensemble passaient plus inaperçues.

D'autant que, près de Lausanne, son fils Dimitri devait l'attendre à la clinique Wittgenstein. Avec cette seule question en tête que l'âge ne lui épargnait pas : combien de temps lui restait-il à vivre ?

41

Mélanie l'avait appelé en urgence. Elle l'avait même supplié de venir. Et Damien avait senti, au timbre de sa voix, qu'elle ne mentait pas, qu'elle ne cherchait pas à l'attirer à Kernevel pour de mauvaises raisons. Pierre réclamait sa présence. Le docteur Pastor était passé la veille en catastrophe à La Charmitière et avait suggéré de le faire interner. Pierre refusait désormais de s'alimenter. Mélanie avait repoussé l'offre une fois de plus. Le médecin avait alors rédigé une dernière ordonnance pour se décharger de toute responsabilité.

Damien trouva Cécile dans le vestibule, fébrile. Les larmes aux yeux, elle lui expliqua que les crises de Pierre se rapprochaient et qu'il avait demandé à le voir à plusieurs reprises.

– Et Anna ?

– Elle est partie, répondit Cécile à voix basse.

Des cris étouffés leur parvenaient du premier étage.

– Il ne faut pas lui en vouloir, dit la jeune femme entre deux sanglots. Anna a fait tout ce qu'elle a pu. Mais les derniers temps, il se montrait violent avec elle. Il a même menacé de la tuer. Pierre devient fou, Damien.

Puis, le regard suppliant, elle ajouta :

– Je t'en prie, oublie Anna. Fais quelque chose si tu le peux.

Il monta l'escalier. La porte de la chambre était entrouverte. Mais à peine eût-il franchi le seuil que Pierre lui tomba dans les bras.

– Anna... Damien, Anna n'est plus là !

Damien reçut le choc de ses yeux hagards, de ses lèvres humides, de son haleine médicamenteuse. Son corps n'était plus qu'un agencement squelettique de chairs molles et rares. Ses veines bleuies affleuraient, toutes gonflées d'un sang trop riche en azote. Sa maigreur l'impressionna. Il ne pesait guère plus, entre ses bras, qu'une poupée de chiffon et il aurait pu le broyer rien qu'en le serrant contre lui.

– J'irai la chercher, répondit-il pour le rassurer. Elle reviendra.

– Ah...

Le cadet s'éloigna, regardant ailleurs. Puis, se retournant brusquement vers lui, il lui demanda :

– Damien, tu m'aimes, n'est-ce pas ?

– Mais oui... Calme-toi voyons...

– Alors pourquoi tu ne viens plus me voir ?

Il l'avait empoigné par le revers de sa veste.

– Damien, pourquoi ?

Puis, le regard perdu de nouveau :

– Quelle heure est-il ? Pourquoi le jour n'est pas encore levé ?

– Il est huit heures du soir, Pierre, il fait nuit.

– Il fait nuit, répéta-t-il. Il fait nuit...

Il se laissa tomber sur le lit, puis s'allongea, visiblement à bout de forces. Une minute plus tard, il dormait. Damien attendit que sa respiration fût régulière et descendit boire un café à la cuisine où il rejoignit sa sœur. Des reliefs de repas traînaient en bout de table. La domestique avait pris deux jours de congés et Cécile n'avait pas eu la force de débarrasser le peu qu'il restait du dîner.

– Maman est dans sa chambre. Le médecin lui a administré un sédatif, lui annonça-t-elle.

– Et pour Pierre ?

Cécile baissa les yeux.

– Il refuse de se prononcer. Il voudrait le faire interner et le forcer à s'alimenter. Il dit que nous ne pourrons jamais rien obtenir de lui ici.

– Il n'a peut-être pas tort… Tu sais où est allée Anna ?

– Non.

– Tu savais qu'elle avait un fils ?

– Non.

En d'autres circonstances, elle eût écarquillé les yeux en une expression candide qui lui était coutumière. Mais plus maintenant. Cécile lui donna l'impression étrange d'avoir subi une métamorphose. Elle avait mûri en quelques semaines. Même ses traits avaient changé. Ils n'étaient plus aussi mobiles, aussi enfantins. Mais, au lieu de s'en réjouir, Damien en éprouva un sentiment d'accablement. Cécile était tout bonnement en train de se muer en une seconde Mélanie. Son visage revêtait la même dureté et bientôt, en cas de malheur, elle serait prête à la remplacer. D'ailleurs, rien ne la touchait plus désormais que le sort de ce frère qui, là-haut, avait perdu la raison.

– J'ai encore fait des rêves, se plaignit-elle cependant. Ces maudits rêves !

Damien se leva et posa les mains autour des épaules de sa sœur. Pourquoi n'avait-il pas osé ce geste plus souvent autrefois ? Pourquoi n'avaient-ils pas su, tous ensemble, se conduire les uns envers les autres avec naturel ?

Un cri long et douloureux les fit soudainement tressaillir.

Damien se précipita dans les escaliers et entra de nouveau dans la chambre de son frère où seule une lampe, posée sur la table de chevet, était allumée, laissant une partie de la pièce dans l'obscurité.

Sortant du cabinet de toilette, Pierre Leguenec s'avança dans la lumière. Il était blême. Son teint présentait des reflets jaunâtres d'hépatique. Ses lèvres humides remuaient faiblement. De la sueur formait deux petites taches translucides à ses tempes.

– Pierre, ça ne va pas ?

Pierre ne répondit pas. Un filet de sang s'écoula soudain de sa bouche et se mit à ruisseler sur son menton. Il eut un hoquet violent qui lui fit l'effet d'une décharge électrique. D'instinct, Damien s'élança alors vers lui. Juste à temps pour le saisir sous les aisselles et l'empêcher de glisser sur le sol.

– Pierre !

Il avait hurlé sans s'en rendre compte. Il serra son cadet contre lui. Il sentait son cœur battre contre sa poitrine. Un cœur fatigué et dont les pulsions sporadiques ressemblaient aux vibrations d'un moteur dont on aurait coupé le contact, de plus en plus lentes, de plus en plus irrégulières. Pierre ne parlait plus. Un long moment, son corps fut agité de soubresauts.

– Pierre !

Damien s'écarta un peu et glissa une main sous sa nuque comme il l'eût fait pour soutenir la tête d'un enfant. Les yeux de son frère étaient devenus vitreux, ses paupières restaient immobiles. De ses lèvres, il entendit alors s'échapper quelques mots aussi vacillants que la flamme d'une bougie :

– Promets-moi… Anna… ne pas… la laisser…

Damien essayait de fixer son regard, mais un brouillard recouvrait peu à peu ses pupilles rétrécies. Il ne s'était même pas rendu compte qu'il pleurait. Il s'entendit murmurer.

– Je te le promets…

Le regard de Pierre parut s'attacher aux moulures du plafond, comme s'il y cherchait un détail qu'il n'eût jamais entrevu auparavant. Il eut un hoquet, puis un sourire étrange se crispa sur ses lèvres.

Damien sentit alors la nuque se faire plus lourde entre ses doigts.

42

Il neigeait. L'enterrement de Pierre Leguenec eut lieu le 22 janvier 1928. Par un froid glacial. Était-ce pour cette raison que l'assistance fut plus clairsemée au cimetière qu'à l'église Saint-Louis ?

Les yeux secs d'avoir trop pleuré les trois jours précédents, Mélanie Leguenec regarda le cercueil de son fils rejoindre celui d'André à l'intérieur du caveau familial. Cécile, légèrement en retrait, n'avait pas prononcé un mot depuis la veille et l'on devinait à son visage lisse, amaigri, aux angles plus accusés, qu'elle pourrait s'enfermer désormais jusqu'à la fin de ses jours dans ce silence de sépulcre. Sa bouche amère semblait pourtant marmonner une prière.

Damien la regardait. Elle semblait avoir pris dix ans en quelques jours. Elle ressemblait à présent à une vieille fille enfermée dans son célibat et qui se serait résignée à n'avoir jamais aucun prétendant. Et en effet, elle avait perdu le peu de charme qui lui restait. En la voyant ainsi, Damien songea qu'aucun homme normal ne pourrait avoir envie de la serrer dans ses bras, de rechercher auprès d'elle un peu de cette chaleur et de ce réconfort qu'on attendait d'une femme. Comme cette prostituée en Argonne à qui, n'ayant pas la force de lui faire l'amour, il avait demandé de se déshabiller pour passer quelques instants contre elle. Simplement pour sentir la peau nue d'une femme contre la sienne, son parfum, l'humus de ses cuisses. Retrouver ce sentiment indispensable d'être encore capable d'entrer en contact avec l'autre pôle de la création.

Il détourna les yeux. La dalle du caveau glissait au-dessus du cercueil dans un raclement pierreux et la petite houle humaine se mit à refluer en désordre vers les grilles du cimetière, telle une nappe d'eau qui, sous le soleil, se dilue puis s'évapore.

C'est alors qu'il la vit.

Elle se tenait à côté d'une tombe sur laquelle elle venait de déposer un bouquet de fleurs blanches. La même lui sembla-t-il que celle auprès de laquelle il avait vu Anna Kowalski la première fois. Elle n'était pas vêtue de noir. Elle portait un tailleur clair au contraire, un chapeau beige légèrement penché sur la tempe. Elle était un peu plus âgée que sur la photographie présentée par l'inspecteur Mesnardier. Mais Damien n'eut pas le moindre doute. Il s'agissait bien de Danuta Zajaczek.

Son sang se mit à affluer plus rapidement dans ses veines. Un court instant, à cause de la houle des chapeaux et des voiles de crêpe, des costumes sombres et des pardessus, à cause aussi du brouillard qui tombait en même temps que la neige tissait un rideau aux mailles plus serrées, il la perdit de vue.

Enfin, il l'aperçut de nouveau. D'un pas rapide, elle gagnait la sortie du cimetière, tournait à l'angle.

Sans plus d'égards pour les larmes et les attitudes compassées de l'assistance qui s'attardait encore autour du caveau, il s'élança sur ses traces.

Lorsqu'il parvint à la grille du cimetière, ce fut pour la voir grimper à l'arrière d'une Renault sport. La voiture démarra aussitôt en crachant un panache de fumée qui se confondit avec les écharpes de brume.

La Louve avait disparu.

À pas lents, Damien regagna alors l'enceinte du cimetière et retrouva l'allée où elle se tenait quelques instants plus tôt.

Le bouquet de fleurs blanches avait été déposé sur une tombe, celle d'un enfant. Et sur la stèle, on pouvait lire : *Maria Zajaczek, 1893-1901.*

Le retour à la villa ressembla à celui qui avait suivi l'enterrement d'André Leguenec, recueilli et silencieux. Cécile se retira immédiatement dans sa chambre en leur souhaitant le « bonsoir » alors qu'il n'était que cinq heures de l'après-midi.

Mais, au moment où Mélanie allait l'imiter, Damien la retint familièrement par l'épaule.

– Je l'ai vue ! dit-il.

– Qui ?

– Danuta Zajaczek.

Mélanie Leguenec eut un sourire crispé.

– Ça devient une obsession, Damien.

– Je n'ai pas rêvé !

– Danuta Zajaczek ?

– Elle était là. Quand te décideras-tu enfin à dire toute la vérité ?

– Quelle vérité ? Celle que tu veux entendre ?

– Je veux des faits ! Simplement des faits.

– Cela remonte à loin. Une vieille histoire que tout le monde a envie d'oublier. Pourquoi t'obstiner ? Tu en sais déjà bien assez.

– C'est vous qui vous obstinez. La mort de Pierre ne vous suffit pas ?

– La mort de Pierre n'a rien à voir là-dedans.
– J'aimerais en être sûr.
Mélanie alors le foudroya de son regard le plus intransigeant.
– Même si je n'ai plus de larmes, conclut-elle, le moment est venu de pleurer ton frère. Les explications, elles, peuvent attendre.

Damien était reparti furieux. L'averse de neige s'était transformée en tempête et il avait eu un peu de mal à regagner Lorient. À deux reprises, il avait cru ne pas pouvoir redémarrer la Ford dont le moteur calait de façon inquiétante.
L'immeuble de la rue Carnot était silencieux. On n'entendait que le mugissement du vent s'engouffrant dans la rue et projetant des rafales de neige contre les façades ainsi que le tic-tac léger d'une pendule.
Il rejoignit son bureau. La lumière était allumée. Quelqu'un était-il venu en son absence ?
La présence de deux lettres posées sur son sous-main confirma ses soupçons. La première émanait de Mathilde Tréguier. En termes simples et d'une absolue clarté, elle lui remettait sa démission. Elle ne pouvait, disait-elle, continuer à travailler avec lui s'il n'était plus en mesure de lui faire confiance. Elle ajoutait par ailleurs que, sincèrement amoureuse, elle supportait de plus en plus mal d'être obligée de vivre près de lui sans pouvoir nourrir l'espoir de vivre un jour à ses côtés.
La seconde portait, sur l'enveloppe, cette simple mention : *À remettre à Danuta Zajaczek ou, à défaut, à mon fils Damien Leguenec.*

En reconnaissant l'écriture de son père, Damien sentit son estomac se ramasser en une petite masse compacte à hauteur du nombril.

Ce que Mélanie lui avait refusé, peut-être allait-il enfin, grâce à Mathilde Tréguier, l'apprendre de son père par-delà la mort.

43

– Je vous attendais, dit Mélanie Leguenec. Si vous comptiez sur l'effet de surprise, c'est raté.

Danuta Zajaczek s'avança à travers la grande salle aux souvenirs de famille, témoignages de la splendeur passée des Leguenec. Depuis la mort de Pierre, la Matriarche avait fait de cette salle, où elle venait rarement auparavant, l'épicentre de la villa. Comme si elle avait besoin de s'appuyer sur un lointain passé familial pour mieux faire face à un présent hasardeux.

La Polonaise s'assit en face d'elle et la fixa un long moment de ses yeux clairs et froids.

Tout était froid d'ailleurs en ce jour de février. La température extérieure, celle de la pièce où elles se tenaient et dans laquelle le feu s'était éteint, celle de leurs corps décharnés qui ne dégageaient aucune chaleur, pas même animale.

– Cela fait plus de trente ans que je vous attends, précisa Mélanie Leguenec du même ton neutre.

– Le temps n'a pas d'importance en fin de compte, dit la Louve.

– Vous venez sans doute me réclamer de l'argent ? À ce qu'on m'a dit, vos affaires ne se portent pas vraiment bien ces derniers temps.

Il n'y avait pas vraiment d'ironie dans sa voix. Elle avait hâte d'en finir avec ce drame qui avait détruit la vie d'André et la sienne sans que jamais ils eussent le courage d'en parler.

– On n'achète pas la vie d'un enfant ! observa Danuta.

– Vous auriez mieux fait pourtant d'accepter ce que je vous offrais à cette époque. Mais vous avez choisi d'avorter, pourquoi en reparler ?

Elle ajoutait le cynisme à la haine et Danuta Zajaczek dut redoubler d'efforts pour maîtriser son envie de s'emparer d'un quelconque objet et de lui fracasser le crâne. Frapper, frapper sans retenue, se libérer de toute cette rage que le temps avait exagérément enflée comme la pluie ballonne un nuage avant de le laisser crever.

Une lueur meurtrière traversa ses prunelles.

– Je n'ai jamais avorté et vous le savez bien. Vous avez vu la tombe où ma fille est enterrée. Elle est morte à l'âge de huit ans. Vous ne pouviez pas… depuis toutes ces années…

Mélanie Leguenec pâlit. Elle crut se trouver mal et dut avaler une gorgée d'eau pour retrouver sa respiration.

Les yeux de la Polonaise étaient devenus deux charbons incandescents.

– Ne me dites pas que…

C'était pourtant vrai. Excepté pour les enterrements, Mélanie Leguenec n'allait jamais dans les cimetières. Peut-être était-elle passée à côté de la tombe sans la remarquer.

– Vous ne saviez donc pas, murmura Danuta Zajaczek.

– André ne m'avait rien dit !

– Je lui ai écrit pour le prévenir que j'avais besoin de lui.

– Je m'arrangeais pour qu'il ne reçoive pas vos lettres, répondit Mélanie. Je ne les lisais pas non plus. Sa secrétaire avait les mêmes consignes.

Danuta Zajaczek se sentit pâlir à son tour. Elle était venue là pour une mise à mort et voilà que c'était à elle d'entendre la vérité qu'elle fuyait, peut-être inconsciemment, depuis tant d'années.

– Ne me dites pas, après trente ans, qu'il ignorait que notre fille était gravement malade.

– Je ne le savais pas moi-même. Vous n'étiez là que pour détruire ma famille. Vous pensiez vraiment que j'allais vous laisser faire ?

– Vous n'êtes qu'une garce !

– Et vous une putain !

La Polonaise redressa fièrement la tête. Mélanie Leguenec perçut les effluves d'une eau de rose, un parfum très ancien comme les femmes en portaient trente ans plus tôt.

– C'est exact, dit-elle. C'est même André qui a fait de moi une putain, comme vous dites. Ma mère s'était pourtant battue pour que je devienne une femme honnête. Elle s'est saignée aux quatre veines lorsque nous sommes arrivées en France. Pour que nous ayons de quoi manger et que je puisse aller à l'école. Elle est morte d'épuisement... Lorsque je me suis retrouvée seule avec Maria, je n'ai pas réussi à trouver de travail. Je n'avais pas de quoi la faire garder. André ne voulait pas la reconnaître.

– Pourquoi ne pas avoir accepté l'argent que je vous proposais ?

– Ce n'était pas à vous de le faire. De toute façon, aurait-il appris la maladie de sa fille qu'il n'aurait pas fait un geste. Je n'avais pas assez d'argent pour la faire soigner. Voilà pourquoi je suis devenue ce que vous appelez une putain ! J'ai fait la putain pour pouvoir faire entrer Maria dans une clinique très coûteuse en Suisse. Mais la tuberculose était trop avancée, ma petite fille n'a pas survécu. Quand j'ai tenu son corps dans mes bras, j'ai cru pendant plusieurs jours que j'allais devenir folle, alors j'ai juré ! J'ai juré de vous faire payer votre lâcheté et votre indifférence. Vous qui aviez tout, l'argent, André, une fille, des fils… Toute cette vie que j'aurais pu avoir.

– C'est pour cela que vous avez voulu vous venger à travers Anna en détruisant ma famille ? Vous aviez refait votre vie, vous aviez de l'argent, pourquoi vous acharner, que vous fallait-il de plus ?

– Je voulais voir ce que je vois aujourd'hui. Je voulais assister à la chute des Leguenec.

– Dans ce cas, vous avez échoué.

– Échoué ?

Danuta partit d'un éclat de rire qui sembla venir de très loin, des profondeurs insondables de son être torturé.

– Votre solitude, la haine qui a rongé vos fils, la folie de Pierre et sa mort, échoué ? J'ai obtenu réparation au contraire.

– Vous n'avez rien. Vous ne ferez pas davantage revenir votre fille que je ne ressusciterai mon fils. Nous voilà à égalité je pense !

Il y eut un silence accablé. Pourtant, le regard de porcelaine et le regard polaire ne s'affrontaient plus.

– Je vais partir à présent, dit Danuta Zajaczek. Je tenais juste à vous voir une dernière fois. Nous sommes quittes en effet !

– Et Anna dans tout ça ? demanda Mélanie Leguenec d'une voix blanche.

– Elle n'était qu'un pion entre mes mains. Je savais par expérience qu'il n'y a rien de mieux qu'une femme pour semer la discorde entre deux frères. Elle y est pleinement parvenue, je crois.

– Pour de l'argent ?

– Parce qu'Anna a un fils elle aussi. Il est actuellement dans cette même clinique où était Maria, à Lausanne. Il a de graves problèmes pulmonaires. Il faudrait qu'il subisse une intervention chirurgicale. Mais, pour cela, il doit se rendre aux États-Unis. Nous venons du même village, elle aussi a souffert. Je ne veux pas qu'elle voie, comme moi, mourir son enfant faute de soins et d'argent. En échange du prix de l'opération, je lui ai demandé ce petit service.

– Un petit service inutile !

Les deux femmes se retournèrent brusquement vers la porte. Damien se tenait sur le seuil, enveloppé d'un long manteau noir sur lequel la neige avait semé des flocons dont les cristaux fondaient un à un comme éclatent de petites bulles de savon.

Il tenait un papier d'une main négligente.

– Tu es là depuis longtemps ? demanda Mélanie.

Mais il n'avait d'yeux que pour la Polonaise et son regard, à ce moment-là, devait être d'une dureté minérale si tranchante qu'il parvint à lui faire baisser les paupières.

Elle fixait malgré tout la lettre.

– Tenez, lui dit-il, c'est pour vous. Mon père, à cause de ma mère, n'a pas su tout de suite que votre fille était malade. Lorsqu'il l'a appris, elle était déjà très affaiblie. Alors, il s'est renseigné pour savoir où elle se trouvait. Il a racheté la clinique Wittgenstein et fait venir un grand spécialiste de New York. Mais, le temps que le médecin fasse la traversée, Maria était morte.

Les trois derniers mots résonnèrent à travers la salle comme une condamnation.

– Avec la lettre, vous trouverez tous les papiers qui font de vous la propriétaire de cette clinique pour enfants malades et suffisamment d'argent pour vous en occuper jusqu'à la fin de vos jours. J'ajoute que je peux vous aider à passer en Suisse. À condition de ne jamais vous revoir… La police française ne viendra pas vous y chercher.

– Mais Damien…, protesta mollement Mélanie Leguenec.

Il ne l'entendit pas.

– Mon père n'était pas un salaud, madame Zajaczek… Ne l'oubliez jamais car moi je n'oublierai pas le mal que vous avez fait à ma famille. Et maintenant, une dernière question : où est Anna ?

44

Il lui fallait en avoir le cœur net. Il n'eut aucun mal à trouver l'adresse rue du Maréchal-Foch et à convaincre Anna de le suivre. En chemin, il lui dit l'essentiel. Assez en tout cas pour qu'elle se souvînt à tout jamais de ces quelques phrases prononcées en marchant dans les rues enneigées de Lorient un jour de février 1928.

Ils louèrent une chambre au Grand Hôtel moderne. Le réceptionniste les examina d'un air soupçonneux. Damien était persuadé qu'il l'avait reconnu mais l'homme fit semblant de donner les clés à deux voyageurs de passage. Par défi, Damien le dévisagea pour être sûr qu'il ne l'oublierait pas et pourrait colporter dès le lendemain que l'aîné des Leguenec était un salaud, qu'il n'avait pas attendu que le corps de son frère soit sous terre pour batifoler avec sa belle-sœur.

Damien prit même le temps de jouir de ce moment privilégié. Il imaginait déjà toutes les petites mesquineries que l'homme agitait sous sa grosse tête ronde. Il allait pouvoir répandre son venin et les salir à plaisir.

Ils ne dirent plus un mot par la suite et, quand ils furent entièrement nus, face à face dans le clair-obscur qui baignait la chambre, ils firent l'amour avec la même rage que la dernière fois qu'ils s'étaient rencontrés rue des Fontaines. Mais tandis que leurs corps s'embrasaient, passant de l'ombre à la lumière, alternant caresses et morsures, guerre ouverte et paix séparée, Damien se dit que la magie avait cessé d'opérer. Il y avait désormais un troisième invité à leurs joutes : tout un passé dont ils auraient voulu se délivrer mais qui pesait sur eux comme une pierre tombale, entravait leurs mouvements, corrompait leurs sensations. Et cet invité indésirable, ils savaient qu'ils ne s'en délivreraient jamais.

Au dernier cri de jouissance, Damien sut que c'était terminé. L'abcès avait crevé sans douleur, sans odeurs nauséabondes, sans séquelles.

Il se rhabilla lentement tandis qu'elle demeurait nue et immobile sur les draps.

– À présent, quitte Lorient ! dit-il d'une voix blanche. Pars loin d'ici, va chercher ton fils à Lausanne.

Il avait déjà préparé une lettre. Il la tira de la poche intérieure de sa veste et la déposa contre sa hanche, sur le matelas.

– Tu iras voir cet homme, Brian Westwood, à Boston. Il s'occupera de tout. Je me suis déjà chargé d'organiser votre voyage. Un compte a été ouvert à ton nom dans une banque de Manhattan, à New York. Tu auras assez d'argent pour payer l'opération et vivre là-bas durant sa convalescence ou le temps qu'il faudra en attendant sa guérison.

Il se leva, lourd et lent comme un bateau glissant sur son erre.

– Il t'aurait suffi d'être honnête, Anna, et de demander. Je t'aimais tellement ! C'était simple. Mais il a fallu que tu t'enferres dans ton propre piège. Il a fallu que tu tiennes parole…

Puis il ajouta avant de franchir le seuil de cette chambre où stagnaient les effluves tièdes de l'amour :

– Il y a pourtant des promesses qu'il faut savoir ne pas tenir…

Épilogue

Il marcha longtemps le long des quais, poussant jusqu'au nouveau port de pêche de Kéroman. Il se laissa bercer par la brise de sud-ouest qui, après la neige, apporterait de la douceur et de la pluie. Il ne pensait pas à Anna, peut-être étendue sur le lit, encore nue, dans la pénombre moite de la chambre d'hôtel. Il écoutait les voix des marins, le bruit des cordages frappant les mâtures, le grincement des palans.

Il avait envie d'éclater d'un rire nerveux, de pleurer, de danser peut-être. En célébrant l'absurdité de la vie, en saluant la stupidité des hommes et ce merveilleux sentiment d'irresponsabilité qui battait en brèche toutes les philosophies du monde.

Un proverbe russe lui revint en mémoire : « Une petite allumette a suffi à déclencher un incendie qui a ravagé toute la forêt. »

Anna n'avait été qu'un instrument entre les mains de Danuta Zajaczek. L'une avait agi par vengeance et n'aurait pas assez d'une vie pour cultiver ses remords, l'autre était finalement parvenue à ses fins : son fils allait être soigné, opéré et – il l'espérait – sauvé. Toutes deux avaient gagné et perdu. Comme André et Mélanie Leguenec, à leur façon, avaient gagné et perdu. Cela ne voulait rien dire. Aucune morale ou « sens de la vie » ne résistait à cette neutralisation permanente qui faisait de l'existence un équilibre parfait. Toutes choses, au final, étaient égales et donc sans importance.

Et Damien Leguenec, cet après-midi-là, se répéta pour lui-même : « Égales et sans importance… » Comme une incantation qui devait lui livrer les clés de son avenir.

Mélanie Leguenec mourut d'une crise cardiaque quelques mois plus tard. Cécile choisit d'autres murs derrière lesquels s'enfermer, ceux d'un couvent de Bourgogne où elle se mit en tête d'expier des péchés imaginaires, persuadée qu'ainsi elle rachèterait les « fautes » de Danuta Zajaczek autant que celles de sa famille.

Celle qu'on appelait la Louve les expia d'une autre façon en se dévouant jusqu'à la fin de sa vie à la cause des enfants malades.

Le 27 octobre 1929, à l'heure où la crise économique mondiale exerçait ses ravages des deux côtés de l'Atlantique, Damien Leguenec épousa Mathilde Tréguier en l'église Saint-Louis de Lorient, là où s'étaient toujours déroulés les événements marquants de l'histoire intime des Leguenec. Elle lui donna deux enfants et il espéra jusqu'à la fin avoir répondu à ses attentes, ces attentes qu'elle avait exprimées un jour en posant la main sur son bras dans la quiétude des bureaux de la rue Carnot.

D'Anna Kowalski en revanche, personne n'entendit plus jamais parler. Une fois son enfant guéri, elle quitta l'Amérique et disparut sans laisser de traces.

Quand son prénom venait – le plus rarement possible – à être prononcé devant Damien Leguenec, celui-ci prenait toutefois des airs lointains, plissait les yeux et souriait d'un air absent.

Collection

« FRANCE DE TOUJOURS ET D'AUJOURD'HUI »

Jean Anglade, *Une vie en rouge et bleu*
Le Dernier de la paroisse
Sylvie Anne, *Le Gantier de Jourgnac*
Jean-François Bazin, *Les Raisins bleus*
Le Clos des Monts-Luisants
Henriette Bernier, *Le Baron des champs*
Jean-Baptiste Bester, *L'Homme de la Clarée*
Françoise Bourdon, *Le Moulin des Sources*
Le Mas des tilleuls
Patrick Breuzé, *Les Remèdes de nos campagnes*
Michel Caffier, *Corne de brume*
Anne Courtillé, *La Tentation d'Isabeau*
Annie Degroote, *Les Racines du temps*
Raphaël Delpard, *L'Enfant sans étoile*
Alain Dubos, *La Mémoire du vent*
Élise Fischer, *Les Noces de Marie-Victoire*
Gérard Georges, *Une terre pour demain*
Le Destin des Renardias
Yves Jacob, *Sous l'ombre des pommiers*
Hélène Legrais, *L'Ermitage du soleil*
Les Héros perdus de Gabrielle
Philippe Lemaire, *Rue de la Côte-Chaude*
Éric Le Nabour, *Retour à Tinténiac*
Jean-Paul Malaval, *L'Or des Borderies*
Soleil d'octobre
Antonin Malroux, *La Promesse des lilas*
Jean-Luc Mousset, *L'Enfant des labours*
Jean Siccardi, *La Source de saint Germain*
Jean-Michel Thibaux, *L'Olivier du Diable*

Collection

« ROMAN D'AILLEURS »

Jean Bertolino, *Pour qu'il ne meure jamais*
Marie-Bernadette Dupuy, *L'Orpheline des neiges*
Le Rossignol de Val-Jalbert
Michel Peyramaure, *Les Villes du silence*
Tempête sur le Mexique

DOCUMENT

Jérôme Deliry, *Sept Enfants autour du monde*

ROMANS HORS COLLECTION

Jean-Jacques Antier, *Blanche du Lac*
Jean-Baptiste Bester, *Le Cocher du Pont-Neuf*
Bernard Simonay, *Le Lys et les Ombres*

Photocomposition PCA

Achevé d'imprimer en septembre 2011
par CPI Firmin-Didot
à Mesnil-sur-l'Estrée (Eure)
pour le compte des éditions Calmann-Lévy
31, rue de Fleurus 75006 Paris

N° d'éditeur : 15161/01
N° d'imprimeur : 107383
Dépôt légal : octobre 2011
Imprimé en France.